Martin Kunz

Verdammt viel Glück

agenda

Martin Kunz

Verdammt viel Glück

Eine bittersüße Liebesgeschichte
in stürmischen Zeiten

a

agenda Verlag
Münster
2024

Bibliografische Information der Deutschen Nationalbibliothek
Die Deutsche Nationalbibliothek verzeichnet diese Publikation
in der Deutschen Nationalbibliografie; detaillierte bibliografische
Daten sind im Internet über http://dnb.dnb.de abrufbar.

© 2024 agenda Verlag GmbH & Co. KG
Drubbel 4, D-48143 Münster
Tel. +49-(0)251-799610
info@agenda-verlag.de, www.agenda-verlag.de

Druck und Bindung: TOTEM, Inowroclaw, Polen

ISBN 978-3-89688-865-5

Siehe meine Freundin, du bist schön; schön bist du,
deine Augen sind wie Taubenaugen
(Hoheslied Salomons 15)

Seit Beginn der Menschheit scheint es so abgemacht
Alles, was uns guttut, wird plattgemacht
(Songtext „Der Mensch stammt von Waffen ab" vom
Rapper Marteria 2023)

Tauben drohen meist auf eine würdevolle Weise. Konflikte
lösen sie, ohne sich oder andere zu verletzen. Ein Kampf
unter Falken endet hingegen erst, wenn einer verwundet
ist oder tot. Kämpft ein Falke mit einer Taube, dann würde
sie das Weite suchen oder unterwürfe sich. Die Taube hät-
te nichts gewonnen, bliebe aber unverletzt.
(Das Falke-Taube-Verhaltensmuster nach dem
Evolutionsbiologen Richard Dawkins)

Darf ich die Mesusa nur betrachten, soll ich sie berühren oder gar küssen? Eine Frage, die Magnus Beerfeld seit einigen Minuten beschäftigt. Er steht vor einer klapprigen Holztür, am rechten Türfosten ist eine silbern glänzende Mesusa angebracht. Diese kleinen, verzierten Schriftkapseln seien typisch für eine jüdische Wohnung. Sie sollen Unheil abwenden, hat ihm seine Freundin erklärt. Reicht es, die Mesusa anzusehen? Streicheln? Küssen? Er hat es einfach vergessen. An den Außenwänden des Hauses, das aus großflächigen Betonteilen besteht, bröckelt das Weiß ab. Eine mehrstufige Treppe führte Magnus ins Hochparterre, im offenen Eingangsbereich stehen einige kakteenartige Gewächse, die tagsüber sicherlich enormer Sonnenstrahlung ausgesetzt sind. Zwischen einer Kakteenpflanze und dem Türrahmen entdeckt er ein esstellergroßes Spinnennetz, in dem sich eine Stubenfliege verfangen hat. Ihre beiden Flügel haften an den klebrigen Fäden. Und ihre sechs Beine zucken, hektisch nach Halt suchend, im Takt der Hip-Hop Beats, die durch die Türritzen ploppen. Die sandfarbene Spinne selbst sitzt unter einem gewölbten Blatt der Pflanze und wartet. Sie hat ihre acht stecknadellangen Beine so gefaltet, dass man sagen könnte, sie hocke in ihrem Versteck. Vielleicht beobachtet sie ihr verzweifeltes Opfer, wartet auf dessen letzte Zuckungen, um ihm dann mit ihren messerscharfen Klauen die betäubende oder tödliche Giftdosis zu verpassen. Sie scheint es jedenfalls – wie Magnus – auch nicht eilig zu haben, sie genießt vermutlich den Anblick der leidenden Beute, den willkommenen Abendschmaus. Oder sie hofft, dass der Chitinpanzer der Fliege nach einer Weile des Wartens, der Totenstarre, knuspriger schmeckt als der eines frisch gefangenen Insekts. Magnus verfolgt das Schicksal der Stubenfliege auch mit beruflichem Interesse, schließlich sind Klebstoffe aller Art sein Spezialgebiet. Als sich die Spinne vom Rand aus in Bewegung setzt, um ihre Beute zu verspeisen, wundert er sich, warum sie nicht selbst an ihrem Netz kleben bleibt. Die achtbeinige Spinne spaziert über ihr seidiges Netzkunstwerk, ohne daran zu haften, während beide Stubenfliegeflügel an der Spinnenseide kleben. Dem erstaunlichen Phänomen, so beschließt der Student der Chemie, wird er sich mit der ihm eigenen Akribie widmen. Das gilt es zu klären. Vielleicht, vermutet Magnus, sind nur bestimmte Seidenfäden klebrig und die Spinne weiß, wie sie ihre Beute erreicht, ohne hängen zu bleiben. Oder sie besitzt an ihren acht Beinen eine Antihaftbeschichtung – auch das wäre eine vermutlich revolutionäre Erkenntnis – zumindest in der Welt des experimentierfreudigen Jungwissenschaftlers.

Die Hip-Hop-Klangfetzen werden lauter, gehen über in tosenden Applaus, eine kurze Ansage auf Hebräisch, dann folgt der nächste Song. Ein Konzertmitschnitt oder vielleicht eine Live-Übertragung im Fernsehen? Der süßliche Duft verglimmender Cannabisblätter erreicht die Nase von Magnus Beerfeld. Licht flackert im Gartenfenster um die Ecke. Das erwärmt die Fantasie des Wartenden. Er könnte einfach klopfen oder den Klingelknopf drücken. Schließlich ist er am Ziel. Aber er hält inne. Und kostet den Stillstand aus, die Bilder, die ihm das Zögern schenkt. Vermutlich liegt seine Freundin Shamouti direkt hinter dieser Tür leicht bekleidet auf dem Sofa. In ihrem verwaschenen, roten Tanktop und den ausgefransten Shorts. Bei ihrem Besuch in München hatte sie die Idee, die Hosenbeine einer alten Jeans von Magnus abzutrennen und sie dann selbst als modisches Sommeroutfit zu nutzen.

Er mag die Vorstellung, dass sie die textile Reliquie trägt, so wie auf dem Foto, das sie vorletzte Woche mit #Waiting4U auf Instagram postete. Shamouti liest womöglich gerade ein Buch, hört Musik, zündet gerade einen Joint an und wartet auf ihn. Monatelang hat er seine Freundin nicht gesehen und davon geträumt, mit ihr am Strand zu liegen, israelische Gerichte zu kochen oder Musikfestivals zu besuchen. Beim letzten Facetime-Austausch hatte sie eine Rave-Party in der Wüste Negev erwähnt, die heute und morgen stattfindet. Das Supernova Sukkot Gathering sei „eine einzigartige Open-Air-Veranstaltung unter dem Motto Freiheit, Liebe, Spiritualität", sagte Shamouti. Nur wenige Meter und einige Sekunden trennen ihn von ihr.

Leise legt er sein Gepäck ab. Dann stellt sich Magnus direkt vor Shamoutis Tür, streckt sich erst, dann lässt er die Arme locker baumeln, sortiert seine Gedanken und atmet achtsam. In konzentrierter Entspannung saugt er die würzige Haifa-Luft über die Nase tief ein, verharrt kurz, um den Duft auszukosten und lässt sie dann langsam durch den Mund entweichen. Bei jedem Atemzug zählt er dabei, beginnend mit 21 bis zur Zahl 29. Magnus Beerfeld genießt den Moment, das Dasein, das Erreichte. Endlich ist er in Haifa, die Sonne ist längst im Meer der israelischen Hafenstadt versunken, der Beton von Shamoutis Haus ist immer noch gut 30 Grad Celsius warm, es ist 19.47 Uhr. 2725 Kilometer, so hat es ihm Google Earth am Morgen beim Frühstück angezeigt, liegen heute hinter ihm.

München, 6. Oktober 2023, 8.30 Uhr

Der Tag beginnt mit einer guten Nachricht und einem verbrannten Toastbrot. Die Iranerin Narges Mohammadi hat den Friedensnobelpreis gewonnen, liest Magnus in seinem Newsfeed. Die 51-jährige Menschenrechtsaktivistin habe ihr halbes Leben in iranischen Gefängnissen verbracht, sie werde aber nie aufhören, für Demokratie, Freiheit und Gleichheit zu kämpfen. Eine faszinierende Frau, eine gute Entscheidung des Nobelkomitees, aber ein geglückter Start in den Tag riecht anders. Daran ändert auch der vegane Brotaufstrich „Aubergine-Karotte-Sesam" auf den braunkohlefarbenen Vollkorn-Quadraten nichts. Das ist der spärliche Reiseproviant eines kostenbewussten Studenten, der am Flughafen nicht vier Euro für eine Butterbreze ausgeben will. Mit leichtem Gepäck, einem blauen Adidas-Rucksack und einer Sporttasche, verlässt Magnus Beerfeld morgens seine nach verkohltem Bio-Vollkornteig müffelnde Zweizimmerwohnung in München-Neuhausen. Er nimmt den Bus zur Donnersberger Brücke und fährt mit der S-Bahn S1 zum Münchner „Franz Josef Strauß"-Flughafen. Die Israel-Fluggäste werden dort in einer separaten Halle einem speziellen Sicherheitscheck unterzogen. Vor dem Terminal F1 patrouillieren schwer bewaffnete Bundespolizisten. Kaum hat man die von vielen Kameras überwachte Halle betreten, wird der Reisepass gescannt, die Bordkarte der israelischen Fluglinie EL AL kontrolliert. Wie so oft im Supermarkt steht Magnus in der langsamsten von vier Schlangen, um das Handgepäck kontrollieren zu lassen. So bleibt Zeit, seine Mitreisenden des Flugs ELY 247 nach Tel Aviv zu mustern.

Ein kleiner Junge sitzt auf einem Hartschalen-Rollkoffer und saust damit im Slalom durch die Wartenden. Einige ältere Herrschaften tragen beige oder khakifarbene Trekkingwesten, dazu passende Outdoorhosen und Abenteuer-Sandalen mit besonders griffigen Stollensohlen – die perfekte Ausrüstung für eine Busrundreise. Ein wohl organisiertes Abenteuer. Alle haben den grellrosa Aufkleber des Veranstalters „Holydays – Israel auf den Spuren Jesu mit dem Bus erkunden" auf die linke Brusttasche der Trekkingweste geklebt – so stand es sicherlich in den Reiseunterlagen. So erkennt man sich. Und der Reiseleiter seine Truppe. An die Empfehlung „festes Schuhwerk und luftige Kleidung einpacken" haben sich die Seniorinnen und Senioren – alle jenseits der 60 – offensichtlich sehr genau gehalten. Vielleicht haben sie sogar Outdoorhosen mit abtrennbaren Hosenbeinen gekauft. So können sie, wenn die Sonne arg vom Himmel brennt, aus der Hose Shorts machen. Und nach einem schweißtreibenden Ausflug verbinden sie die Hosenbeine dann mit einem Reißverschluss wieder mit den Shorts, falls eisige Luft der Klimaanlage im Bus dies erfordern würde. Ein drahtiger Babyboomer mit hellgrauem Haarkranz und perfekter Jesus-Trail-Ausrüstung von Holydays hat eine Trinkflasche an einem Schultergurt befestigt, den er quer über die Brust trägt. Er klappt den Sonnenbrillenaufsatz seiner Brille nach oben, der nun wie ein dunkler Glas-Balkon über das eigentliche Brillengestell hinausragt. Er fixiert den Sicherheitsverschluss seiner Alu-Trinkflasche, dreht ihn auf, nimmt einen kurzen, kräftigen Schluck und verschließt die Spezialflasche eilig wieder, fast so, als müsse er die Negevwüste zu Fuß durchqueren und die Verdunstung der letzten Tröpfchen verhindern. Er schüttelt die Flasche noch einmal, um sich zu versichern, dass er mit dem Rest der Flüssigkeit die Wartezeit im Terminal ohne Dehydrierung übersteht. Offenbar ist er nervös, sucht an den Wänden nach Informationen und steuert dann in Richtung der Herrentoilette. Lässig pendelt dabei die Trinkflasche unter seiner Achsel.

Allmählich nähert sich Magnus der Gepäckkontrolle. Zwei Familien und drei Einzelreisende sind noch vor ihm, fast alle daddeln auf ihren Handys. Eine hochgewachsene, schlaksige Seniorin durchkreuzt mit auffällig großen Schritten mehrfach die Halle. Beim weiten Ausfallschritt wippt ihr ganzer Körper auf und nieder, die schlohweiße Lockenpracht schaukelt im Takt. Auch sie trägt Safarikleidung. Ihre Hose ist mit einem Leinengürtel sehr eng geschnürt, dazu hat sie das Beinkleid mit auffällig breiten Hosenträgern fixiert. Gürtel und Hosenträger zusammen, das sieht man selten. Es scheint sich nicht etwa um eine modische Extravaganz der Dame zu handeln, vielmehr um ein ausgeklügeltes, zweistufiges Sicherheitsverfahren, um die Hose am Herunterrutschen zu hindern. Typisch deutsche Israelreisende also.

Direkt vor Magnus steht ein junger Typ, Anfang 20, mit sehr dunklem, dichtem, kurz geschorenem Haar und auffallend dicken Brillengläsern. Im Stehen liest er Texte eines Buchs, das schwer in seiner linken Hand liegt. Mit der Rechten blättert er hastig hin und her, während er in sanfter Lautstärke das Gelesene repetiert, sein Zeigefinger gleitet von rechts nach links über die Schriftzeichen. Ein Jurist, der hebräische Paragraphen büffelt? Oder ein Student, der Talmud-Texte memoriert?

Nun ist Magnus an der Reihe. Er schwingt die pralle Sporttasche und seinen Adidas-Rucksack mit der Linken auf das Transportband des Röntgengerätes. Ganz lässig, wie erfahrene Reisende das mit ihrem Handgepäck eben machen. Doch für Magnus ist es die erste Flugreise. Er ist 25 Jahre alt, hat mit seinen Eltern vornehmlich Urlaub an der Adria gemacht, mit Ferienjobs finanzierte er seine Abiturfahrt ins spanische Lloret de Mar, ein Praktikum führte ihn zu einem Klebstoffhersteller ins slowakische Bratislava. Sein längster Trip war die Zug- und Schiffsreise im letzten Sommer nach Kreta, auf der er Shamouti Seybowicz kennenlernte. Aber Flughäfen, Airlines, Bordkarten, Abflug- und Ankunft-Gates sind für ihn Neuland. Die Vorfreude auf den Besuch bei seiner Freundin mischt sich mit der Nervosität des Flugreise-Novizen. Ob er alles Wichtige eingepackt habe? Nichts vergessen? Wo ist die Bordkarte? Er tastet alle möglichen Kleidungsverstecke, Brust- und Hosentaschen ab. Sie steckt zusammen mit dem Studentenausweis und einem Streifen

Kaugummi in der Gesäßtasche von Magnus' Levis-Jeans. Eine Hälfte der Bordkarte hängt heraus und könnte durch einen Windstoß, eine unbedachte Bewegung oder Berührung herausfallen. Magnus nimmt die Bordkarte für den Flug nach Tel Aviv mit dem Aufdruck des Sitzplatzes 23a, faltet sie und schiebt sie tief in die Brusttasche seines Sweaters. Langsam rattert das Gepäck zum dunklen Schlund des Röntgenanalysators. Er verfolgt die Reise seiner Utensilien. Erst mit dem wohligen Gefühl, der Genugtuung, dass die langersehnte Reise jetzt wirklich beginnt. Als sich sein Gepäck dem Röntgengerät nähert, starrt er irritiert dorthin. Sturzbäche beunruhigender Gedanken prasseln auf ihn ein. Eine Sorgenfalte, gefühlt so tief wie die Partnachklamm bei Garmisch-Partenkirchen, macht sich auf seiner Stirn breit. Irgendetwas stimmt nicht. Irgendetwas läuft schief. Etwas Gravierendes.

Mit dem kritischen Blick und dem Know-how eines Jungwissenschaftlers analysiert er die schrankgroße Röntgen-Apparatur: Sie erzeugt elektromagnetische Strahlung mit einer Wellenlänge von weniger als 10 Nanometern. Solche Apparate haben ausreichend Strahlungsenergie um jeden Zellhaufen in Flora und Fauna, jedes elektronische Bauteil, mechanische Geräte aller Art oder sämtliche nur denkbaren Gepäckstücke zu durchleuchten. Sogar Delfine, Gletscherleichen, Autoreifen, Flugzeugturbinen bis zu großen Lastautos geben so bis in kleinste Details ihre Geheimnisse preis. Verschluckte Plastikschnorchel, steinzeitliche Oberschenkelhalsbrüche, Kokaintransport oder Materialermüdung – dank Röntgenstrahlung wird Verborgenes sichtbar, Verstecktes entlarvt. Wie groß wären wohl die gesundheitlichen Auswirkungen, wenn man 40 Berufsjahre, 220 Arbeitstage pro Jahr mal 8 Stunden neben diesem Strahlenschrank das Gepäck kontrolliert? Das subsummiert sich bestimmt auf mehrere hundert ungesunde Millisievert Strahlendosis pro Jahr. Ob die Angestellten das so genau wissen? Magnus verspürt Lust, die Mitarbeiter aufzuklären und ihnen das Tragen von kleinen Messgeräten, so genannten Personendosimetern, zu empfehlen. Wäre da nicht seine ganz persönliche Röntgen-Irritation. Und wer würde schon die Bedenken eines umweltbesorgten Studenten ernst nehmen? Mit mulmigem Gefühl geht Magnus langsam auf einen massigen Security-Mann zu. Er fordert den Flugreisenden auf, die Beine zu spreizen und die Arme seitlich zu heben. Nun beginnt der Mann, Magnus mit der professionellen Routine, dies jeden Tag im Schichtdienst hunderte Male zu tun, abzutasten. Kleingeld, Kaugummi und Hausschlüssel – nichts bleibt dem Mann verborgen. Magnus leert alle Hosentaschen und legt deren Inhalt in eine Plastikschale. Ja, auch den Gürtel muss er lösen. Die Gummihandschuhhände des Security-Mannes tasten ihn vom Brustkorb über Hüfte, Gesäß und Schritt bis zu den Unterschenkeln ab, auf der Suche nach verstecktem Sprengstoff, Drogen oder Waffen. Dann wird er aufgefordert, die Schuhe auszuziehen, vermutlich, weil er im potenziellen Terroristenalter ist. Denn weder die Familien noch die Senioren vor ihm waren in Socken dagestanden. Im linken Augenwinkel erkennt Magnus, dass mehrere Securityleute zum Bildschirm des Röntgengerätes eilen und heftig diskutieren.

Intensive Leibesvisitationen sind Magnus nicht ganz fremd. Er hat sie leibhaftig erlebt, als man ihn bei einer Demonstration für ein Mitglied der „Letzten Generation" gehalten hat oder bei Drogenkontrollen im Techno-Club „Pt78", den Magnus gelegentlich zusammen mit seinen besten Freunden besucht. Beziehungsweise versucht reinzukommen, da die Studenten oft nicht die Gnade des titanischen Türstehers finden, der lieber attraktive Frauen in das leicht elitäre Abtanz-Etablissement einlässt als ein nur durchschnittlich attraktives Trio oder Quartett, dem man sofort ansieht, dass es stundenlang an einem 0,33er Bierchen, einer Cola oder Apfelschorle nippt, und sich nicht in Unkosten stürzen wird, um die schicke „Pt78"-Damenwelt zu screenen.

Gerade ist der letzte Zipfel der Tasche im dunklen Schlund verschwunden. Nun sind beide Gepäckstücke von Magnus im Röntgendetektor. Dort durchdringt die hochfrequente Strahlung alle Inhalte und hinterlässt je nach der Konsistenz des Materials ein genaues Bild auf dem Schirm des Apparates. Geschultes Personal verfolgt den durchleuchteten Warenstrom. Als Magnus nach der Leibesvisitation seine Arme senkt, in die Turnschuhe schlüpft, schießen ihm wirre Gedankenfetzen durch den Kopf. Die Sorgenfalte und ihr Auslöser. Dort wo Hirnforscher das Kurzzeitgedächtnis verorten, entsteht plötzlich eine schmerzhaft heiße neuronale Spur. Magnus zieht einen Spearmint-Kaugummi aus der Hosentasche, streift das Papier ab, schiebt den minzigen Streifen in den Mund und schnippt das zerknüllte Alupapier circa drei Meter weit in den nächsten Papierkorb. Der gravierende Fehler. Nun wird er ihm bewusst.

Weil man als verliebter Chemiestudent eher bastelt, als eine Geschenk-Boutique aufzusuchen oder bayerische Blumen nach Israel zu importieren, hat er seiner Angebeteten einen wiederaufladbaren, leistungsstarken Lithium-Ionen-Akku zusammengelötet. Dieser elektrotechnische Liebesbeweis liegt gut verpackt in seinem Adidas-Rucksack und wird nun gerade vom Röntgendetektor als Batterie-Kabel-Verhau erkannt, kaum zu unterscheiden von einer Bombe mit Zeitzünder. In dieser Sekunde wird ihm das Malheur klar und dann augenblicklich zum Verhängnis. Er beißt noch zwei Mal mit den Backenzähnen auf den Spearmint-Kaugummi, schiebt die weiche Masse zwischen die Frontzähne, um damit eine Blase zu erzeugen. Mit dem Kaugummi kleine Blasen aufzupusten ist bei Magnus immer eine Begleiterscheinung in Momenten höchster Konzentration. Psychologen nennen das Übersprungshandlung – eine sinnlos erscheinende Verhaltensweise, die dem Betroffenen aber Zeit zum Nachdenken gibt, um beispielsweise Stress oder eine Peinlichkeit zu überbrücken. Auch herannahende Frustrationen und Katastrophen hat Magnus schon öfter mit einer unbewusst erzeugten Kaugummiblase überstanden.

Bei einem seiner Semesterferienjobs fuhr er morgens mit einem Transporter auf eisiger Strecke in eine Kreuzung. Er sah von rechts einen roten Smart kommen, der trotz roter Ampel in die Kreuzung rutschte. Sein 3,5-Tonnen-Gefährt ließ sich durch die Bremse ebenfalls kaum verzögern. Wie immer am Steuer, so kaute Magnus auch an diesem Morgen ununterbrochen auf verschiedenen Sorten Wrigleys herum. Im Augenblick der höchsten Sorge und Furcht, als er das Bremspedal durchdrückte und der Transporter ungebremst über das Eis rutschte, schnalzte er den Kaugummi mit der Zunge nach vorne und setzte an, eine Gummiblase aufzupusten. Noch bevor sie sich entfalten konnte, touchierte der feindliche Smart das Heck des unschuldigen Transporters, der erst mitten auf der Kreuzung zum Stehen kam. Auch vor Verabredungen, wichtigen Sitzungen, Treffen oder Prüfungen greift Magnus immer zum Kaugummi. Es ist jener Konsumartikel, der ihn von morgens – ideale Kariesprävention – bis in den Abend – frischer Atem auch nach einer Marlboro-Zigarette – begleitet. Und Magnus ist auch wissenschaftlich immer auf der Höhe der Zeit, wenn es gilt, Argumente für den Genuss eines Kaugummis zu finden. Durch die Arbeit der Kaumuskulatur, so lautet sein Lieblingsargument, werde die Blutversorgung des Kopfes und damit die Sauerstoffsättigung des Gehirns verbessert.

Hätte er nur schon vor dem Betreten der Israel-Abflughalle zum Kaugummi gegriffen! Einen Übersprungs-Kaugummi, der ihm den eigentlich ganz einfachen Sachverhalt „einen-Batterie-Drahtverhau-nimmt-man-nicht-mit-ins-Flugzeug-und-nur-Vollidioten-legen-so-etwas-ins-Handgepäck" ins Bewusstsein gerückt hätte. Jetzt ist es zu spät.

Eine schrille Alarmsirene lässt die wartenden Fluggäste im Terminal erstarren, dann löst der laut jaulende Pfeifton bei den Reisenden die typischen was-ist-denn-hier-los-Reaktionen aus: Man dreht sich, gegenseitiges Schulterzucken, die Suche nach Informationen und Erklärungen für den Alarm. Auf der Anzeigetafel, im Gesicht des Nachbarn, wo auch immer. Nichts lässt eine Deutung zu und niemand weiß, warum der ohrenbetäubende Alarm ausgelöst wurde. Eltern ziehen ihre Kinder an sich heran. Das Bodenpersonal sortiert sich, vermutlich wird nun ein eingeübtes Krisenprotokoll abgearbeitet. Eine der Security-Frauen greift zu einem Telefonhörer, die an den tragenden Säulen der Halle befestigt sind.

Magnus ahnt, dass er das Chaos verursacht haben könnte. Spontaner Schweißausbruch auf der Stirn, dort wo sich die Partnachklamm-große Sorgenfalte jetzt sturzbachartig zu füllen scheint. Als würde ein Duschkopf den Schweiß ausspucken, wird sein T-Shirt überschwemmt. Unter den Achseln, auf der Brust, am Rücken. Alles nass. Ganz plötzlich. Der Fluchtinstinkt löst ein neuronales Feuerwerk aus, die Notfallmeldung bahnt sich den Weg durch das Rückenmark. Denn diese Schutzmechanismen des Körpers gehen nicht den Umweg über das Gehirn. Das wäre eine höchst unvernünftige Zeitverschwendung, die die Evolution schon längst mit Tod und Ausrottung der Spezies bestraft hätte. Deshalb zucken die Reaktionen blitzschnell vom Rücken in die Glieder. Magnus weiß, wie gut es ist, dass sich Reflexe nicht steuern oder gar unterdrücken lassen. Nur deshalb kann sich vom Fadenwurm bis zum Homo polyglottis, vom 500 Millionen Jahre alten Urtier bis zum weltreisenden Menschen jeder auf seine bewährten, programmierten Reaktionen verlassen! So gilt der nur einen Millimeter lange Fadenwurm Caenorhabditis elegans als ziemlich simples Lebewesen. Sein Gehirn besteht aus lediglich 302 Nervenzellen, aber Forscher bescheinigten ihm beachtliche Gedächtnisleistungen, ein aktives Sexualverhalten und sie bewunderten seine elegante (daher der Name C. elegans) Fortbewegung. C. elegans hat überdies einen wirkungsvollen Rückzugsreflex im Verhaltensrepertoire. Wird der Wurm gestört, etwa mit einer zeitgenössischen Laborpinzette angestoßen, mit Säure von Vulkanausbrüchen oder Lichtblitzen eines urzeitlichen Gewitters traktiert, zieht er sich zum Schutz zusammen. So einfach ist es, das Überleben für eine halbe Milliarde Jahre zu sichern.

Magnus wendet sich von seinem Urwissen gesteuert, nach links zum Ausgang. So bemerkt er nicht, dass von rechts mehrere Polizisten in seine Richtung hechten. Was er dann spürt, ist ein trockener Schlag in die Kniekehlen, er sackt zusammen, wie ein hölzerner Ikea-Klappstuhl und zwei wuchtige Männer drücken den Einsdreiundachzig-68 Kilo-Spargeltarzan auf den Boden.

„Wos is in dem blauen Rucksack?", schreit einer in urigem Bayerisch. Was verdammt da drin sei, brüllt ein Anderer.

Magnus hört ein metallisches Klicken in der Nähe seiner Handgelenke. Schellen, Handschellen? Die kennt er nur aus dem Fernsehen, wenn zum Beispiel David Caruso in „CSI: Miami" wieder einen Drogenboss überführt hat und den Übeltäter dann von einem adipösen US-Polizisten abführen lässt. So ein fetter Koloss bayerischer Herkunft macht sich jetzt auf Magnus schweißnassem Rücken breit, mindestens 120 Kilo beben auf seinen Lendenwirbeln. Weder Magnus´ Knochen noch die Bandscheiben sind für derartig rabiate Rüttel-Schüttel-Attacken konstruiert. Gleich wird sein Kreuz zu Knochenmehl zermalmt. Dann taugt sein Rückgrat nur noch als Fischfutter. Aber sein Leid als unterdrücktes Opfer interessiert jetzt niemanden. Er ist hier als Chaosverursacher, als potentieller Täter entlarvt.

„Wos is des? Hast a Bombn baut?", bellt der dicke Bayer mit aller Inbrunst und Gewissheit, einen gemeingefährlichen Terroristen, Flugzeugentführer, Waffenschmuggler oder kriminellen Spinner aus dem Verkehr gezogen zu haben.

Da Magnus´ Kopf auf dem harten Granitboden zur Seite gepresst ist, sieht er nur noch in eine Hälfte der Halle. Der Boden riecht nach frischem Steinpoliermittel. Der graue Granit ist so frostig wie der kälteste Punkt des Universums. Minus 270 Grad, gefühlt an seiner Backe. Nun ziehen sich die Fluggäste mit angstgeweiteten Augen, wild gestikulierend aus dem Sicherheitsbereich zurück. Eingefleischten Gaffern reicht das am Rande Miterlebte offensichtlich nicht. Terrorverdächtige sieht man eben nicht jeden Tag aus nächster Nähe. Hier ein Fetzen Sensationslust, dort eine Portion Angst, daneben Betroffenheit und Empörung. Mütter zerren ihre Kinder aus der potenziellen Gefahrenzone, der Talmud-Student wendet sich ab und liest einfach weiter seine Texte. Der Jesus-Tourist mit der Trinkflasche hingegen stellt sich neugierig auf die Zehenspitzen, um über die vor ihm Stehenden einen guten Handykamerablick auf den Tatort zu erhaschen – so könnte das ein spektakulärer Einstieg ins Israel-Reise-Video werden, vermutlich erhofft er sich eine Top-Platzierung bei YouTube. Ein Mann mit einer leuchtend blauen Kippa verschafft sich mit hebräisch-jiddisch-deutschem Gemurmel Luft. So etwas wie „Hauptstadt der Bewegung", „Generation Meschugge" und „Misthaufen der Geschichte" dringt zu Magnus' eingeklemmten Ohren vor. Solange sein blauer Rucksack mit dem Do-ityourself-Akku noch im Röntgengerät der Flughafen-Security steckt, ist mit Barmherzigkeit nicht zu rechnen.

Warum hat er eigentlich die Security-Leute nicht vor der irritierenden Fracht gewarnt? Vermutlich, weil er als Airline-Rookie zum ersten Mal in ein Flugzeug steigt. Der Eigenbau-Akku als unangemeldeter Israel-Import im Handgepäck – eine toxische Kombination, eine bemerkenswert große Dummheit.

Mächtig drückt die Staatsgewalt auf sein Kreuz, ein fleischiger Unterarm fixiert seinen Kopf. Was auch immer er nun von sich gibt – Magnus' Erklärungsversuche werden äußerst naiv klingen. Entlastend wirkt jedoch die kurze Entstehungsgeschichte des Eigenbau-Akkus. Dieser unschuldige Drahtverhau mit einer kleinen Steuerelektronik kostete kaum 25 Euro. Die neun 1,5 Volt-Lithium-Ionen-Akkus hat er aus dem alten Elektroschrauber herausgepult und mit silbernem Panzerband – einer besonders reißfesten Sorte Klebeband der

Bundeswehr – zusammengefügt. Kabel und Steuerelektronik sind stoßsicher an einer Schmalseite des Batteriepakets angeklebt. So hat der Akku etwa die Außenmaße einer Zahnpastatube und wiegt so viel wie ein Stück Butter. Shamouti beklagte beim letzten Telefonat, dass ihr Billig-Handy nach einer Stunde den Geist aufgebe, weil ihr Akku sich so schnell entladen würde. Da sie an einer umfangreichen Studie arbeite und stundenlange Interviews führe, bräuchte sie einen Audio-Rekorder mit längerer Laufzeit. Magnus hat diesen Missstand sofort als Auftrag aufgefasst. Es ist eine willkommene Herausforderung für den Technikversteher Magnus, ein maßgeschneidertes Powerpack für seine Geliebten zu bauen. Und weil der leistungsstarke Li-Ionen-Akku seit Wochen in Geschenkpapier eingewickelt und mit weißblauem Schleifchen verziert ist, wirkt er von außen unverdächtig und harmlos. Ein Spielzeug. Dass das Teil im Röntgen-Scanner wie eine fachmännisch angefertigte Plastiksprengstoffbombe mit Zeitzünder aussieht, die naiv an Bord geschmuggelt werden sollte, wird ihm nun klar – in seiner ganzen Tragweite.

Für einen Moment kann er seinen Kiefer vom einseitigen Druck befreien. Er schiebt den Kaugummi mit der Zunge zur Seite und versucht, mit dem arg eingeschränkten Gaumen und kaum zu öffnendem Mund etwas Verständliches von sich zu geben.

Es sei ein selbstgebauter Li-Ionen-Akku für seine Freundin, stammelt Magnus, wobei das Lithium-L durch den zusammengepressten Kiefer klingt, als hätte er ein massives Alkoholproblem. Damit sie unterwegs Musik hören könne, lügt er der Einfachheit halber. Wer will schon in solcher Notlage eine ihm nicht näher bekannte Studienarbeit der Universität Haifa erläutern, die angeblich auf umfangreichen Interviews basiert und deshalb eine technische Innovation aus seiner Hand geradezu herausforderte? Das Handy sei dann als Datenspeicher für stundenlange Gespräche nutzbar, erklärt er mit flirrender Stimme. „Keine Bombe oder so?", fragt jemand, den er nicht sehen kann.

„Garantiert nicht! Schauen Sie doch einfach in meine Gesäßtasche", fleht er. Darin stecke sein Studentenausweis, er studiere an der TU München Chemie und habe das Ding selbst aus den Resten eines Akkuschraubers zusammengelötet mit Bauteilen von Otto-Elektronik in der Türkenstraße. Das Ding sei wirklich absolut ungefährlich, und nur für seine Freundin, beteuert er mit letzter Puste.

Akkuschrauber, Musikhören, TU und der Hinweis auf den bekannten Elektronikladen in der Türkenstraße scheinen die eskalierende Angst der Beamten zu bremsen. „Okay", meint der Dicke. Magnus solle den Rucksack aufmachen, aber die MP vom Kollegen bleibe im Anschlag.

MP im Anschlag? Magnus im Visier einer Maschinenpistole? Da er den Bund, den Wehrdienst, den Dienst an der Waffe aus Gewissensgründen verweigerte aber ein Freiwilliges Soziales Jahr, FSJ in der Jugendherberge absolvierte, beschränkt sich sein militärkundliches Wissen auf wenige kriegerische Kinofilme, den Blick in die Wochenend-Süddeutsche oder einschlägige Netflix-Serien.

Aber MP, beziehungsweise Maschinenpistole, klingt schlimm und äußerst bedrohlich. Wie oft haben sich Schüsse aus solchen vollautomatischen Handfeuerwaffen schon selbst gelöst. Gab es nicht unlängst einen solchen Vorfall in Hannover? Bei Polizisten, die in der Innenstadt mit einer MP unterwegs waren, löste sich, so stand es in der Zeitung, aus ungeklärter Ursache ein Schuss! Wie hoch wäre wohl die Wahrscheinlichkeit hier und jetzt, eine Lineallänge von seiner Schädelkalotte entfernt? Jetzt kann ihm niemand helfen. Ein versehentlicher Schuss, ein blöder Bedienungsfehler. Das wäre es dann wohl gewesen. Tot – aus ungeklärter Ursache. Aber irgendwie auch selbstverschuldet.

Nur ein einziger seiner zahlreichen Freunde, das wird Magnus gerade klar, war oder ist beim Militär. Gianluigi dient als Zeitsoldat, aber nur in der Sanitätsstaffel, sagt er immer mit unterwürfiger Entschuldigungsstimme, weil er Medizin studieren wolle. Richtig stolz sei Gianluigi darauf, die allgemeinmilitärische Grundbefähigung (AllgMil GrundBefäh in original Bundeswehr-Kürzeln) mit der schlechtestmöglichen Bewertung überstanden zu haben. Das Modul „Grundlagenausbildung für Gewehr und Pistole" habe er nur wegen seiner vorbildlichen Waffenpflege und der auswendig gelernten Schießordnung bestanden. Von Gianluigi stammt auch das Panzerband. Immer wieder verbesserte er seinen Bundeswehr-Malus im Kreis der linksalternativen Verweigerer durch militärische Mitbringsel. Einmal brachte er einen 33 Jahre alten Karton mit den berühmten „Atomkeksen" der Nationalen Volksarmee der DDR mit. In kleinen Notverpflegungsboxen aus Metall befanden sich sogenannte Kekskomprimatriegel des Jahrgangs 1988 mit sehr viel Nährwert auf geringstem Raum. Im Falle eines Atomkriegs – so erhielt das kalorienreiche Backwerk der VEB Wikana seinen Namen – wären diese Kekse womöglich eine letzte Notration im Arbeiter- und Bauernstaat gewesen. Nun liegen die museumsreifen Atomkekse als kulinarisches Abschreckungsobjekt in seinem Küchenregal. Gianluigi brachte aber auch ausgemusterte Stahlhelme oder Gasmasken als Faschingsverkleidung mit, er lieferte Feldgeschirr für den Campingurlaub der Wohngemeinschaft oder eben Panzerband für die private Bastelstube und die Werkstatt. Magnus und seine Gesinnungsgenossen (da es sich bei seinen Best-Friends um ein reines Männerquartett handelt, erübrigt sich die in ihren Kreisen obligatorische geschlechtersensible Erwähnung) nutzen die Bundeswehr als praktischen Selbstbedienungsladen. Davon abgesehen galt „der Bund" jahrzehntelang als völlig unsinniger Selbstbeschäftigungs-Verein. Das hat sich im Februar 2022 mit dem Beginn der Spezialoperation Russlands, dem kriegerischen Überfall der Ukraine, in dramatischer Weise geändert. Die Babyboomer und ihre Kinder wuchsen mit einer Armee auf, die stetig an gesellschaftlicher Relevanz und Ansehen verloren hatte. Wer nach 1992 geboren wurde, musste auch keinen Wehrdienst mehr leisten. Und weil die Wehrpflicht seit 2011 ausgesetzt ist, werden Soldaten, denen man gelegentlich in der U-Bahn begegnet, milde belächelt. „Augen auf bei der Berufswahl", flüsterte unlängst ein Freund Magnus zu, als eine rothaarige Frau in Uniform an der U-Bahn-Haltestelle Marienplatz in großer Hast zustieg und am Münchner Hauptbahnhof eilig auf die Rolltreppe stürmte.

Seit dem Ende des Kalten Krieges, der Auflösung der UdSSR und bis zu Putins kriegerischem Einmarsch in die Ukraine gab es schließlich keinen wirklichen Feind. Abgesehen von den EU-UN-NATO-Mandaten gab es niemanden, gegen den man sich hätte zur Wehr setzen müssen. Was oder wen verteidigen? Wozu das Ganze? Daher rührte in weiten Teilen der Gesellschaft und speziell in Magnus′ Umfeld die genüsslich kultivierte Geringschätzung für alles Militärische.

In zartem Widerspruch dazu besitzt Magnus jedoch ein Luftgewehr – was er selbstverständlich verheimlichte, als er den Antrag zur Kriegsdienstverweigerung stellte. So löste das Ausfüllen des Adress-Feldes „An das Karrierecenter der Bundeswehr" zwar eine spontane allergische Abstoßungsreaktion in Magnus Zeigefinger aus. Erst beim Zukleben des DINA4-Kuverts mit den Dokumenten zur Kriegsdienstverweigerung ließ das Zittern nach. Keinerlei Allergien oder sonstige Aversionen verspürte der Pazifist hingegen, wenn er früher seine Privatwaffe schulterte. Mit dem Luftgewehr der Marke Zbrojovka Brno übte er schon als kleiner Junge im heimischen Garten, allerdings nur für das Oktoberfest. Für mehr als ein Plastikskelett oder eine Wegwerfrose reichten Schussglück und Zielwasser allerdings nie. Das Luftgewehr Made in Czechoslovakia, das für Magnus eine hinnehmbare Unvereinbarkeit zur Kriegsdienstverweigerung darstellte, legte jährlich 11 Monate lang Flugrost an. Dann, jeweils wenige Tage vor dem Oktoberfest, holte Magnus die Waffe aus dem Keller der Eltern und übte mit einigen Dutzend Bleikugeln im heimischen Garten für den ganz persönlichen Ernstfall. Der fand dann alljährlich in der Schießbude Oberlechner auf dem Oktoberfest statt: 12 Schuss für 6 Euro!

Das ist lange her. Nun zielt die Mündung einer Maschinenpistole in kaum 30 Zentimeter Entfernung auf Magnus Schläfe. Der bayerische 120-Kilo-Sack erhebt sich von Magnus Rücken. Der Erniedrigte versucht auch langsam aufzustehen, was ihm nur umständlich gelingt, da seine Hände noch fixiert sind. Die Hände auf dem Rücken, tief gebeugt wie ein mittelalterlicher Büßer auf dem Weg zum Scheiterhaufen, nähert er sich dem Rucksack und der Tasche, die längst aus dem Röntgengerät herausgekullert sind und nun auf dem Seziertisch der Security liegen. Magnus, der Rucksack und die Tasche, statt radioaktiver Röntgenstrahlung sind er und sein Habitus jetzt giftigen Blicken von etwa 80 Fluggästen ausgesetzt. Der Dicke schließt die Handschellen auf. Was für ein Vertrauensbeweis! Und die MP ist nicht mehr auf ihn gerichtet, entsichert lugt die Mündung nach oben. Von den Flughafenpolizisten bekommt Magnus präzise Anweisungen. Mit zitternden Fingern öffnet er den Reißverschluss des blauen Rucksacks. „Mach´ ganz langsam", sagt der Dicke. „Eine Hand auf den Rücken", befiehlt der andere.

Magnus fährt mit der rechten Hand in den Rucksack, schiebt ein paar Gläser Nutella beiseite, ein nahrhaftes Mitbringsel für Shamouti, und wühlt sich durch Reiseunterlagen, Kulturbeutel, Studienunterlagen und Wechselklamotten. Zwischen den Shorts, dem sandfarbenen T-Shirt der Fairtrade-Marke „Waschbär" und einem No-Name-Leinenhemd liegt das Geschenkpaket für Shamouti, das er jetzt ganz langsam aus dem Rucksack zieht und auf den Kontrolltisch legt.

Leider sieht sein Geschenk noch nicht wie keine Bombe aus. Er habe schon Splitterbomben in einer Mon Chéri-Schachtel gesehen, sagt der Dicke. „Pack´ den Akku aus, weg mit dem Papier".

Dazu müsse er seine linke Hand vom Rücken nehmen, bittet Magnus.

„Okay, aber mach ganz langsam", wiederholt der Securitymann.

So fällt die liebevoll gestaltete Geschenkpapierhülle der harschen Kontrolle zum Opfer, Magnus reißt das Päckchen in Zeitlupe auf einer Seite ein – damit jeder Restverdacht, er könnte nun einen Zünder aktivieren, erlischt – und zieht den Akku heraus. Dabei rutschen die zwei Stromkabel des Akkus seitlich heraus – eine letzte Schrecksekunde für den Mann mit der entsicherten Maschinenpistole.

„Dös soll ein Akkumulator sein?" wundert sich der Bayer. „Dös" schaue aus wie eine neumodische, elektronische Mausefalle. Dafür, dass er seinem Gegenüber vor zwei Minuten noch den Ischiasnerv und die linke Ohrmuschel zerquetscht hat, wirkt er jetzt fast kumpelhaft übermütig. Sein Kollege nimmt die Eigenbau-Stromversorgung, prüft die unter dem Panzerband erkennbaren Markenakkus eines Bosch-Elektroschraubers. Anstatt das Werk nun zur Seite zu legen, nimmt er es mit der rechten Hand und schwingt es mehrfach durch die Luft. Das Ding habe ein ordentliches Gewicht, es liege gut in der Hand, damit könne man jemanden erschlagen, sagt er und schiebt es notdürftig wieder in die aufgerissene Geschenkpapierrolle.

Die Sporttasche passiert die Röntgenanlage ohne Probleme – Unterwäsche, Ersatzhemden, Sportschuhe, sein geliebter TU-München-Hoodie, Badehose, drei Paar Socken sowie ein 500g-Riegel Toblerone, den Shamouti zu einem speziellen Kuchen weiterverarbeiten möchte, lösen im Terminal für Israel-Fluggäste keine weitere Panik aus. Alles komplett unverdächtig. Magnus versucht sich zu sortieren und nimmt verwundert zur Kenntnis, wie schnell sich der kriegsähnliche Zustand in der Halle in ein geschäftiges Herumwarten wandelt. Die versprengten Fluggäste stellen sich wieder in vier Reihen vor den Detektoren auf, lassen die Leibesvisitation über sich ergehen und verwickeln das Sicherheitspersonal in einen kurzen

Smalltalk. Schließlich gibt es genügend Gesprächsstoff, um die eigene Erregung mit abfälligen Bemerkungen über den jungen Mann mit dem blauen Rucksack abzubauen. Wie könne man nur so naiv sein? So unbedarft in der Hochsicherheits-Israel-Abflughalle auflaufen? Ein Narr auf Reisen müsse das sein. Das von Magnus verursachte Chaos löst sich allmählich auf, es verflüchtigt sich wie übler Mundgeruch, den man mit einer Handbewegung vertreibt. Und der potenzielle Täter ist bald nur noch eine Randnotiz. Eine weiße Boeing 737 mit blauem Davidstern steht nun vor der Abflughalle.

Bis der Aufruf für den EL AL-Flug ELY 247 kommt, sitzt Magnus allein auf einer abseits gelegenen Wartebank und genehmigt sich zwei Streifen Kaugummi seiner derzeitigen Lieblingsgeschmacksrichtung Cinnamon-Fruit. Er kaut heftig, schluckt den würzigen Speichel hinunter - was für eine Ablenkung, was für ein Genuss. Sein Leben und die kaum glaublichen Ereignisse dieses Morgens laufen als eine Art Zeitraffer-Selfie vor seinem inneren Auge ab:

Magnus Beerfeld, du seist ein typisches Sonntagskind und ein Produkt ihres „Summer of Love 1997“, erzählen deine Eltern gern. Dieses ungetrübte Bewusstsein und den unerschütterlichen Glauben an das Gute haben sie dir eingeimpft – ganz typisch für deine Epoche, die Generation Z.

Lieselotte und Otto Beerfeld sind keine Spät-Hippies, sie leben in einer gepflegten, fast spießigen Dreizimmerwohnung, sie schwärmen jedoch oft von den großen, epochalen Veränderungen, die der ursprüngliche „Summer of Love“, ihr eigenes Geburtsjahr 1967, für ihre und die folgenden Generationen brachte. Meistens beginnt Otto damit, den Scott McKenzie-Song zu summen und Lieselotte – sie ist textsicherer – singt dazu

„If you're going to San Francisco, be sure to wear some flowers in your hair. If you come to San Francisco, Summertime will be a love-in there.“ Wenn dann Freunde oder andere Gäste auf der

Welle mitschwärmen wollen und beispielsweise sagen... „ja, das Woodstock-Festival, das muss eine fantastische Zeit gewesen sein", dann setzt Otto immer seine silberne Nickelbrille auf und belehrt die Unkundigen: „Woodstock war 1969, der wirkliche Summer of Love, das war das Monterey Pop Festival 1967 mit Eric Burdon, Simon&-Garfunkel, The Who, The Mamas and the Papas und eben Scott McKenzie. Im Summer of Love war unsere Welt noch in Ordnung." Deine früheste Erinnerung reicht zurück bis zum Weihnachtsfest 2002. Da lag ein WAS IST WAS – Buch über die Mondlandung für dich unter dem Baum. Mit dem populärwissenschaftlichen Geschenk wollte Otto deinen kindlichen Forschergeist rechtzeitig nähren, aber du warst ja erst vier! Solche übereifrigen Förderaktionen können mitunter fatale Folgen haben. Bei dir, dem Sonntagskind Magnus, ist die Saat einigermaßen aufgegangen. Technische Probleme zu lösen oder naturwissenschaftliche Fragen zu erörtern, interessierten dich schon immer mehr als Fußball (wird laut deinen Lieblings-Influencern komplett überbewertet), männliche Status-Prahlerei (davon distanzierst du dich gelegentlich mit einem Instagram-Post: „ #Low key" ist das dann) oder No-Future-Gefühlsduselei (reine Zeitverschwendung, du lebst im Jetzt). Unvergessen ist für dich, dass du vor vielen Jahren auf dem Galileo-YouTube-Channel gesehen hast, dass in deinem Geburtsjahr 1998 die internationale Raumstation startete, auf der Menschen aus allerlei Ländern friedlich zusammenarbeiten. Am liebsten hättest du dich gleich für den nächstbesten Flug beworben. Doch diesem spontanen Wunsch standen noch fünf weitere Jahre im Gymnasium und ein passendes Astronautenstudium im Weg.

Dein Lieblingsgetränk ist – Generation Z-like – Bio Fair Trade Matcha Latte, aber mit Hafermilch, um den Klimawandel aufzuhalten, globale Ressourcen zu schützen und dich gesund zu fühlen. Du verspürst aber auch unbändige Lust, dich frei von ideologischen Einschränkungen entfalten zu können: Feiern bis zum Umfallen,

auszurasten, in Clubs zu eskalieren - das Leben als fette Party!
Fatalerweise haben die Corona-Pandemie und der Ukraine-Krieg
deine heile Welt zerstört. Du willst idealistischer Weltenretter und
hedonistischer Selbstverwirklicher sein, Gutes tun und das Leben
jetzt in vollen Zügen genießen – das ist ein Widerspruch, ein Draht-
seilakt. Aber ihr – du und deine Generation – werdet auch das ganz
pragmatisch lösen.

Nur ein einziges Mal, bei der Spontan-Demonstration vor ei-
nem Tierquäler-Schweinemast-Betrieb ist der woke Magnus mit
der Staatsgewalt in Konflikt geraten. Dein „Qual-Schnitzel? Nein
Danke"-Graffito am Einfahrtstor gilt als mutiges Beispiel zivilen
Ungehorsams. Du warst maximal „#salty", dass deine Persona-
lien im Mannschaftswagen der Polizei aufgenommen wurden. Bei
der Hausdurchsuchung haben sie sämtliche elektronischen Geräte
mitgenommen und nach verdächtigen Inhalten gesucht. Natürlich
haben sie nichts Kriminelles gefunden. Aber du wurdest zu einem
10-maligen U-Bahn-Putzdienst bei den Stadtwerken München ver-
donnert.

Mit dem elektronischen Geschenkpäckchen für seine israelische
Freundin einen Bombenalarm am Flughafen ausgelöst zu haben
und mit Handschellen gefesselt ins Visier einer Maschinenpistole
geraten zu sein – was für eine Dummheit! Der Beginn seiner so
akribisch vorbereiteten Reise muss ihm wie eine Realsatire vorkom-
men, wie eine teuflische Inszenierung. Springt jetzt „Verstehen Sie
Spaß"-Moderatorin Barbara Schöneberger aus der Flughafen-Kulis-
se? Ob Shamouti ihm überhaupt glauben wird, was er erlebt hat? Als
Beweis könnte Magnus nur zerrissenes Geschenkpapier und blaue
Flecken an Brust und Hüfte vorweisen. Glaubwürdig wird jedoch
die Megaportion Dämlichkeit wirken, die er ihr gestehen muss. Nur
das unbarmherzige Zusammentreffen von genialer Lötarbeit und
folgenschwerer Blödheit ermöglichten dieses Drehbuch.

Wenige Minuten später besteigt Magnus die Boeing 737 München-Tel Aviv und lässt sich von der Stewardess den Fensterplatz 23a zuweisen. Die 22 Reihen davor sind für jemanden, der seine Mitreisenden einem Terror-Stresstest unterzogen hat, ein arger Spießrutenlauf. Offensichtlich war für alle Anwesenden, dass man hier einen mutmaßlichen Drogendealer, Waffenschieber oder Flugzeugentführer auf dem Boden der Eingangshalle fixierte – bereit für den Abtransport in den Hochsicherheitstrakt einer Justizvollzugsanstalt oder die Abschiebung auf eine Gefängnisinsel. Warum er nun doch mitfliegen durfte, und wie jeder andere sein Handgepäck über dem Sitz verstauen kann, erschließt sich den Mitreisenden nicht.

Auch 44-faches Bedauern, „Sorry, es war ein Versehen", jeweils in die rechte und linke Sitzreihe, verbessert Magnus´ Status nicht. Für die anderen Passagiere ist er der junge Idiot, der allen einen mächtigen Schreck einjagte. Eine ältere Dame in türkisfarbenem Businesskostüm, mit zu einem Zopf geflochtenen roten Haaren und dunkler Brille betritt als letzte das Flugzeug und steuert auf den freien Platz neben Magnus zu. Als die elegante Seniorin bemerkt, dass ihr Platz 23b neben dem vermeintlichen Verbrecher liegt, bittet sie die Stewardess unüberhörbar, ihr einen alternativen Platz zu suchen. Doch der Flieger ist voll besetzt. Kapitän Yossi Ginzberg begrüßt die Fluggäste und entschuldigt sich für die Verspätung, da ein polizeilicher Einsatz im Flughafen ein planmäßiges Abheben verhindert habe. Die Dame von 23b lässt ihren Rollkoffer im Gepäckfach verstauen und setzt sich wortlos neben Magnus.

Er ist Yossi Ginzberg sehr dankbar, dass er den Verspätungshinweis vorwurfsfrei ohne genaue Nennung der Ursache oder des Verursachers vorgetragen hat. Diese maximale Diskretion entlastet seinen pseudoprominenten Fluggast enorm. Magnus stellt sich unterdessen den schlimmsten anzunehmenden Fall vor – Kapitän Ginzberg würde seiner Verärgerung über die Verspätung freien Lauf lassen und über die Bordlautsprecheranlage eine eindeutige Schuldzuweisung jagen: „Liebe Fluggäste, für die 45-minütige Verspätung können sie sich bis zur Ankunft in Tel Aviv bei dem jungen Mann auf Platz 23a bedanken." Sollten Sie sich künftig in einer Warteschlange vor oder hinter Herrn Magnus Beerfeld aus 80637 München befinden, wissen Sie ja nun, dass dies mit einem erhöhten Risiko verbunden sein kann. Nehmen Sie sich also in Acht, wenn Sie diesem Lockenkopf mit seiner Hochrisiko-Aura begegnen".

Stattdessen fühlt sich das verflüchtigte Chaos und der vornehme Verspätungshinweis des Kapitäns für Magnus an, als würde er allmählich wieder in den Kreis der nichtkriminellen Normalbürger aufgenommen, als wäre 23a ein x-beliebiger Mitfliegender. Ja, er fühlt sich vollumfänglich entlastet. Bei der extrem trockenen Luft im Flieger, so sinniert er, wird auch sein durchnässtes T-Shirt bald frei von Schweißflecken sein. Noch sind die zahlreichen dunkelgrauen feuchten Stellen auf dem hellgrauen Baumwollstoff unübersehbare, mit salziger Körperflüssigkeit vollgesogene Kainsmale. Unter den Achseln und am Rücken verdunstet der Schweiß deutlich langsamer als an der Brust. Ohne seine Sitznachbarin zu behelligen, fächelt Magnus Extraportionen Bordluft unter sein T-Shirt, um die Trocknung zu beschleunigen.

Dann greift er in das Staufach seines Sitzes und fischt eine Zeitschrift heraus – „Shalom", das Bordmagazin von EL AL. Wie viele andere Passagiere beginnt er zu blättern. Spannend findet er den mehrseitigen Bericht über die „Operation Salomon": Im Mai des Jahres 1991 fand demnach eine spektakuläre Rettungsaktion für äthiopische Juden statt. Innerhalb von 36 Stunden brachten 24 Transportflugzeuge der israelischen Luftstreitkräfte sowie 10 zivile Flugzeuge der EL AL über 14.324 Menschen nach Israel. Dabei beförderte eine Frachtmaschine des Typs Boeing 747 insgesamt 1.137 äthiopische Juden von Addis Abeba nach Israel. Dies wird im Zeitschriftenbericht als Luftbeförderungs-Weltrekord gefeiert, denn die Boeing 747 sei nur für rund die Hälfte der Passagiere ausgelegt gewesen. Dann überfliegt Magnus einen historischen Abriss der EL AL-Geschichte: Die Airline sei 1948 gegründet worden, weil der erste Präsident Israels, Chaim Weizman, nach Genf fliegen wollte, aber für ein militärisches Flugzeug keine Landeerlaubnis erhalten habe. So verwandelten die Israelis kurzerhand eine geleaste US-Militärmaschine vom Typ Skymaster DC-4 in ein ziviles Flugzeug einer noch nichtexistierenden israelischen Luftfahrtlinie und starteten später den regulären Flugbetrieb. In einem Kästchen zur Historie wird die Herkunft des Namens EL AL erklärt – es bedeute „zum Himmel, zu Gott hin" und entstamme einem Text des biblischen Propheten Hosea – das ist erbaulicher Lesestoff, auch für einen Atheisten wie Magnus.

Auf den nächsten Seiten des „Shalom"-Magazins ist ein Bericht über einen besonders gefährlichen Weltreisenden abgedruckt. Der Kleine Beutenkäfer Aethina tumida wird nämlich als Massenmörder beschrieben, der per Schiff, Automobil, Bus, Lkw oder Flugzeug unterwegs sei. Deshalb hat er es wohl auch in die Hochglanzbroschüre der Airline geschafft. Der Beutenkäfer sei nur fünf Millimeter groß, habe auffällige, kegelförmige Fühler, Stachelborsten auf dem Rücken und Dornen am Hinterteil, liest Magnus. Das Insekt und die Problematik sind ihm völlig unbekannt. Die Wissenschaftlichkeit, mit der das Leben des Ungeziefers auf mehreren Seiten ausgebreitet wird, weckt aber sein Interesse. Der Käfer stamme eigentlich aus der südlichen Sahara und vernichte dort massenhaft Bienenvölker. Der kleine braune Übertäter lege, so beschreibt es der Autor mit maximaler Dramatik für Imker, Honigliebhaber und EL AL-Fluggäste, hunderte Eier in einen Bienenstock, nach zwei bis drei Tagen schlüpften die Larven und fräßen sich dann durch die Waben. Eine besonders ekelige Hinterlassenschaft sei der Kot der Larven. Er verschmutze den Honig, setze einen Gärprozess in Gang, wodurch die Süßspeise ungenießbar würde. Ein einziger Beutenkäfer, schreibt der Autor, vernichte einen Bienenstock innerhalb weniger Tage.

Was für ein widerlicher evolutionärer Auftrag, findet Magnus. Zudem haben die Südsaharatierchen bereits Strategien entwickelt, in kälteren Gegenden zu überleben. Sie nutzen die Wärme der überwinternden Bienen. Ein Biologe, der das schauerliche Treiben des Kleinen Beutenkäfers erforscht, beschwert sich in dem Bericht darüber, dass die Europäische Union nichts gegen die Ausbreitung der Invasoren unternehme. Denn der Parasit wandere immer weiter nach Norden, angeblich seien auch jenseits des Atlantiks schon erste Schadensfälle aufgetreten und es wäre nur eine Frage der Zeit, warnt der Wissenschaftler eindringlich, bis dieser Schädling sämtliche Bienenvölker in Europa und in Amerika ausgerottet haben wird.

Jeder weiß, wie wichtig die Bienen sind! Deutschland ohne Bienen, ganz Europa ohne Obst? Eine schreckliche Vorstellung, das müsse unbedingt verhindert und die EU zum Handeln gezwungen werden, findet Magnus. Doch sein Aktionismus währt nur wenige Sekunden. Denn jede Seite des EL AL Magazins ist jetzt Balsam, jede „Shalom"-Information entfaltet therapeutische Wirkung und senkt den Stresspegel auf Sitzplatz 23a. Ganz egal, wie furchterregend die Folgen einer eventuellen Invasion des Kleinen Beutenkäfers oder sonstiger EU-Unzulänglichkeiten auch wären.

Einfach nur normaler Fluggast sein. 2597 Kilometer beträgt die Luftlinie von München nach Haifa. 2597 Kilometer trennen ihn von seiner Geliebten. Es kommt ihm elend weit vor, wie ein Mondflug. Aber dort würde ihn niemand erwarten, Shamouti in Haifa schon. Bestimmt erledigt sie noch letzte Einkäufe, huscht noch einmal mit dem Staubsauger durch die Wohnung, bezieht das Bett neu, duscht sich, cremt sich mit der geliebten Herbes Troublantes-Lotion von Guerlain ein, die sie zu besonderen Gelegenheiten aufträgt, stellt eine Flasche Rotwein vom Mount Carmel auf den Tisch und reserviert einige Blätter Cannabis für die Willkommens-Zigarette. Was man halt so vorbereitet, um die Gegenwart des lange Ersehnten, des Vermissten, des Geliebten maximal auszukosten. Berge ungewaschener Kleidung, volle Mülleimer, leere Kühlschränke, unerledigte Behördengänge, lästige Verwandtenbesuche oder nervige Prüfungsvorbereitungen – jetzt sicher nicht! Sie werden sieben Tage Zeit haben, um das elendslange Jahr der Trennung aufzuarbeiten und Pläne für die Zukunft zu schmieden. Natürlich hat Magnus auch Wünsche – es ist sein erster Besuch in Israel. Er möchte unbedingt eine Orangenfarm besuchen, Shamouti versprach, verschiedene Musikfestivals zu besuchen und ihm jeden Tag einen neuen Strand zu zeigen. Denn die israelische Mittelmeerküste, so schwärmte sie in einer der letzten Emails, sei eine einzige Feier- und Badelandschaft. Deshalb hat Magnus eine neue 500 ml-Flasche Nivea Sonnenmilch mit LSF 50+ und „hochwirksamem UVA/UVB-Schutz" im Gepäck. Er wäre also auch auf ausgiebige Sonnenbäder bestens gerüstet.

Für ihn ist Sehnsucht ein emotionales Vakuum, jetzt gelte es diesen Flacon in kürzester Zeit mit Leben, mit Erlebnissen zu füllen. Kochen, Wandern, Reden, Schwimmen gehen und Zusammensein flössen nun in dieses entleerte Shamouti-Erlebnisgefäß. Das randvolle Reservoir müsse später helfen, Monate der abermaligen Trennung zu überbrücken. Ihre Körper, so Magnus´ Erfahrung, die machten eh, was sie wollten. Liebe betrachtet er mit rein wissenschaftlichem Interesse und erlebt sie körperlich als psychologische Nahbeziehung mit physischer Attraktion und erotischer Ausprägung. Zwischen zwei Individuen wird dieses abenteuerliche Ereignis ausgelöst – getriggert, wie Naturwissenschaftler gerne sagen – durch einen gut erforschten, körpereigenen Hormon-Cocktail. Liebe, Erotik und Sex seien bewährte Phänomene und Prozesse, die reinste Evolution! In seinem Selbstbild als Sonntagskind ist eine stetige Welle des Wohlbefindens der Normalzustand; Missgeschicke, Stress, Drama oder Leid sind für ihn ärgerliche, eigentlich vermeidbare und deshalb höchst unwahrscheinliche Leichtsinnsfehler in seiner ureigenen und lebenslangen Glücksformel. Mit dieser schlichten Beschreibung seiner geordneten Gefühlswelt und der Vorstellung, seinen Shamouti-Flacon bald randvoll gefüllt zu haben, möchte er auch künftige Entbehrungen seiner Fernbeziehung erfolgreich kompensieren.

Als die Boeing 737 auf der Startbahn beschleunigt, spürt Magnus nicht mehr, wie er in den Sitz gepresst wird. Er schwebt bereits. Die Leichtigkeit jenseits der Schwerkraft, ein unfassbar gutes Gefühl.

Magnus blättert weiter in der EL AL-Broschüre und bemerkt, wie ihn seine Sitznachbarin aufmerksam mustert. Sehr bedächtig gleitet ihr Blick von seinem Scheitel über das immer noch schweißnasse T-Shirt mit dem Smiley-Aufdruck, die Levis-Jeans bis zu den weißen Leinenturnschuhen. Es gibt diesen ganz bestimmten, speziellen Moment des Kennenlernens, wenn sich zwei Menschen begegnen, und einer von beiden eine unverfängliche Frage stellen könnte, um Anschluss zu finden, die Stimmung zu heben oder zwischenmenschliche Spannungen zu lösen. Aber Frau 23b stellt keine Frage. Wortlos treffen sich ihre Blicke, 23bs Pupille verengt sich, sie sieht 23a nun ganz scharf an, fixiert ihn schraubzwingenartig und krempelt die Ärmel ihrer weißblaugestreiften Bluse hoch. Das legt ihre feingliedrigen Hände und schmalen Unterarme frei. Die Boeing hebt jetzt vom Münchner Boden ab und dreht in Richtung Alpen. Bald sieht Magnus den Starnberger See zum ersten Mal von oben. Als 23b den linken Arm auf der Armlehne ablegt, entdeckt Magnus dort merkwürdige blaugraue Zeichen zwischen den Muttermalen und Sonnenflecken.

Als 23b den Unterarm in eine für sie angenehmere Position dreht, kann Magnus eine sechsstellige Zahlenkombination erkennen: 19 03 und 02 oder 07 sind offenbar tätowierte Ziffern auf ihrem Unterarm.

Es kann eigentlich nur die Häftlingsnummer eines Konzentrationslagers sein, wie Magnus sie bislang ausschließlich aus Facebook-Posts, Kino-„Spiel"-Filmen über den 2. Weltkrieg oder Netflix-Reportagen über Nazi-Opfer kannte. Auf erschreckende Weise wird ihm bewusst, wie groß der Unterschied ist zwischen einer Geschichte, die man liest oder am Bildschirm verfolgt, und einer, die leibhaftig neben einem sitzt. Magnus´ Blick bleibt sekundenlang an der Zahlenkombination seiner Sitznachbarin haften, dann wendet er sich kurz ab, teils aus Diskretion, teils aus überwältigender Scham, und muss dann wieder die zarten Bewegungen des weiblichen Unterarms verfolgen, die zu leichten Dehnungen oder Verschiebungen der 19 03 und 02 oder 07 führen. Magnus tiefe Erschrockenheit hat Gründe, konkrete Ursachen, es musste so kommen. Vermutlich würde es vielen an seiner Stelle ähnlich ergehen. Auf den hautnahen Anblick von eintätowierten KZ-Nummern war er nun wirklich nicht vorbereitet.

München im Sommer 2018

In seiner Schulzeit widmeten sich die Geschichtslehrer von Magnus mit großem Engagement der Steinzeit, den Kelten, den Römern, der Reformation und der französischen Revolution. Auch der Erste Weltkrieg, die Studentenrevolte, die RAF und die Wiedervereinigung fanden ausreichend Platz im Stundenplan. Für eine angemessene Aufarbeitung der Nazizeit und des Zweiten Weltkriegs haben 12 Jahre bayerisches Gymnasium in seinem Fall nicht ausgereicht. Da kamen in der 10. und 11. Klasse, als „Weimarer Republik" aber auch „Nationalsozialismus und Zweiter Weltkrieg" im Lehrplan standen, offenbar die Osterferien und Pfingstferien in die Quere. Anscheinend war das Thema seinen Geschichtslehrern egal oder immer noch zu heikel. Schulausflüge hatten den Donaudurchbruch beim Kloster Weltenburg, die Fuggerei in Augsburg, die Ruhmeshalle Walhalla zum Ziel oder das Salzbergwerk in Berchtesgaden. Aber um die Ecke, in der KZ-Gedenkstätte Dachau Geschichte leibhaftig erleben? Nicht in Magnus Gymnasium. Große Teile des Lehrkörpers waren entweder gelangweilte Millennials, erzkonservative Spießer jeden Alters, durchgestylte Spät-Existenzialisten, saturierte Babyboomer oder ausgelaugte Öko-Pädagogen im Frührentner-Stadium. Nach dem Erdkundelehrer Karlheinz Zehetmeier, der schwarz gekleidet, seine Stunden immer mit einem ermunternden Sartre-Zitat startete, etwa „wer die Dummköpfe gegen sich hat, verdient Vertrauen", folgte die Biologiestunde mit Edith Borsakowsky. Garantiert zu 100% ungeschminkt und in recycelten Bio-Klamotten missionierte sie ökologische Überzeugungen, die sich nur teilweise mit dem aktuellen Lehrplan deckten. Gute Abfragenoten belohnte Borsakowsky dafür immer mit einem Tütchen selbstgezüchteter Wiesenblumensamen. Hohe Wertschätzung genoss jedoch Studienrat Fritz Frommelt, dem es gelang, den seit Generationen verhassten und unzeitgemäßen Latein-Unterricht in eine hippe Coworking-Experience zu verwandeln. Dazu trug maßgeblich sein lässiges Outfit bei: Kultivierter Fünftagesbart, Baseballkappe und offene Chucks ohne Schuhbänder sowie zahlreiche bunte Tattoos, die im Sommer zum Vorschein kamen, wenn er im körperengen T-Shirt vor dem Whiteboard herumzutanzen pflegte und irgendwelche Cicero-Zitate zum Besten gab. Ein „Quid verba audiam, cum facta videam?", fanden dann selbst die Gen Z-Zuhörern erbaulich. Denn „warum sollten Zoomer auf Worte hören, wenn sie Taten sehen?" Der zielgruppengerechte Auftritt bescherte Frommelt regelmäßig Bestnoten in der Lehrer-Bewertungs-App „Spickmich".

Das Direktorat in Magnus´ Gymnasium war hingegen ein merkwürdiges Duo einer aussterbenden Pädagogen-Spezies, dem die Schüler respektvoll, aber ängstlich begegneten – wie verletzten, bemitleidenswerten Wesen aus der Urzeit: Der eine Direktorats-Dinosaurier hatte nur noch ein Bein, weil ihm das andere in Folge seines Diabetes und der chronischen Tabaksucht amputiert wurde. Der andere sah die Welt mit nur noch einem Auge und war durch eine üble Kopfverletzung gezeichnet, die sich der junge Nino Jakovic in Sarajevo zuzog – er machte aufgrund seines faszinierenden Fachwissens als Chemielehrer Karriere im bayerischen Schulsystem. Das Paradebeispiel eines vollintegrierten Migranten aus Ex-Jugoslawien litt aber anscheinend zeitlebens unter den Posttraumata, die sich in wilden Gesichts-Zuckungen und regelmäßigen Burn-out-Pausen äußerten. Der einbeinige Direktor Dr. Gunter Gaulinger lutschte morgens an einen Zigarrenstummel herum, wenn er die Schuleingangstür observierte, was offensichtlich seine Lieblingsbeschäftigung war. „Name? Klasse? Inflagranti!", das waren in stechendem Kasernenton seine Worte für alle „Versager", die die Eingangspforte der Bildungsanstalt mit leichter Verspätung überquerten. „Anus mundi" war solchen Schülern vorbehalten, die er beim Rauchen oder Abschreiben erwischte.

Die Schülerinnen und Schüler haben nie erfahren, welche Konflikte, Krisen, Freuden und Sorgen der ungewöhnliche Lehrkörper intern teilte. Wie kamen Pädagogen, die es genießen, Kinder mit Noten zu quälen, fortschrittsgedopte Bildungsfanatiker, übermotivierte Sportskanonen, vorbildliche Lehrer, die ihren Job liebten und ihre Schüler förderten mit Personal, das auch für jeden anderen Beruf ungeeignet gewesen wäre, untereinander aus?

Für aufgeweckte Schülerinnen und Schüler zu Beginn des dritten Jahrtausends haben sich eine linksalternative Fridays-for-future-Einstellung, die Vorliebe für vegetarische oder vegane Kost, eine hohe Klimasensitivität gepaart mit der latenten Furcht vor einem nahen Weltuntergang, ein experimentelles Interesse an Drogen sowie Scherze über Babyboomer oder die Nazizeit als bester Kontext erwiesen, um der eigenen Epoche einen Stempel aufzudrücken. Mehrheitlich, so Magnus Wahrnehmung, distanzieren sich die jungen, bunten Klima-Sozi-Gender-Ökos von einer Minderheit reaktionärer Spießer, reicher #Gönnjamins oder irgendwelchen radikalen Outlaws. So haben es ihm auch seine Eltern Liselotte und Otto vorgelebt: Schon bei Babyboomern und in der Generation X wurden die Träger von gepflegten College-Schuhen (männlich) und gebügelten Karo-Faltenröcken (weiblich) kulturell sowie ideologisch diskriminiert, und auch außerschulisch konsequent ausgegrenzt. Hätte es damals den Begriff „Mobbing" gegeben, wäre Mobbing sicherlich als bewährte Maßnahme zur Durchsetzung der eigenen Leitkultur, positiv besetzt gewesen. Es hätte alle Chancen gehabt, das Modewort des Jahres 1985 zu werden – geschafft hat das damals der Begriff „Glykol", was dem Weinpansch-Skandal österreichischer Winzer zu verdanken war.

Auch Versuche der damaligen Erziehungsberechtigten, kulturelle Konflikte durch übergriffiges Interesse („Wir könnten doch mal zusammen eine LP von Led Zeppelin anhören – so schlecht sind die vielleicht gar nicht") zu überbrücken, wurden als völlig unangemessene Einmischung in den ureigenen Babyboomer- und Generation

X-Lifestyle empfunden: Lasst es, bleibt bei den Kastelruther Spatzen. Der Stairway to Heaven bleibt für euch eine No-go-Area.

Und auch heute werden derartige feindliche Brückenbauversuche von der Generation YouTube&TikTok als peinlicher Opportunismus enttarnt und mit entsprechenden #Hashtags oder Emojis auf allen Kanälen zielgruppengerecht kenntlich gemacht. Wenn ihre Eltern nach jahrelangem Widerstand gegen die geschlechtergerechte Sprache nun Gendersternchen im Gießkannenprinzip über alle E-Mails und in ihre #VorsichtSeniorenKanal-Facebook-Texte gießen, oder sich glottischlagend durch den Alltag gendern, dann wird das gedisst: 100% #CRINGE, diese Boomer!

Vor diesem generationskonfliktgeladenen Hintergrund war es auch nur eine kleine exzentrische Mutprobe, die Abiturfeier des Karl-Valentin-Gymnasium – benannt nach dem bayerischen Sprücheklopfer und genialen Radikal-Komiker – für ein spontanes Happening zu nutzen. Jeder Abiturient hat die Gelegenheit, kurz vor dem Empfang des Zeugnisses, auf der Bühne eine letzte Kostprobe seiner intellektuellen Reife und Kapazität zu hinterlassen.

Das konnte ein Gedicht sein, eine Weisheit, ein passendes Bonmot für diesen epochalen Moment oder eine Danksagung an die Eltern, die Lehrer, die Idole oder sonstige Wegbegleiter. Für gewöhnlich wurden Gedichte, wie etwa von Erich Fried „Was es ist", Rap-Zitate von Kendrick Lamar, Punchlines von Bushido, Valentin-Sprüche („Früher war selbst die Zukunft besser") oder Textpassagen von Ernst Jüngers „In Stahlgewittern" vorgetragen – je nach persönlicher Befindlichkeit, Lust und Weltanschauung. Rita Angermeier, die vor Magnus Beerfeld auf der Bühne in der Turnhalle des Gymnasiums aufgerufen wird, gibt im Juni 2018 ein Bhagwan-Zitat zum Besten:

„Dein gesamtes Konzept, wer du bist, ist geliehen – geliehen denen die selbst keine Ahnung haben, wer sie sind."

Dieses vorwurfsvolle transzendente Ich-Leasing aus dem Mund des Gurus hinterlässt die Gäste der Karl Valentin-Abiturfeier ratlos.

Wer war nochmal Bhagwan? Dieser durchgeknallte Guru mit dutzenden Rolls Royce, der auch Jahrzehnte nach seinem Tod immer noch verehrt wird und unter dem Namen Osho firmiert? Sind seine ehemaligen Sektenmitglieder nicht übergelaufen in zeitgemäße Sinnsucherclubs oder längst ausgestorben? Fragen, die unbeantwortet bleiben im Moment von Ritas übersinnlicher Selbstreflexion. Ihre Eltern haben einen Bauernhof im Münchner Norden, sie verbringt seit zwei Jahren die kompletten Sommerferien im westindischen Osho Meditations Resort und will Yogalehrerin werden. Sofort nach der Zeugnisübergabe verschwindet sie in orangefarbener Robe, angeblich zur Chakra-Sound-Meditationsstunde im nahegelegenen Osho Celebration Center. Okay, Rita gilt als „Goofy", liebenswert, aber nicht ernst zu nehmen.

Magnus entschied sich für einen Atheisten-Spruch von Ludwig Feuerbach:

Der Religion ist nur das Heilige wahr,
der Philosophie nur das Wahre heilig.

Das Bonmot hatte er sich ausgesucht, weil es schön kurz ist und man es eigentlich ohne Spickzettel auswendig vortragen kann. Er will damit seine Religions-Skepsis ausdrücken, freilich ohne die anwesende Schar der Gläubigen zu verletzen.

Zuhause hatte er den Feuerbach-Spruch auch mehrfach kurz geübt, und sich vorgenommen, die zwei Zeilen mit den 13 Wörtern und 62 Buchstaben langsam, mit Betonung auf Religion und DAS HEILIGE sowie Philosophie und DAS WAHRE vorzutragen und kleine Denkpausen einzubauen.

Mit dieser Absicht geht er in seinem marineblauen Anzug, dem weißen Hemd, einer blauweiß gestreiften Fliege und federndem Schritt auf die Bühne. Schon beim ersten Kontakt seines linken weißen Turnschuhs mit der Bühnenkante spürt er eine ungewohnte Weichheit im linken Meniskusbereich. Als er dann vor dem Mikrophon steht und die Besucher ganz still dem Vortrag lauschen wollen, weicht das schaumige Gefühl in den Kniegelenken einem Vibrieren, einem Zittern, das außer Kontrolle gerät.

Magnus blickt in die riesige Zuschauermenge, die ihn erwartungsvoll anstarrt. Zweihundertfünfzig, vielleicht dreihundert Gesichter verschwimmen zu einem Meer aus Augen, Nasen und Mündern, die sich ihm still zugewandt haben. Er sucht Erwin, Gianluigi und Thorsten. Wo sind seine Freunde? Bekannte Gesichter würden ihm nun den Halt geben, den ihm die eigene Statur verwehrt. Nur ein Kopf bewegt sich: Der von Karlheinz Konopke, seinem Religionslehrer. Er steht etwa fünf Meter mittig vor der Bühne, dort wo sonst der Basketballkorb im Turnhallenboden verankert ist. Konopkes grauweißer riesiger Lockenkopf ist wegen seiner schieren Größe nicht zu übersehen. Er nickt Magnus aufmunternd zu, mit weit aufgerissenen Augen. So als wolle er ihn zu einer sportlichen oder rhetorischen Spitzenleistung animieren: Nimm´ den Ball und versenke ihn zu einem Dreipunktewurf oder zeig´ den Leuten, wie man Luthers Kleinen Katechismus in zeitgemäßer Sprache rockt.

Aber im Rhythmus, in dem Konopke seinen Kopf wiegt, schlottern nun auch Magnus´ Knie. Er hat spontan nur eine Sorge: Kann man das Zittern seiner Extremitäten sehen oder wird es durch den lockeren Schnitt der Anzughose verdeckt? Es vergehen mehrere lange Sekunden. Magnus sucht in der rechten Hosentasche nach einem Kaugummi. Aber da ist keiner. Er spürt, wie sich das Zucken seiner Gliedmaßen auf den Stoff der Hose überträgt. Ein Resonanz-Phänomen, denn auch kleine Schwingungen können, wenn sie immer wieder zum gleichen Zeitpunkt einen anderen Körper anregen, sehr große Auslenkungen erzeugen. Aus diesem Grund, das ist dem naturwissenschaftlich interessierten Vortragenden bewusst, seien schon ganze Brücken eingestürzt, weil Leute in Gleichschritt darüber marschierten. Und Magnus´ Kniegezittere würde womöglich auch katastrophale Auswirkungen haben. Wedelte seine Hose so stark, dass seine Nervosität bis ans Ende der Turnhalle sichtbar ist – es wäre eine in allen Gästegedächtnissen unauslöschbare Peinlichkeit.

41

Er sieht nur Karlheinz Konopkes ekstatische Zustimmungsgesten. Und er muss an die vielen langweiligen Religionsstunden denken, die er ihm zu verdanken hat. Sein Unterricht fand immer in der letzten, der sechsten Stunde statt, meistens donnerstags um 12.15 Uhr, wenn die Schüler schon müde und hungrig in den Holzstühlen hingen.

Konopke startete seinen Unterricht immer mit einer anspruchsvollen These, etwa „Die christliche Ethik ist eine wichtige Triebkraft des Kapitalismus" die er mit Bibelzitaten zehn bis fünfzehn Minuten stützte und dann genauso lange widerlegte. Sein Plan sah vor, anschließend in Gruppenarbeit eine Synthese zu erstellen. Dieses intellektuelle Konstrukt trug er mit enorm viel Körpereinsatz vor, als wolle er mit seinem Max-Weber-für-Einsteiger-Seminar den deutschen Religionspädagogik-Award gewinnen und auch noch seine Fettverbrennung ankurbeln. Er füllte dabei den ganzen Raum des Klassenzimmers aus, ging von links nach rechts, huschte von der vordersten zur hintersten Reihe, fuchtelte mit den Armen herum, um Kernaussagen gestenreich zu unterstreichen. Zum Höhepunkt seiner Performance richtete er sich mit provokanten Aussagen laut und direkt an seine lethargische Zuhörerschaft: „Gesinnungsethik produziert Gutmenschen – darf man das so sagen? Oder ist Gutmensch jetzt per se ein Schimpfwort?" Wären die Schüler nicht so elend müde gewesen, hätte der 45 Minuten-Monolog wegen seiner Kabarett-Qualität eine Würdigung verdient. Der Versuch, die Schüler so zu dialektischem Denken anzuregen, misslang regelmäßig, da es keine freiwilligen Wortmeldungen gab. Statt Gruppenarbeit verhallte die intellektuelle Frontbeschallung im Halbschlafsaal. Auch wenn er einfache Sachfragen stellte, wie etwa nach einer typischen evangelischen Tugend, die das Geldvermehren begünstigt, blieben die Schüler stumm. Jeder Versuch der Aktivierung und Inspiration verpuffte. Niemand raffte sich auf, keiner kam auf die Idee, Konopke beispielsweise mit dem dreisilbigen Einwurf „Spar-sam-keit", eine unendlich große Freude zu bereiten. Das gute Dutzend seiner Religions-Schüler sehnte und gähnte sich einfach nur dem 13 Uhr-Schlussgong entgegen.

Und die angehäufte Müdigkeit aller bei Konopke seit der fünften Klasse verbrachten Stunden konzentrierte sich nun hier auf der Bühne der Abiturfeier im für Magnus Beerfeld ungünstigsten Moment. Über 200 Stunden Halbschlaf und Bore-Out führen zu einer dramatischen Veränderung des auswendig gelernten Feuerbach-Spruchs:

„Das Langweilige an der Religion," flüstert Magnus in feiner Betonung ins Mikrophon. Das Langweilige sei also das Ehrliche, weil er immer noch Konopkes Wuschelmähne sieht, sonst nichts. Als dessen Wackelbewegung vor Entsetzen abrupt stoppt, gelingt es Magnus, Sicherheit im Hier und Jetzt wiederzugewinnen, einen fixen Stand, eine feste Stimme. Kein Zucken in den Knien, keine wedelnden Hosenbeine. Ruhig hängen die Textilien am schlaksigen Vortragenden im Scheinwerferlicht. Dann holt er noch einmal tief Luft und setzt den Feuerbach-Spruch, wie gelernt ab:

„Der Religion ist nur das Heilige wahr, der Philosophie nur das Wahre heilig."

Mit einer Mischung aus Applaus und einem Raunen, wie er das Langweilige an der Religion wohl gemeint haben könnte, nimmt er sein Zeugnis entgegen, verlässt die Bühne und macht dem nächsten im Alphabet Platz. Jogi Bernstaller ist in der ganzen Schule bekannt als Digital-Verweigerer, Social Media-Verächter, Jung-Kommunist und links-alternativ-Intellektueller. Dieser Absolvent des Jahrgangs 2018 wählte in der Vorbereitung der Abiturfeier das Ringelnatz-Gedicht „Bumerang". Die Verse wären eigentlich passend für den Non-Konformisten. Aber anstatt

„War einmal ein Bumerang;
War ein Weniges zu lang.
Bumerang flog ein Stück,

Aber kam nicht mehr zurück.

Publikum – noch stundenlang – Wartete auf Bumerang",
vorzutragen, entscheidet sich Bernstaller spontan, ohne Absprache mit Diplomgermanistin Gudrun Schmattke, die Bühne der Abiturfeier zur Präsentation seines radikalen Humorverständnisses zu nutzen. Oder die Geschmacksgrenzen des Publikums auszuloten. In seiner roten Alltags-Latzhose, den abgewetzten Turnschuhen und einem grau-weiß karierten Palästinenser-Schal hüpft der von den meisten Lehrern als übel nach Knoblauch riechender Langhaarträger und aggressiver Diskutant gefürchtete Jogi auf die Bühne, stellt seine Bierflasche neben den Mikrofonständer und beginnt:

„Jolifanto bambla o falli bambla
Grossiga m´pfa habla horem".

Dann legt Jogi eine kurze Pause ein, gönnt sich einen Schluck Bier und sondiert die Stimmung im Saal.

Seiner Deutschlehrerin Schmattke, die Jogis Abiturzeugnis in Händen hält, um es ihm nach dem „Bumerang" zu überreichen, friert der freundliche Gesichtszug ein. „Jolifanta…bambla…" – sind Bernstaller die 4,8% Alkohol in den Kopf gestiegen, ist er übergeschnappt? „Grossiga m´pfa habla horem", das kann unmöglich ein Kästner-Zitat sein, ein Böll-Brief, ein Bachmann-Gedicht oder der verabredete Ringelnatz! Die Germanistin rekapituliert ihr gesamtes Literaturwissen: Von den althochdeutschen „Merseburger Zaubersprüchen" bis zum „Nullzeit"-Roman von Juli Zeh. Aber „Grossiga m´pfa habla horem" will sich nicht einordnen lassen. Sekundenlang. Dann schwant es ihr, eine bittere Vermutung: Er wird doch nicht etwa ein dadaistisches Lautgedicht…?

Bei den anwesenden Mitschülern steigt die Hoffnung, die eintönige Leistungsshow ihres Jahrgangs könne nun doch noch unterhaltsam werden. Die geladenen Gäste, Eltern und Verwandten der Absolventen staunen still und andächtig in Erwartung eines lyrischen oder prosaischen Meisterstücks.

Jogi setzt die Flasche auf dem Boden ab und legt wieder los:
„Higo bloiko russula huju

Hollaka hollala...“

Jogi, der durch regelmäßige Organisation von Aktionen der DIE LINKE-Ortsgruppe München-Mitte erhebliche Sprech-, Mikrofon- und Streiterfahrung gesammelt hat, setzt seinen Spontanbeitrag in maximaler Lautstärke fort:

„Genau ihr habt es erraten. Das ist Gaga, das ist Dada.
Ich liebe Hugo Ball!“

Und während Jogi Bernstaller den Dada-Klassiker „Karawane“ mit leicht alkoholisierter Verzerrung vorträgt, gerät Gudrun Schmattke drei Meter neben ihm auf der Bühne sichtbar in Panik. Schließlich standen weder Hugo Ball noch Kurt Schwitters oder andere Dadaisten im Lehrplan dieses Jahrgangs. Wie ein fehlprogrammierter Roboter zucken ihre seitlich angelegten Arme, ihre Schulter verwindet sich gegen die Hüfte, ihre Beine trippeln mal nach links, mal nach rechts. Die Pädagogin versucht Blickkontakt mit dem Direktorat aufzunehmen. Sie sucht nach einer Möglichkeit, Bernstallers Vortrag irgendwie zu unterbrechen. Die Abiturfeier dürfe nicht zu einer lächerlichen Farce verkommen. Mit ihr als komische Nebenrollendarstellerin im Rampenlicht und dem Abi-Zeugnis in der Hand. Wo ist der Hausmeister Franz Ohlhauser? Kann er vielleicht einfach den Bühnenstrom abdrehen? Doch Ohlhauser und Direktor Dr. Gaulinger sind gerade nicht in der Turnhalle, die zum Abiturfestsaal umfunktioniert wurde. Vermutlich rauchen sie, wie so oft, gemeinsam auf der Empore vor der Turnhalle. Ohlhauser saugt täglich etwa 40-60 filterlose Zigaretten in sich hinein und der Gymnasial-Direktor lutscht wie immer an seinen widerlich stinkenden Zigarrenstumpen. Vielleicht ist Gaulinger aber auch auf der Toilette und fixiert die Prothese an seinem Beinstumpf, der ihn wegen regelmäßiger Phantomschmerzen oft außer Gefecht setzt.

Der Abi-Jahrgang 2018 beginnt nun in Erwartung einer fulminanten Schlusspointe, dem Vortragenden zuzuprosten und nahezu alle 76 Mitschüler heben ihre 0,33-Liter Fläschchen der Marke Weihenstephaner Hell hoch.

Da Bernstaller weiß, wie man eine Pointe setzt, legt er eine kleine Pause ein, nimmt sein Fläschchen und reibt es mit seinem Palästinenser-Schal trocken. Er prostet dem begeisterten Teil der Anwesenden zu – die Eltern und erwachsenen Gäste verfolgen das Geschehen weiterhin still und irritiert. Weil Bernstaller ein überzeugter Links-Extremist ist, gibt es auch eine vielschichtige Opposition im Abi-Jahrgang. Selbst die Junge Union-Cis-Gender-Schickis, unpolitische Konsum- oder Technik-Nerds, ein isolierter Jungliberal-Streber und die beiden Verschwörungsfans & Queer-Hasser von der Jungen Alternativen mit dem LGBT*Q-Nein-Danke-Sticker am Revers nehmen den schrägen kulturellen Beitrag ohne Protest hin. Dann nuschelt Bernstaller ins Mikrofon, als hätte er schon fünf oder sechs Weihenstephaner Helle intus:

„Wulubu ssbudu uluw ssbudu

Tumba ba-umf

Kusagauma"

Und rülpst die letzte Dada-Zeile

„Ba- umf"

ins Mikrofon. Der lautmalerische Beitrag und die beachtliche Merkleistung, diesen Nonsens auswendig und fehlerfrei vorgetragen zu haben, wird mit tosendem Applaus, klirrenden Bieren und einigen Jogi-for-President-Rufen gewürdigt. Auf TikTok werden sofort Videoschnipsel mit LOL (Laughing Out Loud) gepostet. In diesem Moment öffnet sich die Tür zur Empore, Direktor Dr. Gunter Gaulinger kommt zusammen mit dem Hausmeister Ohlhauser vom Tabakexkurs. Er eilt zur Bühne, stellt sich neben die konsternierte Diplomgermanistin Schmattke, reißt ihr Bernstallers Abiturzeugnis aus der Hand, nimmt das Mikrofon und hält eine kurze Laudatio auf den Schüler:

Joachim Bernstaller, zu dem alle Jogi sagen, sei ein unkonventioneller junger Mann. Er habe in seiner Schullaufbahn vielen Lehrern deren Grenzen aufgezeigt. Polarisieren und provozieren gehörten zu seinem Repertoire, aber er habe vor allem dann Leistung gezeigt, wenn es wichtig war und deshalb das Abitur souverän bestanden. Er sei auch mit seinem letzten Beitrag seinem Stil treu geblieben. Eine witzige Idee, er habe es ja am Beifall gehört, wie gut Bernstallers Ringelnatz angekommen sei, freut sich der Schuldirektor und fügt als persönlichen Dank an:

„Und das Publikum noch stundenlang, lachte über Jogis Bumerang! Qualis autem homo ipse esset, talem esse eius orationem, meine Damen und Herren, frei nach Cicero: An der Rede erkenne man den Mann!

Herzliche Gratulation zum Abitur, Jogi Bernstaller".

Mit dieser Einlage wurde die Abiturfeier 2018 am Karl-Valentin-Gymnasium zu einem epochalen Ereignis. Angeblich erzählen sich Schüler die Posse in abgewandelter Form und ausufernden Varianten bis heute. Jogi erhielt in der Abizeitung das Prädikat GOAT, also „Greatest of all times" zu sein, Magnus wurde als Atheisten-Philosoph und wandelnder Esoterik-Schreck verewigt, was ihm, so sagt er, persönlich wirklich viel bedeute. „TD", kommentierte er seine Abi-Kurz-Biografie auf Instagram, was das höchste Maß an Gen-Z-Begeisterung ausdrückt: „To die for".

An Bord des Flugs ELY 247 München-Tel Aviv, 6. Oktober 2023, 13.30 Uhr

Als die EL AL-Maschine über Istrien das Mittelmeer erreicht, bestellt sich Magnus´ Sitznachbarin, die er nun nicht mehr auf Zahlen oder Nummern reduzieren will, einen Tomatensaft. Fast alle im Flugzeug trinken Tomatensaft. Als er das geschätzte Alter der tätowierten Dame zurückrechnet, kommt er auf etwa ein Alter von höchstens fünf oder sechs Jahren, als die Konzentrationslager am Kriegsende 1945 befreit wurden. Ein kleines Mädchen, das den Horror überlebte.

Aber warum trinken hier alle Tomatensaft? Alle? Magnus hasst Tomatensaft, bestellt eine Cola und nippt daran.

Als sie ihren geleerten Tomatensaft-Becher zurückgibt, dreht sich seine Sitznachbarin zu Magnus und fragt in einem jiddisch gefärbten, aber grammatikalisch perfekten Deutsch:

„Was war jetzt eigentlich in ihrem blöden Rucksack drin?"

„Ein Lithium-Ionen-Akku für meine Freundin", erklärt Magnus erleichtert, da er nicht mit einer Kontaktaufnahme rechnete. Es seien ein paar läppische Batterien. Sie brauche das Ding, um lange Interviews für ein Kunstprojekt aufzeichnen zu können. Er habe es selbst zusammengelötet und offensichtlich sieht das im Röntgengerät gefährlich aus. „Eine Tasche mit einer Bomben-Attrappe im Röntgengerät der Flughafen-Security, so so", äußert die Sitznachbarin ihr Erstaunen. Da müsse man aber schon ziemlich meschugge sein, um so einen Gegenstand ins Handgepäck zu legen. Vor allem, wenn man nach Israel fliegen würde, oder? Er sei wohl noch nie dort gewesen.

Nein, das sei heute die Premiere, antwortet er.

Was seine Freundin für Interviews machen wolle, wird Magnus gefragt.

Sie sammele angeblich Stimmen und Geräusche, erklärt er. Es werde wohl eine akustische Installation, die mit der Zukunft zu tun habe. Genau wüsste er es nicht – sie sei sehr diskret, wenn es um ihre Kunst gehe. Das klinge spannend, sagt die Sitznachbarin. Sie möge Science-Fiction sehr.

Science-Fiction sei es wohl eher nicht, schränkt Magnus ein. Shamouti, so heiße seine Freundin, interessiere sich für Menschen, nicht so sehr für Wissenschaft. Das Technische und das Wissenschaftliche, das sei eher sein Beritt. Er studiere nämlich Chemie in München und bereite sich auf den Masterabschluss vor. Er heiße übrigens Magnus, Magnus Beerfeld.

„Ich bin Eli Grünzweig aus Beersheba", stellt sich seine Sitznachbarin vor. Und er heiße Beerfeld, na wenn das kein Zufall sei. Beerfeld und Beersheba! Beerfeld könnte eigentlich auch ein jüdischer Name sein, meint sie. Es falle ihr beispielsweise der Bankier Cerf Beer ein – eine wichtige Persönlichkeit im 18. Jahrhundert. Wenn sie sich recht erinnere, war er der erste Jude im Elsass der die französische Staatsangehörigkeit erhalten hätte.

Die Überraschungsbekanntschaft Eli Grünzweig referiert nun mit rasch zunehmender Freundlichkeit die Geschichte der jüdischen Befreiung während der französischen Revolution. Dann erklärt sie ausführlich die Herkunft, die Bedeutung sowie die Familienverhältnisse und wirtschaftlichen Verstrickungen zwischen den Bankiersfamilien Beer, Seligmann und Rothschild. Außerdem dürfe man in diesem Zusammenhang den Komponisten Giacomo Meyerbeer nicht vergessen. Als sie weitschweifig ausführt, dass der Meister der französischen Gran Opera eigentlich Meyer Beer hieß, durch seine Werke und Tätigkeit einen enormen Reichtum anhäufte, bleiben die Blicke von Magnus Beerfeld an ihrem linken Unterarm hängen. 19 03 sowie 02 oder 07 – diese blaugrauen Ziffern bewegen sich mit jedem Funken Begeisterung der Erzählerin auf und ab, sie dehnen sich oder schrumpeln etwas zusammen, wenn sie den linken Arm zur Untermalung ihrer Meyer Beer oder Meyerbeer-Ausführungen bewegt.

„Als er 1842 vom preußischen König zum Generalmusikdirektor berufen wurde, verzichtete er auf das Gehalt und spendete die 4000 Taler der Kapelle. Stellen Sie sich das einmal vor, Herr Beerfeld!", begeistert sich Grünzweig. So wohlhabend sei sein Namensvetter mit seiner Musik geworden.

Dann bemerkt sie, wie Magnus gebannt auf ihre Tätowierung blickt und beginnt, ungefragt zu erzählen: Dass sie 1939 in einem kleinen Dorf in Litauen auf die Welt gekommen sei. Wie sie bis 1941 ein ganz normales Kinderleben führte. Dann marschierten die Deutschen ein, ihre Familie musste zunächst ins Ghetto nach Kaunas umziehen, dort wurden sie getrennt, sie wurde nach Auschwitz deportiert und erhielt die Tätowierung. Dabei spricht sie leise, emotionslos, sachlich. So wie Menschen in Magnus´ bisherigem Leben ihre Abiturfächer, Praktika und die Reisen in den Semesterferien aufzählen.

„Nummern in den Arm geritzt zu bekommen", sagt Eli Grünzweig dann doch mit hörbarer Betroffenheit, da fühle man sich wie Vieh, das ein Brandzeichen oder eine Ohrenmarke bekommt. Mit sehr stumpfen Zahlenstempeln seien diese Nummern den Neuankömmlingen in die Haut des linken Arms gepresst worden und die Wunden mit Tinte gefüllt. Bei ganz kleinen Kindern, deren Arme noch zu dünn waren, fügt Grünzweig an, sei der Oberschenkel tätowiert worden. Mit keinem einzigen Wort erwähnt sie die Schmerzen dieses grausigen Eingriffs. Die Tätowierung scheint jedoch nur ein sichtbares Erinnerungsmal für den eigentlichen Horror zu sein. Es ist der Holocaust, der plötzlich wie eine dunkle Gewitterfront ins Bewusstsein der sonst so sonnigen Dame stürmt.

Die KZ-Bewohner hätten schon am Eingang ihre Identität verloren, sagt sie: „Wir waren nur noch mehr oder minder nützliche Nummern". In Auschwitz erhielten nur jene Deportierten eine Nummer, die arbeitsfähig oder sonst irgendwie verwendbar erschienen – die anderen landeten gleich in der Gaskammer. Welcher Umstand ihr eigenes Überleben ermöglichte, bleibt ihr Geheimnis.

„Was begeistert sie denn an der Chemie?", will Grünzweig wissen. Sie schiebt dabei ihre modische schwarze Brille in Position, rückt ihre langen roten Haare, die zu einem armdicken Zopf geflochten sind, zurecht und bückt sich leicht hinüber zu Magnus.

Er überbrückt einige Sekunden des Nachdenkens mit unwillkürlichem Kaugummigeschmatze, dann fällt ihm die passende Antwort ein: In der Bachelorarbeit habe er sich mit modernen Klebstoffen befasst. Heutzutage könne man praktisch alles kleben. Wo früher geschweißt, genietet oder geschraubt wurde, mache man heute einen Klecks Kleber drauf – „und Bumms! Es hält". Den Akku für Shamouti habe er übrigens mit Panzerband zusammengeklebt, das habe ihn wohl so gefährlich aussehen lassen. Panzerband sei ein spezielles Polyestergewebeband der deutschen Bundeswehr. Damit könne man angeblich sogar einen Panzer abschleppen, so reißfest sei das. Sie glaube gar nicht, was im Auto alles geklebt werde. Auch hier im Flieger!

Nieten und Schrauben, das seien sichtbare, starke Verbindungen, die strahlten Sicherheit aus, äußert Grünzweig leise Zweifel, aber Kleber? Kleben jage ihr Angst ein. Da müsse sie die Begeisterung des Jungwissenschaftlers schon etwas bremsen.

„Möchtegern-Master oder Master of Science in spe, wäre korrekter, Frau Grünzweig", klärt Magnus sie auf. Kleben sei ein faszinierendes Phänomen der Natur und in der Technik würde das in vielfältiger Weise genutzt. Es ginge immer um die Kohäsionskräfte oder Adhäsionskräfte zwischen einzelnen Molekülen. Wegen dieser Kräfte würden Dinge zusammengehalten, wenn beispielsweise ein Klebstoff zwei Dinge verbindet. Das seien für ihn die Urkräfte und die wären mindestens so verlässlich wie eine Niete oder eine Schraube. Verschraubungen oder Nieten würden längst als Old School-Technologien gelten. Die Zukunft gehöre den Klebstoffen!

Sie habe da Vorbehalte, versichert Grünzweig. Es seien schon so viele Technik-Träume zerplatzt. Leute wie er würden immer denken: Alles sei möglich. Aber vieles ginge einfach nicht. Er solle ruhig weiterkleben, aber mit Demut. Damit Kohäsion und Adhäsion die Welt auf lange Sicht verbessern. Im Talmud stehe „Der Lohn guter Werke ist wie Datteln: Spät reifend und süß."

Magnus widerspricht nicht dem Talmud, wohl aber der Klebstoff-Skepsis. Er zählt Beispiele auf, die Eli Grünzweig davon überzeugen sollen, dass es in seiner Welt, für jedes haltlose Problem eine haltbare Lösung gibt. Seine Argumente gipfeln in der Erfindung der Briefmarkengummierung: Vor 180 Jahren sei mit der „One Penny Black" im Vereinigten Königreich die erste selbstklebende Briefmarke in Umlauf gekommen, erzählt Magnus. „Einfach anlecken, um Bumms, es klebt".

„Ich spare mir lieber die Spucke", meint Grünzweig. Sie weigere sich, irgendwelche synthetischen Kunststoffschichten abzuschlecken, um den Adhäsionsprozess zwischen einer Briefmarke und einer, „sagen wir mal" Urlaubspostkarte, anzuregen. Sie tunke Briefmarken lieber in einen Schwamm oder sie fände eine andere Befeuchtungsmethode.

Ob er denn die Sonderaktion 1005 in den von der deutschen Wehrmacht besetzten Ostgebieten kenne? Ob er schon einmal davon gehört habe?

Nein, das sage ihm nichts, entgegnet Magnus.

Im Sommer 1942 machten die Nazis Versuche, um die Spuren der Massenmorde in den Vernichtungslagern zu beseitigen, startet Eli Grünzweig einen erschütternden Bericht. Wohin mit den ganzen Leichen? Das wäre ein Riesenproblem gewesen. Die Nazis hätten Sprengstoffversuche unternommen, abertausende Leichen zu sprengen, das sei nicht sonderlich erfolgreich verlaufen, sagt sie mit erstaunlicher Nüchternheit, die sich der Zuhörer nur damit erklären kann, dass Eli Grünzweig eine gewisse Routine in der Schilderung barbarischer Gräueltaten hat. Das Gehörte übertrifft Magnus´ Vorstellungskraft bei Weitem.

Es müsse ein Massaker gewesen sei, flüstert sie Magnus betont sachlich ins Ohr. Dabei lehnt sie sich nach links zu ihrem Sitznachbarn, stützt sich mit dem Ellenbogen auf der Sitzlehne ab, stellt den leeren Tomatensaftbecher auf den Klapptisch und hält ihre rechte Handfläche so vor ihren Mund, dass ihre Worte nur Magnus erreichen. Es hat sich eine Vertraulichkeit zwischen Sitzplatz 23b und 23a entwickelt, die 800 Flugkilometer zuvor oder 8000 Höhenmeter weiter unten unvorstellbar war.

Die sterblichen Überreste hätten die Nazis mit dieser Methode nicht aus der Welt schaffen können, raunt Grünzweig Magnus zu. Sein Oberkörper kippt mit jeder Steigerung des Gruselns immer weiter nach rechts, sein Ohr wandert der Quelle des Grauens entgegen, als wolle er keine Nuance des Horrors versäumen. Doch dann streckt er sich, drückt den Vordersitz mit beiden Armen von sich und verharrt in verkrampfter Haltung. Sein Körper klemmt im Gestühl, und sein Gewissen arbeitet schwer an der Geschichte. Magnus´ Rumpf und Gliedmaßen sortieren sich zaghaft in der Verkrampfung, er versucht, wieder eine gerade, entspanntere Sitzposition einzunehmen und horcht.

Eli Grünzweig ist noch nicht fertig damit, die Sonderaktion 1005 en détail zu beschreiben: Es hätte sich, so grauenhaft das auch klinge, das Verbrennen und das Zermahlen in einer Knochenmühle *bewährt* – wenn man das aus der Sicht der damaligen Verbrecher so bewerten dürfe, erfährt Magnus mit lähmender Bestürzung.

Unklar sei die Beweislage, sagt sie dann, ob die Nazis auch Seife aus KZ-Leichen hergestellt hätten. Angeblich seien im KZ Stutthof bei Danzig menschliche Überreste zu Seife verkocht und zu Reinigungszwecken verwendet worden. Einige Experten hielten dies für unbewiesen und würden von der sogenannten Seifenlegende sprechen. Sie habe aber unlängst in einer israelischen Zeitung einen Bericht mit der Überschrift „Seife aus Judenfett" gelesen. Die angegebenen Beweise und Quellen schienen vertrauenswürdig zu sein.

„Halten Sie es für möglich", fragt Grünzweig, „aus menschlichen Knochen eine Briefmarken-Gummierung herzustellen?"

Der 25-jährige Klebstoffexperte Magnus Beerfeld ist nun mit einer Frage konfrontiert, deren fachlicher Beantwortung er durchaus gewachsen wäre. Sich allerdings vorzustellen, Briefe- und Postkartenschreiber schleckten massenhaft, unwissentlich, auf der Rückseite von Briefmarken menschliche Überreste ab, setzt seinen Antwort-Reflex außer Kraft. Magnus spürt einen starken Brechreiz. Aber anstatt sein Grauen in Worte zu fassen, zu erklären, dass sein Mitgefühl und die Grauenhaftigkeit des Gehörten eine fachliche Beantwortung unmöglich machten, sagt er etwas unbeholfen, er wüsste es nicht genau. Rein chemisch betrachtet, stottert er, wäre das unter Umständen möglich gewesen. Da die Knochensubstanz von Tier und Mensch vom Prinzip her ganz ähnlich seien.

Dann springt Magnus – als würde er wie ein unsensibler Moderator von einer KZ-Dokumentation auf Arte überleiten zu „Germany´s next Topmodel" auf Pro 7 – einfach in die Gegenwart. Es ist der Versuch eines spontanen Befreiungsakts, der seine Nazi-Seifen-Knochen-Beklommenheit lösen soll. Jetzt verwende man künstliche Klebstoffe wie etwa Polyvenylacetat, startet er den Themenwechsel mit trockenem Gaumen, einem Verlegensheitsräuspern und angestrengter Sachlichkeit. Das seien übrigens die gleichen Kleber wie etwa beim Zigarettenpapier. Er wisse ja nicht, ob sie rauche, aber giftig seien diese Klebstoffe garantiert nicht. Das sage er nur, um ihre vorletzte Frage nach der Giftigkeit auch genau beantwortet zu haben.

Es gelingt ihm dann tatsächlich, das Gespräch in eine unverfängliche Richtung zu lenken: Es hätte einmal einen interessanten Versuch der deutschen Bundespost gegeben: Eine Briefmarke mit Pfefferminzgeschmack. Diese Pfefferminzgummierung hätte beim Ablecken der Briefmarke ein angenehmes Minz-Aroma auf der Zunge zurücklassen sollen. „Tolle Idee, oder?", findet Magnus. Die Versuche seien jedoch – für ihn unverständlich – nach einem Jahr eingestellt worden. Und die heutigen selbstklebenden Marken kämen ja ganz ohne Spucke, aber auch ohne Geschmackserlebnis aus.

Er wisse noch nicht, wohin es ihn einmal beruflich treibe, aber er sehe im Klebstoffbereich ein interessantes Einsatzgebiet für sich. In den letzten Monaten sei seine Expertise übrigens sehr oft verlangt worden, allerdings um Klebstoffe aufzulösen. Ob sie von den Klimaklebern gehört habe?

Nein, der Begriff sei ihr noch nicht untergekommen, sagt sie. Auf Klima und Kleber könne sie sich keinen Reim machen.

Das seien Aktivisten, etwa von der „Letzten Generation", erklärt Magnus. Die würden sich immer häufiger auf vielbefahrenen Straßen festkleben, um gegen den klimaschädlichen Verkehr oder Sonstirgendetwas zu demonstrieren. „Da sitzen dann mehrere, meist junge Leute in meinem Alter, aber manchmal auch Rentner auf einer Straße und sind mit den Händen auf dem Asphalt fixiert, weil sie sich Sekundenkleber auf die Handflächen geschmiert haben", beschreibt Magnus die Protestaktionen. Und er sei nun schon häufiger gefragt worden, wie man den speziellen Klebstoff auflösen könne.

Das seien ja verrückte Sachen, die er ihr da erzählen würde, meint Grünzweig.

Magnus macht ihr dann deutlich, dass man den „äußerst hautschädlichen Sekundenklebstoff Cyanacrylat" meistens mit warmem Wasser und Öl auflösen könne. Aber manchmal sei das Entfernen der Klimakleber von der Straße nicht ohne Verletzung möglich. In einem Fall musste die Polizei den Straßenbelag aufschlagen und den Demonstranten mit zwei großen Stücken Asphalt an den Händen in eine Klinik einliefern.

Dann bietet er seiner Sitznachbarin, die auf die Klimakleberaktion mit amüsiertem Erstaunen und hoch gezogenen Augenbrauen reagiert, einen Kaugummi seiner zweitliebsten Geschmacksrichtung

„Spearmint" an. Beide öffnen den weißen Streifen, schieben den duftenden Gummi in den Mund und kauen still vor sich hin.

Auf der linken Fensterseite, östlich der Flugroute, liegt etwa 8500 Meter tiefer die historische Hafenstadt Dubrovnik. EL AL-Kapitän Yossi Ginzberg wendet sich erneut an die Fluggäste. Die herrliche Altstadt sei 1991 von der jugoslawischen Armee mit tausenden Granaten beschossen worden, erklärt der Kapitän. Dabei seien, von den Opfern ganz zu schweigen, Kirchen, Klöster, die Moschee und die Synagoge erheblich beschädigt worden.

Eli Grünzweig schließt die Augen, legt eine innige Schweigesekunde ein, bevor sie wieder zu einer Frage ansetzt: „Wo wohnt ihre Freundin denn, in Tel Aviv?"

Shamouti wohne in Haifa, antwortet Magnus.

Haifa werde ihm gefallen, sagt sie. Es sei eine aufstrebende Stadt, mit tollem Strand und vielen jungen Leuten. Und Shamouti sei ein schöner Name. Es sei ein Begriff, er komme ihr irgendwie bekannt vor.

Noch während Magnus sich auf eine umfassende Herleitung des Vornamens Shamouti vorbereitet und überlegt, ob er dessen biblische Verankerung kenne, überrascht ihn Eli Grünzweig mit einer ganz privaten Frage: „Wie haben Sie sich eigentlich kennengelernt?"

Mit dem sicheren Gefühl, dass nun alle historischen Katastrophen abgearbeitet seien, und sich die Konversation auf unverfängliche Themen verlagere, lösen sich die Verspannungen in Magnus Magengegend. Er lockert seine unter dem Vordersitz verklemmten Beine und fächelt Frischluft unter sein T-Shirt. Auch das ist nun von Angstschweißflecken befreit und trocken. Der angenehme Teil seines Israelflugs kann nun beginnen.

Es klinge im Nachhinein wie der Auftakt zu einem schmalzigen Spielfilm, sagt Magnus: Er habe Shamouti auf einem Schiff gesehen. Lang, minutenlang, vielleicht war es auch eine Viertelstunde, habe er sie angestarrt und – von ihr unbemerkt – sinniert, was ihn an diesem Mädchen so fasziniert. Man begegne ja auf Reisen gelegentlich Frauen, die attraktiv aussehen, die elegant in einen Pool springen, in einer Warteschlange besonders lecker duften, wenn man hinter ihnen steht oder sportliche Bergsteigerinnen, die charmant nach dem besten Weg ins Tal fragen. Und in diesen Fällen komme es dann zu einer spontanen Kontaktaufnahme oder auch nicht. Bei Shamouti auf dem Schiff wäre es vom ersten Moment an anders gewesen. Sie habe eine völlig unerwartete, gewaltige, wie solle er es sagen… Eruption passe vielleicht am besten…, eine gewaltige Eruption bei ihm ausgelöst, wo er doch eigentlich in einer überaus kontrollierten Gefühlswelt lebe. Er habe es sich erst nicht erklären können, sei dagestanden, einfach nur erschüttert gewesen, habe nach Haltung gerungen und nach einer Erklärung für seine Ergriffenheit gesucht. Bis ihm eine berühmte israelische Sängerin eingefallen sei: „Dieses Mädchen sieht aus wie Daliah Lavi".

„Sie kennen Daliah Lavi?", freut sich Grünzweig und fügt überrascht hinzu, dass die 2017 verstorbene Sängerin nun wirklich nicht seine Generation gewesen sei.

Aber sie sei sein uneingeschränktes Schönheitsideal, sagt Magnus, weit vor „Wonder Woman"-Darstellerin Gal Gadot, der Sängerin Taylor Swift, oder anderen prominenten Traumfrauen. Er habe als kleiner Junge ein Faible für die israelische Sängerin und Schauspielerin entwickelt, als er eine Schallplatte, eine Single von ihr in der Vinyl-Plattensammlung der Eltern entdeckte. „Willst du mit mir gehen?", einer ihrer größten Hits befinde sich auf Seite A der Schallplatte. „Karriere", sei ein weniger bekannter Song auf der B-Seite – er würde beide Lieder sehr mögen und könne die Lyrics immer noch auswendig. Auf dem Cover posiert Daliah Lavi in schicken, ausgewaschenen Jeans an einem Strand – vermutlich ein israelischer

Beachabschnitt am Mittelmeer, schwärmt Magnus. Daher rühre vermutlich auch seine fortwährende Begeisterung für das Land Israel seit Teenagertagen.

Eli Grünzweig gefällt die Geschichte, die Erklärung von Magnus´ Begeisterung. Offenbar hat auch sie Schallplatten von Daliah Lavi. Nun ist es also so weit: das Holocaust-Opfer Eli und der Kriegsgenerationen-Enkel Magnus haben etwas Gemeinsames entdeckt. Sie will nun genau wissen, wie und wo sich ein deutscher Chemie-Bachelor und eine israelische Kunststudentin über den Weg laufen können. Ob sie jetzt in den Genuss der ganzen Romanze komme?

„Romanze, ja, aber mit erheblicher Verzögerung", räumt Magnus ein: Er habe auf diesem Fährschiff, da unten irgendwo, gestanden. Er deutet aus dem Guckloch des Fliegers nach unten auf die gerade überflogene mediterrane Gegend. Dort sei es passiert. Sie hätten gerade den Hafen von Piräus verlassen, er lehnte sich an die Brüstung des Schiffs und bemerkte, etwa sechs Meter neben ihm, auch an der Reling lehnend, starr nach Piräus blickend – eine Miniausgabe von Daliah Lavi: Ein Mädchen mit langen umbrabraunen Locken, puppenhaftem Gesicht, blaugrünen Augen. In diesem Moment sei ihm die dazu passende Liedtextzeile eingefallen: „Willst du mit mir gehen, Wind und Schatten verstehn, dich mit Windrosen drehn."

Sie seien also auf diesem Linienschiff gestanden, das von Haifa über Zypern, Kreta und Athen nach Brindisi in Italien fuhr. Er sei in Kreta zugestiegen und wollte nach einem Griechenlandurlaub zurück nach Deutschland. Es wäre etwa 20 Uhr gewesen, als sie Piräus verließen und Richtung Korinth durch die Ägäis glitten. Sie hätten wie festgeklebt auf dem offenen Deck gestanden. Niemand sonst wäre dagewesen. Zuerst habe er den sonderbaren Abstand zwischen sich und dem Mädchen registriert. So viel Platz auf dem Schiff, mindestens 50 Meter lang war das offene Deck, aber es trennten sie nur wenige Meter. Es sei weit genug, um Distanz zu wahren, aber ausreichend nah gewesen, um Kontakt aufzunehmen.

Magnus greift wieder zum Kaugummi, um die steigende Erregung mit einem Streifen Wrigleys Doublemint zu zelebrieren. Der dufte jetzt anders, bemerkt Grünzweig. Ja, das sei Doublemint. Der besonders würzige Geschmack komme von einer speziellen Pfefferminzsorte, die über 60 Prozent Mentholgehalt habe, erklärt Magnus. „Und Kaugummis sind in der Tat eine Wissenschaft für sich, wissen Sie?" Ohne die Antwort abzuwarten, taucht er sehr tief die die Geheimnisse der Kaugummi-Wissenschaft ein: Das Herz des Kaugummis bestehe aus Elastomeren, also ganz modernen Kunststoffen, die mit speziellen Weichmachern wie etwa Glyzerin, Emulgatoren, Süßstoffen, Aromen und Farbstoffen vermengt werden. Jeder Kaugummi sei also ein ganz spezielles Wunderwerk – und absolut vegan, das werde in seiner Generation ja immer wichtiger. Ob Eli Grünzweig vielleicht die Geschmacksrichtung Juicy Fruit kenne?

„Nein, das sagt mir nichts. Sie sind der erste Kaugummi-Experte, dem ich je begegnet bin", kommentiert sie höflich das anhaltende Wissenschaftsgeblubber, das ihr Konversations-Interesse und ihre Geduld zu strapazieren beginnt. Aber sie lässt es sich nicht anmerken. Es gebe ja viele Wein-, Bier-, Kaffee- oder auch Zigarrenliebhaber, die alles über die Herkunft, Verarbeitung, die detaillierten Geschmacksunterschiede und die Verabreichung ihrer Genussartikel wüssten und diese Feinsinnigkeiten auch gern bei jeder Gelegenheit zum Besten gäben. Jedes Anschneiden einer Zigarre, das fachmännische Öffnen einer verkorkten Weinflasche oder die Temperaturmessung des Brühwassers beim Cappuccino – für alles existierten die dazu passenden Aficionados: Kleinigkeiten würden zu epochalen Errungenschaften, jeder Handgriff zum bewunderten Event. Durch ihn würde der Kaugummigenuss auch auf dieses kulturelle Spitzenniveau gehoben. Mit einem „wie putzig!", schmettert sie

Magnus´ Kaugummi-Gequatsche ab und kommt auf das für sie so interessante Beziehungsthema zurück. „Fuhr ihre spätere Freundin ganz allein auf dem Schiff nach Italien?", will Eli Grünzweig wissen. „Und was war ihr Plan?".

„Gleich, gleich, sehr geehrte Frau Grünzweig", antwortet Magnus rasch. „Ich sah zunächst nur die Silhouette einer kleinen, schlanken Daliah Lavi-artigen Frau, sie trug ein lilafarbenes Sommerkleid mit Spaghettiträgern, der Saum flatterte im Wind". Sie hätte viel zu wenig angehabt, erinnert sich Magnus. Es wäre zwar August gewesen, aber die Böen fegten im Sonnenuntergang über das Heck des Schiffs. Er hätte ihr seine Leinenjacke leihen können. Er verfolgte aber zunächst tatenlos – wenn er das so lustvoll beschreiben dürfe in Gegenwart einer Dame – mit steigendem Genuss das Windspiel zwischen dem hauchdünnen Textil und ihrem Körper.

„Wie habt ihr miteinander gesprochen?", fragt sie.

„Piräus verschwand, aber die Furcht, meine Daliah Lavi könnte nun die Lust verlieren, mit mir hier zu verharren, wurde mit jeder Seemeile größer", erklärt Magnus. Weil sie sich nicht von der Stelle rührte, habe sein Optimismus überwogen. Er fand, sie stehe jetzt mit ihm da. Vielleicht sogar wegen ihm! Zusammen sozusagen. Nicht einfach nur so, zufällig. Ihm sei kein Grund eingefallen, weshalb sich ein Mädchen sonst in seiner Nähe so exponieren sollte. „Verstehen sie das Frau Grünzweig? Ich war mir sicher, dass jetzt gerade etwas Epochales passiert. Aber ich hatte auch Angst: Was sollte ich sagen? Wie beginne ich ein Gespräch mit meiner Daliah Lavi? Unverfänglichen Small-Talk? Was Romantisches? Etwas Witziges? Oder vielleicht einen nützlichen Tipp? Ich war mir unsicher, wie die Unterhaltung starten sollte."

Eli Grünzweig stimmt ihm zu, es gehe darum, den bestmöglichen ersten Eindruck zu erzeugen. Der alles entscheidende erste Eindruck! Gelinge es, die reine Aufmerksamkeit in ein offenkundiges Interesse zu wandeln, dann sei auf der Beziehungsebene alles möglich. Ohne ein erstes positives Initial sei hingegen alles verloren. Er hätte ja heute im Flughafen den denkbar schlechtesten Einstand gehabt. Aber sie erkenne, wie analytisch er sich in der Gefühlswelt bewege. Er wolle da mit präzisen Längen- und Breitengraden navigieren, wo man sich auf sichere Instinkte verlassen könne. „Schauen sie sich die Zugvögel an!", sagt sie. Die flögen zielsicher von Afrika über die Alpen bis in seine Heimat, nach Oberbayern oder sonst wo hin. Die wüssten immer, wo es langgeht, obwohl sie keine Ahnung von Längen- und Breitengraden hätten. Sie erkenne bei ihm einen Hang, einen starken inneren Antrieb, die Emotionen zu beherrschen. Aber sie wolle ihm etwas verraten: Emotionen seien wie Raubtiere, die könnte er nur sehr bedingt im Käfig halten und dressieren. Er denke vielleicht, er hätte die wilden Dinger unter Kontrolle.

„Ja, ja, der liebe Herr Beerfeld möchte alles möglichst gut machen", sagt sie amüsiert. Aber da sei auch viel Unsicherheit im Spiel. Er solle sich doch die Zugvögel zum Vorbild nehmen, sich auf seine Intuition verlassen, aufs Bauchgefühl. Ob das überhöhte Kontrollbedürfnis daran liege, dass Daliah-Shamouti Lavi seine erste große Liebe sei?

Mit der Zugvogel-Empfehlung kann Magnus nichts anfangen, aber die Raubtier-Emotionen gefallen ihm. Das befeuert seine Fantasie, er kann es sich gut vorstellen. Würde er seine Gefühle in einem katzenartigen Felltier verkörpern, drehte dieses artig dressiert im Käfigrund eines Zirkuszeltes seine Kreise, machte brav Männchen, huschte durch Ringe und knurrte höchstens einmal, wenn es keine passende Belohnung für sein Kunststück erhalten hätte. Shamoutis Gefühlsausbrüche kommen ihm dagegen vor wie fauchende Tiger mit riesigen Krallentatzen, knurrende Löwen mit gewaltigem Gebiss oder flinke Geparden in freier Wildbahn. Frech, mutig, ungezähmt eben. In Magnus´ Vorstellung ist Shamouti wild. Von Natur aus wild und kämpferisch.

Er habe natürlich einige Erfahrungen mit Frauen gesammelt, antwortet Magnus. Aber so ein Mädchen wie Shamouti sei ihm noch nicht begegnet. Wenn die anderen Frauen kleine terrestrische Zuckungen in seiner Welt ausgelöst hätten, so sei es bei Shamouti ein gewaltiges Erdbeben gewesen. Er würde sogar behaupten, es sei der Maximalausschlag, sagt er und drückt seine schönsten Gefühle in nüchterne wissenschaftliche Worthülsen: „9,8 auf der Richterskala."

„Na hören Sie mal Herr Beerfeld. Da hoffe ich, dass es ihr diskretes Geheimnis bleibt, Frauen mit Erdbeben in Beziehung zu setzen. Welches Mädchen möchte schon mit einer der schlimmsten Naturkatastrophen verglichen werden?", wundert sich Grünzweig. Die Parallele könne nur jemand ziehen, der noch nie ein wirklich starkes Erdbeben erlebt habe. „Wollen wir mal annehmen, es sei eher eine Metapher", schlägt sie vor, dann passe sie in das Bild, das sie von ihm gewonnen habe. Die Erdbebenfrauen oder Frauenerdbeben brächten also immer ein gewisses Maß an Unordnung in sein Leben. „Verstanden", sagt sie, begleitet von einem anteilnehmenden Schmunzeln. Die Bedeutung der Bekanntschaft dann über den Ausschlagswert der nach oben offener Richterskala bis zu letzten Kommastelle anzugeben, das sei wirklich sehr uncharmant. „Es ist der Naturwissenschaftler, der in ihnen steckt und präzise Daten absondert. Viele Menschen würden ihrer Meinung nach nur gefühlsduselnd herumschwafeln, oder?", fragt Eli Grünzweig, um Magnus eine passable Erklärung für seine seltsame Beziehungs-Bewertung nahezulegen.

Er nippt am Orangensaftbecher, den ihm die Stewardess reichte und nimmt die kritische Analyse mit dem positiven Dreh am Ende aus dem Mund seiner Sitznachbarin freudig zur Kenntnis. Ja, sagt Magnus, er könne sich in Ihren treffenden Worten wiedererkennen. Das ermuntert Eli Grünzweig beim Thema zu bleiben. Sie könne sich gut vorstellen, wie dieses Naturereignis Shamouti über ihn hereingebrochen sei.

Das Erdbebengefühl habe ihn derart hin und her geworfen, sagt Magnus, dass er dachte, die Schnürsenkel seiner Turnschuhe würden reißen, als er auf dem Schiff stand und überlegte, wie er Shamouti ansprechen sollte. Sein Ideenspektrum reichte vom astronomisch-romantischen Ansatz „Ist das der Große Wagen da oben?", über einen humoristischen Einwurf „Ich bin schon ganz gespannt, ob unser Schiff in den Kanal von Korinth passt" bis zum Hinweis, dass die Käsetoasts in der Schiffs-Cafeteria leider aus seien – das wäre die Nutzwert-Variante gewesen. Daliah Lavis Liedertext habe ihm leider auch nicht mehr weitergeholfen: „Wenn ich nicht mehr Vagabund sein will, baust du mir ein Haus...Willst du mit mir gehen, Licht und Schatten verstehn?" Es reime sich so schön, er hätte es singen können, auf Deutsch. Er habe aber keine Ahnung gehabt, „welche Sprache dieses hübsche Mädchen spricht, woher sie kommt", sagt Magnus und kaut mit steigender Frequenz auf dem Doublemint-Kaugummi herum. Sie hätte Griechin sein können, Italienerin, Französin eher, am wahrscheinlichsten: Israelin.

Diese Vorstellung habe ihn berührt, wenn er das so im Nachhinein sagen dürfe. Denn dieses Mädchen sei seine erste persönliche Bekanntschaft mit dem Land gewesen. Die erste Israelin, die erste Jüdin, mit der er ins Gespräch gekommen sei. In München Neuhausen, wo er wohne, gebe es keine Jüdinnen oder Juden, die er kenne. Auch in der Schule habe sich zumindest niemand geoutet. Jüdische Menschen würden die meisten nur aus den Medien oder dem Konzertsaal kennen, Amy Winehouse beispielsweise oder Sascha Baron Cohen. Oft seien es eben Schauspieler, Regisseure oder Schriftsteller. Er habe übrigens seit letztem Sommer den Blaumilchkanal von Ephraim Kishon im Bücherregal, aber das sei eine andere, sehr spezielle Geschichte.

Er mache es aber spannend, findet Eli Grünzweig. Wenn er nicht bald erzählen würde, wie er seine Shamouti angesprochen habe, seien sie in Eretz Israel gelandet. Ob alle deutschen Männer so umständlich seien?

Sie müsse verstehen, bemüht sich Magnus um eine angemessene Erklärung, es sei der vielleicht entscheidende Moment in seinem Leben gewesen. Das 9,8er Beben. Da purzelten ihm tausend Gedanken auf einmal durch den Kopf: „Ich stehe also auf dem Schiff, fummele in meiner linken Jackentasche an einer Schachtel Marlboro herum, ziehe ein Tabakröllchen heraus, drehe mich aus dem Wind und zünde es mit dem neuen Feuerzeug aus dem Andenken-Shop in Delphi an – ein hellblauer Delfin, der klick, klick, klick eine Flamme spendete."

Als er den ersten Zug inhalierte und genüsslich auspustete, trug der Wind diese Duftschwaden in IHRE Nähe. Und nun komme die entscheidende Wendung der Geschichte: Ganz langsam habe sich ihr Blick vom Wasserspiel der Ägäis gelöst, beschreibt Magnus den alles verändernden Moment und versucht dabei die Bewegungen der handelnden Personen im engen Flugzeuggestühl nachzuspielen. „Sie verlagert das Gewicht nach rechts, löst die rechte Hand von der Reling und dreht ihren Kopf in meine Richtung".

Plötzlich treffen sich ihre Blicke etwa 30 Seemeilen hinter Piräus und 40 Meilen vor Korinth. Es passiert das für sein weiteres Leben so Entscheidende: Er nimmt die Zigaretten-Packung und streckt sie in Richtung Piräus, dort wo sein Daliah-Double steht. Sie deutet sein schüchternes Angebot richtig, kommt mit sieben oder acht Schritten bis auf einen Meter näher und zieht vorsichtig eine Marlboro aus der Packung.

Mit dem feuerspeienden Delfin habe er ihre Zigarette dann einfach angezündet. Sie haben noch kein Wort gewechselt, nichts voneinander gewusst, aber beide haben dann nebeneinander am Aussichtsdeck des Linienschiffs Agios Nikolaos, diesem rostigen Dampfer, gestanden. Wortlos, erregt und rauchend haben sie auf die sich verdunkelnde Ägäis geblickt. Er habe natürlich keine Vorstellung gehabt, mit was für einem Menschen er da eine Zigarette paffe. Er sei allein durch ihre Anwesenheit, ihr faszinierendes Äußeres, ihre Gestalt überfordert gewesen. Er konnte nicht mehr zum Gelingen des Moments beitragen, als in stiller, lähmender Ekstase, ihre Schönheit auf sich wirken zu lassen. Das Unwissen sei in seinem Fall, in dieser Situation, von großem Vorteil gewesen, gibt Magnus zu bedenken. Hätte er gewusst, was für eine verzückende, kraftvolle und kämpferische Person Shamouti ist, hätte er sich wohl kaum getraut, sie anzusprechen. Er hätte dann darauf spekulieren müssen, dass Sie den ersten „Move" macht. Und es habe lange gedauert, bis die fesselnde Eruption sich legte und er seinen Verstand wiedergewonnen habe. Die hemmende Betroffenheit aus Angst, Verzweiflung, Unvermögen und Erregung konnte er sich selbst nicht erklären: Diese Grenzerfahrung habe ihn auf sehr eigenwillige Weise mit Shamouti zusammengeführt.

Schön, dass sie ihre Grenzen erkennen, sagt Eli Grünzweig. Das sei eine wichtige Erkenntnis für den Wissenschaftler in ihm, aber auch für den Freund von Shamouti. Das, was er sich nicht erklären könne, sei eben „der Zauber des entscheidenden Moments". Wortlos sei er erstaunlich weit gekommen. Woraus sie schließe, dass er bestimmt kein Jude sei, obwohl er Kishon lese.

Um ihre Frage genau zu beantworten, erklärt Magnus seiner Sitznachbarin, er sei katholisch getauft. Er habe jedoch kein Verständnis für das Zölibat, die fehlende Gleichberechtigung der Frauen, die naive Marienverehrung und eine lange Reihe weiterer Scheinheiligkeiten. Konsequenterweise sei er seit Jahren überzeugter Atheist. Mit dem Erwachsenwerden sei er sozusagen vom Glauben abgefallen. Und wenn überhaupt eine Überzeugung oder Philosophie zu ihm passe, dann der Humanismus, das naturwissenschaftliche Weltbild, das entspräche ihm am ehesten. Er sympathisierte eine Zeitlang mit den Agnostikern, die ja alles für möglich hielten, weil sie weder die Existenz noch die Nichtexistenz eines Gottes, einer übernatürlichen Instanz für beweisbar hielten. Aber er werfe dem Agnostizismus eine gewisse Bequemlichkeit vor, die Unlösbarkeit zentraler Fragen unbekümmert hinzunehmen. Agnostiker seien wie liebenswerte Diplomaten, die es sich weder mit der einen noch mit der anderen Seite verscherzen wollen. Aus der eigenen Unfähigkeit, sich für oder gegen den Glauben auszusprechen, Stellung zu beziehen, machten sie dann eine eigene philosophische Richtung. Das sei jedoch keine erstaunliche intellektuelle Leistung, sondern ein Bekenntnis zur Entscheidungsschwäche, das er grundsätzlich ablehnen müsse. Die Welt brauche klare Botschaften und Erkenntnisse, keine verwässerten Kompromisse im Graubereich des Unwissens.

Er, Magnus sehe zwischen Urknall und Quantenmechanik weder Platz noch Notwendigkeit für einen Gott. Er werde bei all dem Ärger, den Religionen weltweit auslösten, den Eindruck nicht los, Gott – sollte es ihn geben (dabei blickt der seine Sitznachbarin wie ein mitfühlender Priester an und faltet in gespielter Scheinheiligkeit die Hände) – habe bei seinem Plan, den guten Menschen zu schaffen, auf halbem Weg die Lust verloren. Die Genesis sei missglückt. Die Menschheit müsse ihre Geschicke schon selbst in die Hand nehmen. „Gott hilft uns nicht", sagt er und öffnet eine Dose Cola, die ihm eine Stewardess über seine Sitznachbarin hinweg gereicht hat.

„Sind Spiritualität und Glauben nicht urmenschlich?", gibt Eli Grünzweig zu bedenken. Das hätte schon ihren Vorfahren die Kraft und Zuversicht gegeben, auch schwierige und widrigste Zeiten zu überwinden und an einer besseren Zukunft zu arbeiten.

Magnus´ Glaubenskritik und Zweifel am ewigen Leben werden

nun grundsätzlich. Jeder Kreatur stünde ganz bestimmt nur seine Lebenszeit auf der Erde zur Verfügung, um ihre Duftmarke oder ihren Fußabdruck in der Weltgeschichte zu hinterlassen, doziert er demütig. Himmlische Erlösung oder Wiedergeburt, das seien infantile Wünsche. Von der Cola aufgeputscht fragt er mit hörbarer Erregung: Wo in aller Welt gäbe es Belege für eine übergeordnete Instanz? Da sei doch nichts, was einer wissenschaftlichen Überprüfung standhalten würde. Glaube sei eine Mischung aus Armut an Wissen und Luxus an Zeit. Er habe den Sticker der Giordano-Bruno-Stiftung hier an seiner Tasche.

Magnus zieht die Adidas-Tasche unter dem Sitz hervor und deutet auf den abgewetzten Aufkleber. „Unser Motto lautet: „Heidenspaß statt Gottesfurcht".

In der Reihe 22, direkt vor Magnus, dreht ein älterer Herr, offenbar Teilnehmer der Holyday-Reisegruppe, seinen Kopf zu Magnus und beschwert sich lautstark: „Muss das jetzt sein? Wir landen doch gleich in Israel!"

Ja, also Heidenspaß, das möge für einen Moment lustig klingen, meint Eli Grünzweig in bemühter Sachlichkeit. Aber sein atheistisches Gerede mache auf sie erst einmal einen albernen Eindruck.

Es sei eine Mischung aus Atheismus und Pazifismus – Religionen führten nur zu Kriegen, sagt Magnus schüchtern. Und sie würden in den seltensten Fällen das erstrebte Ziel erreichen. Vielmehr sei es so: „Wofür man heute die Schwerter erhebe, interessiert in der nächsten Generation keinen mehr interessieren – das lehrt uns die Geschichte".

Ihr würden sofort mindestens sieben Gegenbeispiele einfallen, kontert Eli Grünzweig. Aber sie wolle nicht von Magnus´ Weltanschauungsformel ablenken. Eine Mischung sei das also, sagt sie. „Eine chemisch-philosophische Emulsion vielleicht, um in seinem Chemie-Jargon zu bleiben – da schwimmten die Atheismus-Tröpfchen und Pazifismus-Teilchen in einem Gefäß, ohne sich zu verbinden." Wie Öl und Zitronensaft in einer Vinaigrette, das könne man auch zusammenquirlen und dann schmeckte es einem, wenn man diese Art Soße über einen Salat gösse. Ob der Herr Beerfeld schon einmal darüber nachgedacht habe, ob es Pazifisten nur deshalb gäbe, weil andere Menschen in den Krieg zögen und vielleicht auch für deren Frieden kämpfen müssten? Pazifismus sei ein sehr privilegiertes Ansinnen, eine Utopie, über die man Bücher schreiben, Vorlesungen in Elfenbeintürmen halten und leidenschaftliche Diskussionen führen könne. Den Pazifismus zu proklamieren, das sei in Israel, in der Ukraine und anderen umkämpften Regionen absurd, irrelevant und zusammen mit seinem Atheismus, dieser Reinstform des Nichtsglaubens, komme das vermutlich nicht so gut an. Der ach so friedfertige Wissenschaftsromantiker müsse sich auf ordentlich Gegenwind gefasst machen. In Anbetracht der vielen schlimmen Dinge, die weltweit passieren, müsse man befürchten, Pazifismus als Grundhaltung sei leider-leider ein Auslaufmodell.

Sie sei überzeugte Naturwissenschaftlerin und hadere auch mit den Religionen. Der christliche Glaube mit seiner tiefen Frömmigkeit irritiere sie genauso wie der Islam mit seinem blinden Gehorsam. Das Judentum hingegen sei eine Religion der Taten, das sei ihre und die in Israel weit verbreitete Überzeugung. Alle möglichen Glaubensrichtungen prallten in Israel auf sehr engstem Raum zusammen, aber jeder könne seinen Glauben praktizieren. Weltweit gebe es über 16 Millionen Juden, und das bedeute, es gebe auch über 16 Millionen Arten jüdisch zu sein. Nur sehr grob ließen sich verschiedene Gruppierungen beschreiben, die den Glauben modern auslegen, orthodox oder beispielsweise flexidox. Diese Leute essen beispielsweise an einem Tag streng koscher und befolgen sehr genau alle Regeln – aber dann geben sie ihrer Lust und dem Verlangen nach einem Big Mac hemmungslos nach. Das ist jüdisch sein, ganz streng und ganz flexibel – flexidox eben! Sogar die vielen Nichtgläubigen

Israelis pflegen bestimmte Bräuche. Sie sehnen sich vielleicht nach der Ruhe des Shabbats, akzeptierten manche jüdischen Gebote, würden bestimmte Feiertage lieben, oder auch nicht – sie fühlten sich aber auf jeden Fall dem Land und ihrer geistigen Heimat verbunden. Das sei wie ein starkes Band zwischen all den Gegensätzen. Kaum einer der Nichtgläubigen würde wohl sagen, er sei Atheist. Dieses Plakative passe zu Ideologien und Glaubensrichtungen, die andere von ihrer Einzigartigkeit, von ihrer Deutungshoheit, von ihrem Führungsanspruch überzeugen wollten. Im Sinne von: Nur wer uns folgt, ist auf dem richtigen Weg, dem wird das Paradies oder sonstige Lustbarkeiten versprochen. Juden missionierten hingegen überhaupt nicht, im Gegenteil: Ihre Religion bewahre sich eine gewisse Exklusivität, die man bitte nicht missverstehen solle. Sie würde es als eine in-sich-Geschlossenheit beschreiben, der jeder Drang fehle, im biblischen Sinne Menschen zu fischen.

Sie, Eli Grünzweig wolle ihn, den nach einer geistigen Heimat suchenden Herrn Beerfeld, also nicht von den Vorteilen des jüdischen Glaubens überzeugen. Juden müssten keine Werbung für ihre Religion machen, keine Sticker verteilen. Jüdin und Jude sei man durch Herkunft, das würde reichen. Und es gebe vergleichsweise sehr wenige Menschen, die ins Judentum konvertieren. Das sei übrigens auch sehr anstrengend.

Wenn er, der Jungchemiker Beerfeld, seine Weltanschauungsmischung aus Pazifismus und Atheismus beschreibe, klinge das wie eine Ansammlung populärer Slogans, wie das Leitbild eines gemeinnützigen Vereins, ein Bekennerschreiben von Greenpeace oder Amnesty International. Diese Weltanschauungsclubs funktionierten doch alle nach der gleichen, bewährten Methode: Von guten Menschen, mit guten Menschen für gute Menschen, aber bitte vergessen sie nicht, den Jahresbeitrag zu überweisen! Bitte unterschreiben sie hier unten links. Das Judentum sei, bei allem Respekt auch nur eine Religion, sagt

Magnus mutig. Dabei schluckt er den überschüssigen Speichel seines Kaugummis, der sich im Mund während des Zuhörens angesammelt hat, so hastig, dass er sich verschluckt und husten muss. Als er sich wieder fängt, fährt er fort: „...eine Religion mit aller Kraft nach innen und einer Macht nach außen. So wurden die Religionen zu den gefährlichen Diskriminanten der Menschheit, mit all den Tragödien und Kriegen seit 2000 Jahren." Sie seien das falsche Konzept für die berechtigte Suche des Menschen nach Sinn. Dann wagt Magnus einen Vergleich, um seine Religions-Skepsis zu unterstreichen: „Stellen sie sich vor Frau Grünzweig, die Menschen würden statt den moralischen göttlichen Weisungen des Islam, des Judentums, des Hinduismus, des Buddhismus und der Christen, Ernährungsgöttern folgen. Vegetarier würden dann womöglich gegen Carnivoren in den Krieg ziehen, weil sie die anderen für den Klimawandel und den Untergang der Menschheit verantwortlich machten. Unter den Vegetariern würden sich die Veganer als Extremisten abspalten und bei den Carnivoren, gäbe es die Low-Fat-Sekte, die sich für etwas Besseres hält, weil sie überzeugt sind, fitter zu sein als die Anderen. Durch die Heiligsprechung bestimmter Ernährungsregeln wird jedoch Unfrieden gesät, obwohl es eigentlich genug zu essen gibt für alle. Jeder sollte doch das essen, was ihm schmeckt und guttut, oder? Das funktioniert aber anscheinend nicht mehr, sobald die Nahrungsaufnahme, das Essen ideologisch überbewertet wird und die Welt spaltet.

Ob sie sich eine Welt ohne Religionen vorstellen könne, will Magnus wissen.

Das sei ein ziemlich verrückter Gedanke, findet Eli Grünzweig.

Wenn es aber so wäre, und plötzlich ein besonders innovativer Think-Tank auf die Idee käme, dass die Menschheit Religionen bräuchte, weil es dieses ungestillte, urmenschliche Bedürfnis nach tieferem Sinn gibt. Dann würde man den Aufwand, den Nutzen, die Chancen und die Risiken abschätzen, wie bei der Einführung eines neuen Medikaments beispielsweise. „Das wäre ein großartiger Auftrag für eine Unternehmensberatung: Boston Consulting, McKinsey oder Roland Berger erstellt ein Gutachten über den globalen Launch von Religionen. Was glauben Sie, wäre das Ergebnis?"

Es ist ein absurdes Gedankenspiel, lieber Herr Beerfeld.

Es sei ein typisches „Grüne Wiese-Experiment", erklärt Magnus. „Man denkt etwas Bestehendes von Grund auf neu und schaut sich die Folgen in einer Simulation an – mit einer KI-Anwendung geht das heutzutage sekundenschnell". Die fatale Wirkung wäre sofort erkennbar, da Religionen Zwang ausüben und Gräben zwischen Ländern oder Bevölkerungsgruppen entstehen lassen – sie führten schon in der Simulation ganz bestimmt, sagt Magnus, zu grundsätzlichen Spaltungen.

Auch die retrospektive Analyse von etwa 10.000 Jahren Religionen, dem Glauben an höhere Wesen wäre vom Ergebnis her niederschmetternd. Religionen verkündeten zwar oft das Gute, führten und führen die Menschen und die Menschheit auf einen von Tragödien, Katastrophen und Kriegen gepflasterten Irrweg. „Im Managementbericht von Roland Berger, McKinsey oder Boston Consulting würde dann das Ergebnis nüchtern zusammengefasst werden: Der ROI (return of Investment) ist in grotesker Weise negativ. Religionen sind ein Hemmschuh für die Evolution", rekapituliert Magnus im Stile eines Unternehmensberaters.

„Ich wäre Ihnen sehr verbunden, wenn Sie es als Ihr verwegenes Gedankenspiel, Ihre sehr theoretische Privatmeinung darstellen. Der ROI von Religionen hat nicht den Anspruch allgemeiner Gültigkeit, auch wenn Sie die renommiertesten Berater ins Feld führen. Nein, nein, nein!, mein geschätzter Herr Beerfeld. Es sind nicht die Religionen, die uns auf einen falschen Weg führen. Der Glaube wird mitunter missbraucht, die Gläubigen werden missbraucht für Ziele, die nichts mit ihrer Religion zu tun haben. Meistens geht es um Macht, Herrschaft, Geld – die niedrigsten Beweggründe, das ist das Fatale.

Der Glaube ist etwas Erhabenes, etwas sehr Wertvolles. Schauen sie sich den Herrn da vorne rechts an". Grünzweig deutet auf den Mann mit der strahlend blauen Kippa in Reihe 19 oder 20, der Magnus in der Abflughalle beschimpfte. „Seine Kippa gehört zu ihm, er trägt sie, weil es für ihn das Zeichen der Gottesfurcht und Bescheidenheit ist. Nicht um sich mit dem jüdischen Reklamehütchen als Fan oder Verehrer des mosaischen Glaubens zu outen. Es braucht keinen Sticker oder einen Davidstern, der um den Hals baumelt".

Womöglich hat Eli Grünzweig den kleinen goldenen Davidstern unter Magnus T-Shirt entdeckt, der an einem dünnen Kettchen hängt. Magnus versucht, das Thema zu wechseln:

„Was haben Sie denn in München gemacht?"

„Ich war auf einem Kongress im Herzzentrum der Universitätsklinik", sagt Eli Grünzweig.

Er: „Frau Dr. Grünzweig also?"

Sie: „Professorin im Unruhestand, um genau zu sein". Sie sei Ärztin und habe sich vor über 30 Jahren auf minimalinvasive Operationen am Herzen spezialisiert. Und weil sie Menschen nun bis ins kleinste Zelldetail kenne, sei sie davon überzeugt, dass es eine Seele und das Schicksal gebe, Raum für Dinge und Vorgänge, die sie nicht mit ihrem Werkzeug analysieren, ertasten oder gar operieren könne. Er glaube gar nicht, wie fein Ärzte da Gewebesorten trennen, entfernen oder verbinden könnten. Sie arbeiten unter dem Mikroskop im Zehntelmillimeterbereich. Was sie sagen wolle: Man könne Organe verpflanzen, aber nicht die Seele. Im 5. Buch Mose stehe, „nur bleibe fest, dass du nicht das Blut isst; denn Blut ist die Seele". Ob er das verstehe? Praktisch habe das zur Folge, dass Juden kein blutiges Steak essen würden. Für die meisten sei aber entscheidend, und da seien sie heute deutlich weiter als Moses, dass die Seele versinnbildlicht im ganzen Körper verteilt sei, wie das Blut. Aber zu fassen bekomme man sie nicht, obwohl sie zweifelsfrei vorhanden sein müsse. Um das zu verstehen und zu akzeptieren, sei schon eine gewisse Abstraktion nötig. Das, was wir unter Seele verstehen würden, gibt sie zu bedenken, könne auch die Quelle aller Emotionen sein. Obwohl die Wirkung fast aller Hormone und ihre Produktion im Körper entschlüsselt sei, gebe es ein Universum unerklärlicher emotionaler Vorgänge und Prozesse.

„Ihre Art, Herr Beerfeld, die Welt rein naturwissenschaftlich zu erfassen, wirkt dagegen einfältig", sagt sie freundlich, aber bestimmt. Damit könne er weder die Vergangenheit deuten, noch kluge Schlüsse für die Zukunft ziehen oder gar die Liebe begründen. Die menschliche Seele sei die von Gott erweckte und geliebte Seele. Und das Schicksal lege sich wie dichter Nebel um den Zeitstrahl unseres Lebens. Auf ganz erfrischende Weise seien wir ihm ausgeliefert. Es sollte auch die nüchterne Erkenntnis seines jungen Lebens sein, dass eigentlich nichts außer dem Tod absolut vorhersagbar ist.

Dann gönnt sich Professorin Grünzweig eine kleine Verschnaufpause, nippt zwei Mal an ihrem Becher Tomatensaft und setzt die Konversation mit Magnus fort.

Wie alt sein Vater eigentlich sei, möchte sie wissen.

„Er ist Jahrgang 1967, wird jetzt demnächst 56", antwortet Magnus. Mit Schicksal könne er übrigens nichts anfangen. Die Erdgeschichte oder die des Universums seien nicht das Ergebnis von Schicksalsschlägen, vielmehr sei es eine Ansammlung von Chaosprozessen, die von ganz bestimmten Randbedingungen abhängig wären. „Wie zwei Blicke, die sich treffen", stellt Magnus einen Vergleich her. „Daraus entwickelt sich vielleicht eine Beziehung zwischen diesen beiden Menschen. Oder es passiert nichts, je nachdem wie die Randbedingungen eben sind".

Professorin a.D. Grünzweig nimmt diesen unverfänglichen Gesprächsfaden nicht auf, sie bleibt bei Magnus´ Familie. Das heiße, sein Großvater habe vermutlich als kleiner Junge den Krieg erlebt. Er hätte durch seine Erlebnisse auch ein ganz bestimmtes Bild dieser Zeit gewonnen, das habe ihn geprägt. Solche einschneidenden Erlebnisse schlügen sich dann zwangsläufig auch in seiner Familie nieder. Das Gute, das Böse, das Unverfängliche, was auch immer, geschehe dann. Es passiere eben, weil die Randbedingungen halt so seien. Das könne man als unangreifbare, schlüssige Argumentation werten, oder als billige Ausrede, wenn man sich ganz elegant jeder Verantwortung entziehen möchte.

Er werde keine Formel entwickeln, kein Gesetz finden, keinen Algorithmus entdecken oder gar eine Maschine, die ihm die Wahrscheinlichkeit beschreibe, ob aus einem unschuldigen Kind wie seinem Opa ein Hitlerjunge, ein Nazi-Mitläufer oder ein Widerstandskämpfer würde. In den israelischen Medien werde regelmäßig darüber berichtet, dass es hierzulande, also in Deutschland Neonazisgebe und Judenhass. Das seien äußerst verstörende Berichte, wenn sie sehe, dass junge Leute Fremden-Wohnheime anzündeten oder jüdische Bürger auf der Straße belästigten.

Man müsse sich da als Jüdin und Jude schon Sorgen machen, viele in den Gemeinden hätten Angst. Kaum ein Mann traue sich in Berlin oder Duisburg eine Kippa aufzusetzen. Offenbar müssten Juden ihren Glauben verstecken, das sei doch sehr bedauerlich, sagt sie nachdenklich.

In einer israelischen Zeitung habe sie einmal gelesen, dass das Grab von Rudolf Hess zum Treffpunkt von Neonazis wurde. Die evangelische Kirche hätte nach seinem Tod zugestimmt, dass dieser Massenmörder im Familiengrab liegen dürfe, weil man – ganz christlich – nicht über den Tod hinaus richten solle. So sei mit christlicher Beihilfe eine Pilgerstätte für den Nazinachwuchs entstanden.

Ob er wisse, was auf dem Grabstein von Heß stehe?

Nein, sagt Magnus, er habe keine Ahnung.

„Ich hab's gewagt", sei da eingraviert. Unfassbar, dass Hitlers Stellvertreter die Nachwelt so verspotten dürfe. Vom Grab habe er gehört, aber diese Inschrift, die mache ihn auch sprachlos, gibt sich Magnus bestürzt. Dann beginnt er seiner Sitznachbarin zu schildern, wie Shamoutis Besuch bei seinen Eltern ablief. „Stellen Sie sich das so vor: Die drei Beerfelds Liselotte, Otto und Magnus sitzen also 77 Jahre und vier Monate nach Beendigung des zweiten Weltkriegs im Wohnzimmer mit einem Gast aus Israel. Der Teppich gesaugt, die Fransen gekämmt, die Orchideen und Bromelien am Fenster gegossen, der Tisch mit weißblauen Bayern-Deckchen dekoriert, durch die geöffneten Fenster strömt die Voralpenluft, der CD-Spieler läuft wie so oft mit der Lieblingsberieselung meiner Mutter, instrumentaler Weltmusik." Das hauche dem kühlen Rauhfasertapetenraum mit den sandfarbenen Sitzmöbeln multikulturelle Wärme ein. Das Kaffeetrinken am Sonntagnachmittag mit Shamouti Leybowicz konnte beginnen. Aber Magnus´ Vater sei zunächst total stumm dagesessen.

Tutzing am Starnberger See, im Wohnzimmer der Beerfelds, August 2022

Otto habe anfangs kaum ein Wort herausgebracht, als die jüdische Freundin seines Sohnes am Kaffeetisch Platz nahm. Damit konnte er offenbar nicht umgehen. Liselotte habe einen Marmorkuchen gebacken, sie sei einfach nur freundlich gewesen und habe sich mit Shamouti über den Haushalt und die Rezepte unterhalten. Er, Magnus, habe dann gehört, wie seine Mutter fragte, was bei einem koscheren Guglhupf anders wäre? Darauf habe Shamouti gesagt: „Frau Beerfeld, eigentlich müssten sie dafür ihre Küche komplett umbauen, aber mir reicht es, wenn sie den Teig nicht gerade aus Kamelmilch oder Saumilch zubereiten". Seine Mutter habe eine kurze Denkpause eingelegt, dann hätten beide lange gelacht. Für ihn, erinnert sich Magnus, wäre das ein überaus erfreuliches Zeichen gewesen, dass Shamoutis Besuch erfolgreich verlaufe.

Auch als Shamouti Momente später den Bücherschrank der Beerfelds betrachtet und im Fotoalbum der Familie blättert, kommen bei Magnus keine Zweifel auf, dass dies nichts anders sein kann als ein überaus gelungenes Treffen.

Von ihm unbemerkt, wandelt sich Shamoutis Stimmung allerdings an diesem Nachmittag, beim Kaffeekränzchen. Es ist ein disruptiver Moment: Das feine, unbeschwerte ich-backe-einfach-einen-Kuchen-mit-Frau-Beerfeld-Gefühl zerplatzt, als sie den Bücherschrank genauer inspiziert, während die Liselotte und Otto hinter ihr weiter die letzte „Wetten, dass..?"-Sendung rezensieren und Magnus seine E-Mails checkt. Im mittleren von drei Abteilen, auf dem untersten Regalbrett des dunkelbraunen Nussbaum-Möbels entdeckt sie ein älteres, abgegriffenes, aber sehr auffälliges blaues Hardcover-Buch. Halb verdeckt von der vordersten Reihe mit den Klassikern der deutschen Literatur – „Heinrich Heine - gesammelte Werke", „Schillers Dramen – das Kompendium" und „Der gute Mann von

Sezuan - Bertolt Brecht" – steht da, leicht nach rechts gekippt, ein Exemplar der berühmt-berüchtigten Nazi-Bibel. Shamouti braucht nur Sekundenbruchteile, um die goldenen Serifen auf dem dunkelblauen Buchrücken richtig zu deuten: Adolf Hitler „Mein Kampf". Wie kann es sein, dass im Bücherschrank der Beerfelds, der Familien-Bibliothek ihres Geliebten, das Buch des millionenfachen Judenvernichters steht? Einfach so.

Liselotte Beerfeld macht sich derweil am Kaffeetisch für die Rolle der ehemaligen „Wetten, dass..?"-Co-Moderatorin stark: „Wie heißt die gutaussehende Schweizerin mit den tief ausgeschnittenen Kleidern noch einmal?" Michelle Hunziker, klärt Magnus die Runde auf. Während Vater Otto für eine Rückkehr von Markus Lanz plädiert, starrt Shamouti minutenlang in den Schrank.

Es gibt viele Menschen – zumal jene jüdischen Glaubens – die jetzt kommentarlos gehen oder das Gesehene sofort zur Sprache bringen würden, die es als persönlichen Affront empfinden, zwei Meter neben „Mein Kampf" auf einen Guglhupf zu warten. Man könnte den Anwesenden eine Szene machen, einen familiären Skandal entfachen. Die Beerfelds würden sich sehr schämen, wäre ihnen dieses Missgeschick bewusst. Es ist jedoch Teil ihrer unauslöschbaren eigenen Geschichte. Die Beerfelds wären entsetzt, würden sie diese fatale Koinzidenz gerade heute, hier, jetzt in Shamoutis Gegenwart bemerken. Die fatale Wahrheit ist: In der Welt der Beerfelds, beziehungsweise in ihrem Nussbaumschrank, könnten die Memoiren von Israels Staatsgründer David Ben Gurion sogar gleich daneben platziert sein, sich berühren und „Mein Kampf" gar am Umfallen hindern. Doch Gurions Lebenswerk steht zwei Regalbretter weiter oben, und setzt zusammen mit Stefan Zweigs „Verwirrung der Gefühle" sowie der „Chronik eines angekündigten Todes" von Gabriel Garcia Marquez merklich Staub an. Was für ein schlimmes Bild, das dieser dunkelbraune Nussbaum-Bücherschrank aus Shamoutis Perspektive abgibt. Andere Beerfeld-Gäste hätten sich, sofern es ihnen überhaupt aufgefallen wäre, vielleicht erkundigt, was Antiquariate für „Mein Kampf" derzeit zahlen. Oder sich eines der anderen Bildungsbürgerbücher ausgeliehen. Shamouti jedoch hadert damit, sich ihre Verstörung anmerken zu lassen.

Darf man Nazi-Devotionalien einfach so im Schrank liegen lassen? Wäre es besser, sie im Keller zu verstecken oder gehören solche Sachen auf den Müll, am besten ins Heizkraftwerk? In diesem Moment spürt Shamouti wie ärgerlich und verdammt bitter es ist, dass die Welt nicht von derartigem Unrat bereinigt werden kann. Sehr gern würde sie selbst dafür sorgen. Sie hat große Lust, das Buch aus dem Schrank herauszureißen und nachzusehen, ob auf Seite drei, gleich gegenüber von Hitlers Foto und Unterschrift noch eine persönliche Widmung für einen der Beerfelds verewigt ist. Vielleicht war es ein Geburtstagsgeschenk für Opa Walter?

Lässt sich so ein fataler Eindruck löschen? Soll sie das Thema ganz nüchtern ansprechen? Oder könnte sie mit Smalltalk diesen Besuch überstehen? Shamouti spürt, wie sie, statt die Besucherrolle zu spielen, nun zur Beobachterin wird. Irritiert und distanziert setzt sie sich zurück an den Kaffeetisch, verfolgt die Unterhaltung über das ZDF-Wochenend-Programm, und saugt die verrückten Eindrücke auf. So bitter das Gesehene und Gehörte jeweils ist und wert wäre, angesprochen zu werden – sie verkneift sich einen Kommentar.

„Gleich ist der Guglhupf fertig", ruft Magnus´ Mutter Liselotte aus der Küche. „Aber die Klamotten vom Gottschalk", ruft sie hinterher, „sind doch ein, ein, ein reinstes Kasperlkostüm. Und das mit über 70!" Die Kaffeemaschine gurgelt die letzten Tröpfchen heißes Wasser in den Filter, es duftet wie in einer Tchibo-Filiale. Shamouti sitzt mit Magnus auf dem grün-grau-gestreiften Familiensofa, das bei Beerfelds immer den Gästen vorbehalten ist. Das junge Paar blättert im Familienalbum mit den Jugendfotos von Opa Walter. Unter den Kinderfotos sind mehrere, auf denen er mit schwarzer Kappe, schwarzen Shorts, beigefarbenen Hemd, mit rot-weißer Binde und dem zackigen Jungvolk-Emblem am linken Oberarm abgebildet ist. Einmal sitzt der kleine Walter mit anderen Jungs in Uniform auf einem Steg und lässt die Beine über dem Wasser baumeln. Auf dem anderen Foto steht er stolz vor einem Fahrrad, im Hintergrund ist eine Kirche mit einem zur Hälfte weggeschossenen Zwiebelturm zu sehen. Magnus nimmt einfach mehrere Seiten zusammen, blättert das Konglomerat um und kommentiert das Gesehene lapidar „Ja, das ist eine Kapelle in der Nähe des Oberwiesenfelds, dort wo sich heute das Olympiagelände befindet." Auf die Kinder-Uniform seines Großvaters geht er erstaunlicherweise mit keinem Wort ein – er scheint selbst überrascht zu sein, dass diese Fotos zwischen einem Familienausflug zum Sudelfeld und Walters Konfirmation kleben. Es ist ihm bewusst, dass dies ein höchst unpassender Moment ist, um das Thema mein-Opa-war-ein-kleiner-Jungvolk-Nazi anzusprechen. Wären es braune Brösel auf dem Boden, er würde sie jetzt der Einfachheit halber unter den Beefeldschen Wohnzimmer-Teppich kehren. Shamouti – noch in der Mein-Kampf-Schockstarre – sieht Magnus nur einmal verdutzt an und schweigt. Das ist eine erstaunlich vernünftige Reaktion, die aber überhaupt nicht ihrem Temperament entspricht. Jetzt nicht die Fassung zu verlieren, in Konfrontation oder in ihren Kampfmodus zu gehen, ist eine beispiellose Selbstbeherrschungsleistung, die sie sich abverlangt.

Schon kommt Liselotte mit dem Kuchen ins Wohnzimmer, Otto trägt die Kanne Kaffee und gießt ein. Shamouti entschuldigt sich kurz, sucht die Toilette auf, nimmt ihren Taschenkalender zur Hand, macht sich eilig einige Notizen, drückt die Spülung und kehrt scheinbar ungerührt vom gerade Erlebten an den Tisch zurück. Liselotte schneidet den Gugelhupf an, Otto füllt das Milchkännchen auf und Magnus lässt das Fotoalbum unter dem Sofa verschwinden.

Er blickt nun unschuldig in die Runde: „Schön, dass das heute geklappt hat", sagt er.

Shamouti fühlt sich längst nicht mehr als Gast, um die Freundlichkeit des Gastgebers zu genießen. Die irritierenden Eindrücke hatte sie mit einigen wenigen Worten und Skizzen im Kalender fixiert. Schmerzende Gedankenfetzen sind das, die ihre Wut in Formen pressen. Es sind Momente bitterer Inspiration. Das Kaffeekränzchen löst einen kreativen Impuls aus, Einzelteile ordnen sich, finden Zusammenhänge, eine größere Geschichte scheint zu entstehen. Es ist wie eine dunkle Kladde, die jetzt ihren Platz im unendlichen Aktenschrank ihrer Fantasie gefunden hat und nun mit immer mehr Inhalt gefüllt wird. Das lenkt ab und tröstet sie, zumindest für den Moment.

Sie nimmt ein Stück vom mürben Guglhupf entgegen, nippt an der Kaffeetasse und blickt in die Runde der Beerfelds. Sie senden ihr freundlich lächelnde Gesten zurück. Gleich wird die Frage kommen, ob er, der Guglhupf auch schmecke.

Shamouti ist nur noch pro forma Teilnehmerin eines Kaffeekränzchens. Sie befindet sich jetzt im Tunnel ihres Rechercheauftrags. Volle Konzentration, den Blick nach vorne gerichtet, setzt sie mit stillem Enthusiasmus ihre Aufgabe um und speichert das Erlebte. Und ja, selbstverständlich, der Guglhupf schmecke ganz vorzüglich. „Sehr lecker", sagt sie, während sie beschließt, ihre düsteren Eindrücke aus der heilen Welt der Beerfelds mit größter Kreativität künstlerisch zu veredeln.

An Bord der EL AL, Flug ELY 247, 6. Oktober 2023 14.30 Uhr

Magnus wendet sich an Eli Grünzweig und schildert ihr seine Version des Besuchs seiner Freundin: „Wir wollten alles richtig machen und Shamouti besonders herzlich aufnehmen. Und bis zur Verabschiedung lief es auch optimal. Da gab mein Vater meiner jüdischen Freundin die Hand und sagte, „es war eine schlimme Zeit damals, verstehen Sie?" Einfach so, völlig aus dem Zusammenhang gerissen, habe er so etwas gesagt, als wäre das Ende des Zweiten Weltkriegs und des Holocaust gerade in der Tagesschau gemeldet worden. Da habe man gemerkt, dass die Eltern so ungelenk seien wie die Großeltern, weit entfernt davon, souverän mit der eigenen Geschichte umzugehen. Babyboomer und die Jahrgänge danach seien Kinder oder Kindeskinder einer von Weltkriegen und Nazizeit traumatisierten Epoche. Da würde natürlich viel Elend und Drama von Generation zu Generation vermittelt und mindestens so viele Tragödien verheimlicht werden. Sie sind mit diesen Geschichten und Heimlichkeiten aufgewachsen, sie kannten es nicht anders, meint Magnus. Sie, damit meint er die die Babyboomer als auch seine Eltern, die er der Generation X zuordnet, seien eben Kinder dieser Eltern mit diesem sehr speziellen historischen Rucksack. Es gebe Fotos von seinem Opa, erzählt er dann mit erstaunlicher Chuzpe, auf denen er eine Jungvolk-Uniform trage. Aber man verstecke das und erfahre als Sohn oder Enkel natürlich nicht, was damals passiert sei. Warum der Opa als Kind mitgemacht habe und leider kein – wenn auch nur kleiner – Held des Widerstands gewesen sei.

Sein eigenes Unvermögen, die Fotos bei Shamoutis Besuch anzusprechen, hat sich ihm nicht ins Gedächtnis eingebrannt. Oder es fällt ihm gerade ein, aber es passt nicht zum Selbstbild, seiner allumfassenden Nazi-Emanzipation mit garantiert einhundertprozentig gutem Gewissen. Eine typische Selbstschutzreaktion ist es, bei eigener Betroffenheit auf andere zu deuten. Und Magnus steuert (oder schlittert unbewusst in) genau dieses selbstgerechte Ablenkmanöver: Es gäbe natürlich immer noch Leute in der älteren Generation, will er Eli Grünzweig aufklären, die anscheinend ganz stolz auf Nazi-Karrieren in der eigenen Familie seien. Einmal habe er im Partykeller eines Schulfreundes nämlich ein großformatiges SS-Erinnerungsfoto von dessen Großonkel entdeckt.

„Wissen Sie eigentlich, dass die SS-Uniformen von Hugo Boss stammen?", nimmt sie den textilen Gesprächsfaden auf.

Er: „Das Modelabel?".

Jaja, sagt Eli Grünzweig, die Firma Hugo Boss sei damals ein bekannter Hersteller von Berufskleidung gewesen und habe den lukrativen Auftrag erhalten, die Uniformen für SA, SS, Wehrmacht und die Hitlerjugend herzustellen. Das könne man sich kaum vorstellen, wenn man heute die schicken Hemden, Hosen und Mäntel betrachte. Ihr sei das gerade eingefallen, als Magnus das Jungvolk und die SS erwähnt hatte.

Ihn macht die Hugo Boss-Nachricht nachdenklich: Besitzt er solche Hemden, Hosen, Jacken? Trägt er heute womöglich Unterwäsche oder Socken von Boss? Fliegt er gar in einer SS-Marken-Unterhose nach Israel? Er selbst würde sich keine Boss-Unterhose leisten wollen. Auch aus Imagegründen sei ein solches Investment in seinem Umfeld nicht angemessen und 100% politically incorrect. Er selbst kauft – wie alle seine Freunde – Fairtrade-Unterwäsche günstig ein, bei H&M oder sonstigen Discountern. Seine kulturelle Blase pflegt das ökologische Understatement, trägt T-Shirts mit Bekennersprüchen, selbstgestrickte Pullis, Schickes aus Second-Hand-Läden oder individuell umgearbeitete Textilien, wie etwa sein grünes Lieblings-Sakko, ein älteres No-Name-Modell, das Shamouti mittels blauer Batik-Flecken zu einem einzigartigen Kleidungsstück aufgewertet hat. Designer-Kleidung mit sichtbaren

Marken-Emblem, das gilt als peinliches „flexen", das machen nur sogenannte „Simps", also angepasste Betriebswirtschafts- oder aufstiegsbewusste Jura-Studenten und einfältige Egos, die verzweifelt Aufmerksamkeit erhaschen wollen – und sei es nur mittels teurer Markensocken, einer edlen Handtasche oder limitierten, sauteuren Nike-Sneakern. Auch in seiner Generation Z gibt es eben klare Bekleidungs-Diskriminanten.

Haben es seine Eltern wieder einmal zu gut gemeint und ihm beim letzten Geburtstag mehrere solcher Edel-Unterhosen untergejubelt? Vielleicht waren es nur Calvin Klein-Boxershorts. Oder von Hessnatur. Bloß keine Boss! Auf jeden Fall trägt er heute ein Exemplar der neuen Unterwäsche. Er spürt noch genau, wie er gestern das unberührte, jungfräuliche 3er-Pack aus dem Schrank holte, den Papierstreifen zerriss, zwei Höschen in die Tasche und eines für die Reise zu Seite legte. Blau und Grau sind in der Tasche, er trägt heute gestreift Blau-Grau. Das ist gewiss. Wenn er nur wüsste, von welcher Marke? Er lutscht die letzten Spearmint-Aromen aus dem Kaugummi, nimmt die Aluhülle, die er meist in die Gesäßtasche steckt, um den verbrauchten Klumpen einzuwickeln und unauffällig zu entsorgen. Es sind bereits vier Kaugummis in dem kleinen Aschenbecher der Stuhllehne von Sitzplatz 23a, jetzt drückt er den nächsten in den Spalt.

Magnus hat an so vieles gedacht: das Geschenk, einen frischen Haarschnitt, das Smiley-T-Shirt und die lässige Jeans - er möchte in Bestform bei Shamouti ankommen. Ob Sie von der Boss-Vergangenheit weiß? Er könnte jetzt noch schnell auf die Toilette, um Gewissheit zu haben, ob er tatsächlich eine Heinrich Himmler-Gedächtnis-Unterhose trägt.

In diesem Moment kommt eine zweisprachige Durchsage, hebräisch und deutsch. „Wir verlassen die Reiseflughöhe und nähern uns dem

Zielflughafen Ben Gurion in Tel Aviv. Bitte legen Sie Ihre Sicherheitsgurte an, stellen sie die Rückenlehne senkrecht und klappen Sie die Tische hoch".

Nach gut dreieinhalb Stunden Flug erreicht die Boeing 737 die Küste Israels. Der Kapitän legt die Maschine über der Küste leicht auf die Seite, fliegt eine sanfte Kurve über den Strand Tel Avivs und steuert auf den Flughafen Ben Gurion zu.

Das ermöglicht Magnus einen ersten Blick durch die Flugzeugluke auf das Heilige Land. Er vergisst die Unterhosen-Problematik und sucht nach den Orangen-Plantagen. Sein ehemaliger Mathematiklehrer, Dr. Georg Pernsteiner, hatte den Schülern einmal verraten, dass er sich als Student im Fasching als Jaffa-Giftorange verkleidete. Das konnten sich die Kinder gut vorstellen, weil Pernsteiner dank ausgeprägtem Bierbauch der Geometrie einer Orange zeitlebens schon sehr nahekam. Als Jaffa-Giftorange ging er jedoch damals aus aktuellem Anlass. Denn palästinensische Terroristen hatten einst große Mengen der Südfrüchte mit Quecksilber vergiftet, um dem Staat Israel durch entsprechende Export-Einbußen zu schaden. Die „Hamburger Morgenpost" rief damals den Notstand aus: „Gift-Alarm, arabische Terroristen haben das Gift in die Früchte gespritzt – womöglich 150 Millionen Apfelsinen bedrohen die Gesundheit". Es gab zwar keine nennenswerten Opfer. Aber der Appetit auf Südfrüchte konnte einem vergehen. Und der Giftorangen-Skandal gab eine erste Kostprobe einer neuen, sehr effizienten Art wirtschaftlicher Kriegsführung mit einfachsten Mitteln.

Der Mathematiklehrer erzählte seinen Schülern dann eindrucksvoll, wie er sich tatsächlich eine überdimensionale Spritzen-Attrappe auf den Rücken montierte, eine orangefarbene Kutte anzog, und so mit einem superaktuellen Karnevals-Kostüm alle Blicke auf sich zog. Damals konnte man als Lehreramtsanwärter noch ungestraft politisch unkorrekte Scherze machen und niemand nahm auf dem Faschingsfest des Sportvereins daran Anstoß, dass man als israelische Giftorange auftauchte. Natürlich sprach sich Pernsteiners Giftorangen-Kostüm wie ein Lauffeuer in Freising und darüber hinaus herum. Ein Giftorangen-Foto diente sogar als Aufmacher für den Faschingsball-Bericht der Lokalzeitung. Für Pernsteiners Schüler hatte dieses unvoreingenommene Humorverständnis auch Jahre später noch uneingeschränkten Vorbildcharakter.

Jaffa-Orangenplantagen kann Magnus vom Flugzeug aus keine erspähen. Als die Räder den Boden des heiligen Landes berühren, klatschen die Mitreisenden. Und der deutsche Tourist macht natürlich mit.

Seiner Sitznachbarin ist er noch eine Antwort schuldig: „Wir haben nichts gesprochen, kein Wort, Frau Professor. Einfach nur geraucht".

Aber irgendwann müsse sich aus der stillen Bewunderung doch ein Gespräch entwickelt haben, meint sie.

Als die Boeing zum Stehen kommt, hilft Magnus Eli Grünzweig dabei, ihr Handgepäck aus dem Fach zu bugsieren. Sie nimmt ihren kleinen Rollkoffer und wird sofort von den hinteren Passagieren zum Ausgang gedrängt.

Eli Grünzweig streift ihr türkisfarbenes Kostümoberteil über und wird im Mittelgang nach vorne geschubst, dann fallen Magnus auch die ersten Worte an Shamouti ein: „Ob sie meine Jacke will, habe ich gefragt", ruft er ihr hinterher. „Auf Englisch!" Magnus und Shamouti hätten sich dann zunächst auf Englisch unterhalten. Erst nach einer halben Stunde habe Shamouti ihm verraten, dass sie auch Deutsch spricht. Sie habe schließlich mehrere Monate einen Konversationskurs Deutsch im Goethe-Institut belegt. Im weiteren Verlauf der Unterhaltung an der windigen Schiffsbrüstung habe sie sich sogar seine Jacke übergestreift, was Magnus als ersten großen Erfolg wertete.

„Ein kleines Problem, sehr praktisch gelöst", ruft Eli Grünzweig zurück, als sie schon fast am vorderen Ausgang des Flugzeugs angekommen ist. „Vergessen sie nicht, dass sie es mit einer Israelin zu tun haben. Sie ist Künstlerin, Jüdin und kann offenbar Erdbeben auslösen, der Stärke 9,8!"

Nachdem die EL AL-Stewardess die Luke der Boeing 737 geöffnet hat, erreicht eine erste Prise warmer israelischer Luft die Nase von Magnus Beerfeld. Er schließt die Augen und nimmt einen tiefen Atemzug. Es ist eine unverwechselbare Mischung. Alle Plätze, Städte und Länder haben einen speziellen Duft. Tel Aviv fühlt sich in der Magnus-Nase warm und trocken an. Eine fremdartige Obstsorten-Note und orientalische Gewürze kitzeln in seinem Riechorgan, findet Magnus. Es erinnert ihn an die trockene Hitze und den Kakteenblütengeruch im Savannenhaus des Botanischen Gartens in München vermischt mit dem Duft des Gewürzregals im Feinkostgeschäft Dallmayr.

Die Einreiseformalitäten in Tel Aviv sind weit weniger aufregend als die bei der Abreise in München.

In der Warteschlange trifft Magnus seine Sitznachbarin Eli Grünzweig noch einmal.

„Sie haben ihr also ganz heldenhaft die Jacke geliehen?"

Ja, sagt Magnus. „Bald verfolgten wir zusammen, an der Reling stehend, das Spektakel im Kanal von Korinth". Sie bestaunten die Steuerkünste des Kapitäns, das Ufer wäre zum Greifen nah gewesen und die Agio Nikolaos glitt im Schritttempo durch die enge Wasserstraße. Shamouti und er haben weiter geraucht, und erst einmal unverfängliche Informationen ausgetauscht: Musik-Tipps, Lieblingsfilme, Schauspielernamen, Studienerlebnisse. Sie habe ihm dann ihre aktuellen Reisepläne dargelegt: Mit den drei Studienkolleginnen und -kollegen Uri, Sammy und Ronid wollte sie in Brindisi aussteigen und mit dem Auto eine mehrwöchige Europatour machen: Rom, Florenz, Nizza, Paris, London, Brüssel, Basel und Prag wollten sie sich ansehen. Er habe den Plan gut gefunden, dann aber nachgefragt, ob sie um Deutschland einen Bogen machen wollten, denn irgendwie müssten Sie von Brüssel nach Prag kommen. Mit ernster Miene hätte Shamouti dann geantwortet: „Deutschland ist definitiv nicht auf unserer Route." Über diese pauschale und garstige Ablehnung habe er sich zuerst gewundert, da sie ja offenbar nicht ohne Grund einen Deutschkurs besuchte, dann habe es echte Schmerzen bei ihm ausgelöst. Die Abfuhr weckte aber auch seinen Ehrgeiz, Shamouti einen Deutschland-Besuch schmackhaft zu machen.

Er habe Shamouti einen Ramazzotti spendiert, das beste Getränk an der Bar des Schiffs. Sie habe das Glas gehoben, die braune Flüssigkeit inspiziert und dann gesagt: „Erst die Zigarette, dann die Jacke, jetzt ein Glas Ramazzotti auf Eis. Sehr süß, sehr stark, sehr braun. Sonderbare kulturelle Wiedergutmachung, aber ein erster Schritt".

Diese Sorte Humor habe ihm sofort sehr gut gefallen. Durch den Bar-Besuch habe er Shamouti ziemlich lange von ihrer heimischen Begleitung isolieren können. Uri, Sammy und Ronid hätten den Unterhaltungs-Marathon mit dem Fremden und dessen sichtliches Engagement wohl längst mit Argwohn verfolgt.

„Den braunen Ramazzotti als sonderbare kulturelle Wiedergutmachung zu bezeichnen, das ist jiddischer Sarkasmus", meint die Professorin a.D.. „Anders ist die Geschichte, die Gegenwart und wahrscheinlich auch die Zukunft hier nicht zu ertragen. Wie haben sie Shamouti überredet, sie in München zu besuchen?"

„Vom Isthmus von Korinth bis nach Brindisi brauchte die Agios Nikolaos laut Fahrplan 26 Stunden. In dieser Zeit musste es mir gelingen", erinnert sich Magnus.

Grünzweig: „Einer jungen, deutschlandkritischen Israelin Deutschland schmackhaft zu machen...das ist so aussichtsreich wie Vegetarier für einen Schweinebraten zu begeistern".

Deshalb habe er ihr auch kaum etwas über Deutschland erzählt, sagt Magnus, sondern sein ganz persönliches Leben vor ihr ausgebreitet: Wie seine Wohnung aussehe, wie er mit seinen Freunden feiere und wie viele Wochen, Tage und Stunden er für die Masterarbeit aufbringen muss. Am meisten habe sie interessiert, wie er die Reise finanzierte. Er fahre nämlich zweimal wöchentlich morgens um 4.30 Uhr die Wäsche für eine Großreinigung aus. Mit der staatlichen Unterstützung Bafög, etwas Geld von den Eltern und dem Lohn der Großwäscherei komme er auf knapp über 1100 Euro im Monat. Das reiche dann auch für die eine oder andere größere Reise im Jahr. Er denke, das habe Shamouti gefallen. So seien sie die meiste Zeit bis Brindisi zusammengesessen, hätten geraucht, gegessen, Kaffee getrunken und viel geredet. Kurz vor der Ankunft in dem süditalienischen Hafen habe er Shamouti gefragt, ob sie ihn besuchen wolle. Und ja, das sei jetzt eine offizielle Einladung! Nach München. Sie habe ihm zugezwinkert und mit einem „Mal sehen" alles offengelassen.

Er notierte die Adressen und Telefonnummern von sich und seinen Eltern auf der Ramazzotti-Quittung, weil er sicher sein wollte, dass sie jederzeit jemanden erreichen könne. Als Andenken oder Glücksbringer gab er ihr sein Delfin-Feuerzeug, das er in einem Andenkenladen in Delphi erstanden hatte, mit auf die Reise.

Im italienischen Hafen trennten sich ihre Wege.

Mit jedem Tag, den sich Shamouti nicht meldete, sei seine Zuversicht geschwunden. Aber nach etwa zwei Wochen habe abends sein Telefon geklingelt und Shamouti berichtete, sie sei in Prag. Sie zu überreden, ohne ihre Begleitung nach München weiterzureisen, sei dann nicht besonders kompliziert gewesen.

Auf Instagram habe er von einem bevorstehenden Peter Fox-Konzert in der Olympiahalle erfahren, das aber schon ausverkauft gewesen war. Magnus habe ihr dann erzählt, dass er mitunter Konzerte vom Olympiaberg aus kostenlos verfolge. Mit einer Flasche Prosecco und etwas zum Knabbern könne das ein riesiges abendliches Open-Air-Happening werden, wenn das Wetter mitspiele. Shamouti gab ihm zu verstehen, dass das wohl genau die Sorte Abendgestaltung sei, die ihr gefalle. „Es gibt morgen früh einen Bus. Einen Bus, der nach München fährt", habe sie dann spontan wiederholt. Und dieser Moment, das müsse ihm Eli Grünzweig glauben, sei der bisher schönste in seinem Leben gewesen. Er habe es sich so sehr gewünscht, dass sie irgendwann irgendwie zu ihm nach München kommen würde. Ihre mögliche Ankunft am Flughafen, im Hauptbahnhof oder sonstwo sei wie ein verwegener Plan in seinen Tagträumen immer wieder in wilden Variationen aufgetaucht. In der Alptraum-Variante hätten sie sich verpasst, weil er um Stunden zu spät am Treffpunkt erschien. Und nun schien die Best-of-Version wahr zu werden.

Shamoutis Bus sei dann auch ganz pünktlich aus Prag am Hauptbahnhof eingetroffen. Die Tür öffnete sich mit lautem Pfeifen, Shamouti stolperte als eine der ersten aus dem Bus und sie begrüßten sich. Man könne es als „sehr herzlich" bezeichnen aber auch als „sehr vorsichtig", erzählt Magnus. Er hätte ihr um den Hals fallen wollen, sie drücken, schütteln oder sonst irgendwie umarmen müssen. Doch selbst im Nachhinein drückt er sich umständlich aus und die Zuhörerin begreift sein Problem. Als Shamouti dann so vor ihm gestanden habe, beschreibt Magnus die Begrüßungsszene, sei es nach einer langen Sekunde nur zu einem Händedruck und einem unverfänglichen, flüchtigen Wangenkuss gekommen. Er habe sich einfach nicht getraut, Shamouti dem Anlass gemäß, g e f ü h l s mäßig (ein Wort, das er Buchstabe für Buchstabe buchstabiert, als sei es ein bizarres Fremdwort), zu umarmen oder gar zu küssen. Zwei Tage hätten sie dann in platonischer Freundschaft verbracht. Ihre Gespräche umkreisen natürlich schon das Beziehungsthema, erklärt Magnus. Beide wären von Anfang an überrascht gewesen, dass sie sich trotz der unterschiedlichen Herkunft und ihren diametralen Ansichten so gut verstehen würden. Shamouti habe dann einen lustigen Vergleich hergestellt: Via Tinder App hätten die beiden wohl niemals zueinander gefunden, weil da ein banaler Algorithmus verhindern würde, ein vegetarisches Weißwürstchen mit einem Falafel-Bällchen zusammenzubringen. Magnus Beerfeld und Shamouti Seybowicz, philosophierte sie, seinen sehr wohl gegensätzlich. „Wir sind aber anders anders, so unterschiedlich wie…", da habe Shamouti eine kreative Denkpause eingelegt und dann gesagt, „wie… wie eine heiße Pfanne mit Shakshuka und ein cooler Eistee. Das passt ja unglaublich gut zusammen!"

Beim Peter Fox-Konzert habe sie plötzlich seine rechte Hand genommen, einfach so, als sie sich auf einer Decke am Olympiaberg ausgebreitet hatten. Magnus erzählt, wie er dann zu zittern begann, eine Art Schüttelfrost, verbunden mit der Angst, dass er gleich schweißnasse Hände bekommen könnte. Shamouti habe ihn gefragt, was los sei. Es sei ein komisches Gefühl, habe er dann geantwortet. Sie habe dann gleich nachgefragt: „Ein gutes komisches Gefühl oder ein schlechtes komisches Gefühl?". Die Antwort könne sich Eli Grünzweig sicherlich vorstellen. Der Titel „Zukunft Pink" von Peter Fox sei seitdem „ihr" Song. Es war das dritte oder vierte Lied des Konzerts. Beim Refrain

„Alle malen schwarz, ich seh´ die Zukunft pink
Wenn du mich fragst, wird alles gut mein Kind"
seien sie sich dann in den Armen gelegen und den ersten richtigen Kuss hätte ihm Shamouti passend zur Textzeile

„Wouh, Power to the People (yeah)
Yeah, Frauen rulen die Welt (wouh)"
gegeben. Ja, und bevor sie nachfrage, es sei Shamoutis Initiative gewesen. Er hätte noch überlegt, bei welchem Lied er einen „Move" machen könnte, plötzlich hätte er aber ihre weichen Lippen auf den seinen gespürt, und jedes Zeit- und Raumgefühl verloren. Später hätten ihm Freunde berichtet, dass die Band von Peter Fox mehrere

Soli eingelegt hätte, das Lied wäre fast 10 Minten lang gewesen. Erst bei „Weil wir die Zukunft sind, seh´ ich die Zukunft pink, na-nana", dem Schluss-Akkord und dem Applaus, sei Schluss gewesen. Mit dem Küssen. Und langsam, nur sehr langsam hätte er wieder Bodenhaftung auf dem Olympiaberg erlangt. Er habe Shamouti dann gefragt, was „ich liebe dich" auf Hebräisch heißt und er habe dann „Ani oevet otha" oder so ähnlich wiederholt.

Zugegeben, meint Magnus, „das Ganze ist ziemlicher Schmalz".

„Das haben sie jetzt schön gesagt, wie ein Aushilfs-Rabbi. Aber um diesen wichtigen Moment, den „Move", zu verewigen, ist „Schmalz" sicherlich die richtige Methode. Kennen Sie eigentlich das Hohelied Salomons?", fragt Eli Grünzweig.

„Nein", sagt Magnus, „nie davon gehört".

Es sei ein besonders schönes Kapitel des Alten Testaments, eine Liebeserklärung mit teilweise erotischem Flair.

„Von deinen Lippen, meine Braut träufelt Honigseim", trägt Eli Grünzweig mitten im Flughafengewirr in forscher Lautstärke vor:

„Honig und Milch sind unter deiner Zunge

Du bist gewachsen wie ein Lustgarten von Granatäpfeln

mit edlen Früchten, Zypernblumen, Myrrhe, Safran und Zimt.

Deine Brüste sind wie junge Zwillinge von Gazellen, die unter Lilien weiden".

Bis auf eine Holydays-reisende Dame nimmt niemand in der Warteschlange Notiz von den Gazellen-Brüsten. Die Trekking-Lady mit schlohweißem Dutt nimmt Magnus und die Professorin ins Visier. Eine seniorige Dame, die einem jungen Mann in einer Flughafenwarteschlange von Gazellenbrüsten vorschwärmt, das scheint sie in eine tiefe Nachdenklichkeit zu stürzen. Ist das nicht dieser Verbrechensverdächtige, wegen dem wir verspätet starteten? Jener mutmaßliche Drogendealer, dessen Mutter, überreife Freundin oder Spontanbekanntschaft sie jetzt mit solchen Perversionen belästigt –

da haben sich ja zwei getroffen! Anhand ihrer Lippenbewegungen kann man erraten, dass sie die ungewöhnliche Wortkombination G A Z E L L E N - B R Ü S T E nachspricht, um es in Einklang mit etwas Sinnvollem zu bringen. Im besten Fall hält sie das Gehörte für einen intellektuellen Ausflug in die Fauna des Mittleren Ostens oder ein erotisch-exzentrisches Kochrezept.

„Oh, wie romantisch", gibt sich Magnus überrascht. Brüste wie junge Zwillinge von Gazellen, die unter Lilien weiden, das wolle er sich merken.

Nun wendet sich die Holydays-Duttträgerin endgültig von Magnus und seiner Gesprächspartnerin ab und rückt in ihrer Warteschlange um viele Meter nach vorne.

Professorin a.D. Grünzweig rezitiert weiter:

„Steh auf, Nordwind, heißt es dann …das wäre die Aufforderung von ihr an Sie, Herr Beerfeld.

Und komm, wehe durch meinen Garten, dass der Duft meiner Gewürze dich entzücke. Mein Freund, komme in meinen Garten und koste von all meinen edlen Früchten".

Eli Grünzweig steuert auf die große Säulenhalle des Ben-Gurion-Flughafens zu: „An dieser Tür trennen sich unserer Wege. Shalom, Herr Beerfeld. Und viel Glück in Haifa!"

„Shalom, Frau Professor und danke für die umfassende Lebensberatung", verabschiedet sich der Israelbesucher, dem nun die Kontrolle für „Foreign Passports" bevorsteht. Mit Respekt und einigen Schweißperlen auf der Stirn nähert er sich dem Personal für den Einreise-Check: Papierkram, skeptische, prüfende Blicke, aber keine Leibesvisitation.

Nachdem das Förderband das Gepäck aus dem Bauch des Flugzeugs ausspuckt, geht Magnus in Richtung der letzten Kontrolle bei „Nothing to declare" und legt seinen Rucksack und die Tasche freiwillig auf den Wühltisch. Er packt den selbstgebauten Akku aus und präsentiert dem israelischen Kontrolleur die technische Finesse: „It is just a rechargeable battery, my own construction, for a friend... 6 Volts, 12 oder auch, äh, or natürlich 18 Volts are möglich", erklärt er in höchster Nervosität und feinstem Denglisch. „Okidoki", sagt der Beamte, und macht mit einer lässigen Handbewegung klar, dass Magnus nun das Weite suchen soll. „Hurry on." Die gläserne Schiebetür des Ben-Gurion-Flughafens öffnet sich und Magnus Beerfeld hat nun das Heilige Land vor sich. 9,1 Millionen Menschen, ein halbes Dutzend Religionen, 22380 Quadratkilometer, angebliche 2023 Jahre nach Christi Geburt, subsummiert der Atheist und Naturwissenschaftler Magnus. Falls er überhaupt gelebt habe, wäre diese Zeitrechnung auch hinfällig, weil Jesus bekanntlich 4 bis 7 Jahre vor Christi Geburt geboren wurde. Diese mangelnde Präzision, die ungenaue Datierung und die generellen Zweifel an der Überlieferung empfand der schon zu Zeiten seines Religionsunterrichtes bei Karlheinz Konopke ärgerlich.

Die Israel-Reisegruppe von „Holydays – Israel auf den Spuren Jesu mit dem Bus erkunden" marschiert unterdessen gut sortiert in Zweierreihe und kommentarlos an ihm vorbei. Dass die Damen- und Herrschaften in ihren Trekking-Outfits und den rosa Aufklebern auf der Brust ihn geradewegs übersehen, zeigt ihm wieder einmal, wie wichtig die ganz natürliche Löschfunktion des Kurzzeitgedächtnisses ist.

Es ist der richtige Zeitpunkt, sich den ersten Kaugummi in Israel zuzuführen. Um auf noch bessere Gedanken zu kommen. Magnus wühlt in seinem Rucksack, ertastet eine dicke Packung Zimtkaugummis, entblättert mit einer Hand einen Streifen, rollt ihn, schiebt sich das würzige Ding in den Mund, kaut und genießt den Moment auf dem Airport-Vorplatz. Ganz Israel liegt vor ihm, noch 104 Kilometer zu Shamouti. Hinweisschilder zu Taxi, Bus und Bahn in Hebräisch und Englisch. Fein, denkt er sich: Erste große Reise, alles null Problemo. Keine Energie wird für die Sprengbomben-Attrappe-Erinnerung oder die Boss-Unterhosen-Ungewissheit verschwendet. Shamouti, ich komme. Los geht's.

Magnus Beerfeld wuppt sein Gepäck und schlendert kaugummi-kauend in Richtung Busbahnhof.

Die ersten Israelis auf israelischem Boden, die Magnus wahrnimmt, ist eine Gruppe junger Mädchen, alle in Militärkluft. Sie tragen oliv-grüne Blusen, dazu passende Hosen mit großen aufgenähten Schen-keltaschen oder knielange Röcke, schwarze Stiefel und verspiegelte Sonnenbrillen. So stehen sie bei über 30 Grad im Schatten eines Snackstandes am Busbahnhof. Sie lachen, gestikulieren und trinken Cola. Zwei haben sogar Maschinenpistolen geschultert. Deutsche Mädchen, so schießt es Magnus durchs Gehirn, würden sich viel-leicht schämen, als Clique in Militäruniform in der Öffentlichkeit aufzutreten. Und diese Maschinenpistole, das könnte so eine Uzi sein, von der Shamouti erzählte. Erzählen ist deutlich untertrieben, sie schwärmte von den vielfältigen Vorzügen der Schnellfeuerwaffe. Die MP, deren Mündungshauch er im Münchner Flughafen an der Schläfe spürte, sah anders aus. Größer und unbenutzt, weniger ge-fährlich, fast wie Spielzeug, findet er jetzt mit dem Abstand von 4 Stunden und 2725 Kilometern. Shamouti hat natürlich auch den in Israel obligatorischen Militärdienst absolviert und wird in regelmä-ßigen Abständen zu Übungen eingezogen.

Magnus´ Wohnung in München Neuhausen, Ende August 2022

Für Magnus klangen Shamoutis Erzählungen über diese Militäreinsätze wie ein schräger Abenteuerroman, wenn sie beispielsweise davon erzählte, auf den Golanhöhen patrouillieren zu müssen. Einmal sei es wohl am Mount Hermon zu einem Schusswechsel mit arabischen Banditen oder Terroristen gekommen, die dort die Grenze überqueren wollten. Und Shamouti war live dabei! Gerade bei diesen Einsätzen, so erklärte sie Magnus, zeigten sich die Vorzüge der Uzi: Das Ding sei gar nicht so schwer, wie es aussieht, etwa dreieinhalb Kilo und supersimpel zu bedienen. Als wäre sie Waffenlobbyistin oder Verkäuferin auf einer Militär-Messe, schwärmte Shamouti rege weiter: Die Uzi sei sehr kompakt gebaut. Die Konstrukteure hätten das Magazin im Pistolengriff integriert und deshalb liege dort der Waffenschwerpunkt. Das sei doch genial, oder? Während Shamouti sämtliche Handgriffe zur Bedienung der Uzi in Magnus Küche vorführt, stellt sie sich breitbeinig auf und nimmt ein griffbereites Nudelholz als Maschinenpistolen-Ersatz in den Anschlag. So wie musikalisch fanatisierte Menschen Luftgitarre spielen, lässt Shamouti nun eine Salve aus ihrer Nudelholz-Maschinenpistole los. „Rattatatta-tat, Rattatatta-tat". Darauf könne sie sich verlassen, schießt es aus Shamouti akustisch heraus, nur wegen dieser Waffen, und den schlagkräftigen Israeli Defense Forces IDF könne sie zuhause ruhig schlafen. Während die eingebildeten Patronen den Lauf des Nudelholzes verlassen, rüttelt ihr Oberkörper durch die Rückstoßenergie der Munition, sie dreht sich aus der Hüfte heraus um etwa 45 Grad nach rechts und mäht eine ganze Reihe unsichtbarer Gegner nieder. „Geht ganz einfach", lacht sie und freut sich über die gelungene Massen-Exekution. „Denn", so beendet sie die makabre Vorstellung, „wir hauen da 550 Schuss die Minute raus."

Das findet der Zuhörer Magnus rein physikalisch durchaus nicht uninteressant. Als angehender Master of Science hat er ein geradezu unstillbares Interesse an technischem Gerät. Eine ballistische Betrachtung über die Zielgenauigkeit von Schnellfeuerwaffen, die Shamouti jederzeit begeistert beisteuern könnte, wäre ihm jedoch ein Gräuel. Da er während seines Freiwilligen Sozialen Jahres in der Jugendherberge München jeden Morgen statt kriegerischer Patronen 550 friedfertige Brötchen „rausgehauen" hatte, beziehungsweise schmieren durfte, und danach die Mega-Spülmaschine mit 275 Frühstücksgedecken zu reinigen hatte, ist die Begeisterung für „550 Schuss in der Minute" oder den optimalen Abschusswinkel von Panzergranaten fremd. Ausgenommen von der Waffen-Scham ist natürlich sein eigenes Luftgewehr. Dessen rostige Existenz hatte er Shamouti verschwiegen, um keine widersprüchlichen Signale ins deutsch-israelische, ins pazifistisch-militärische Grenzgebiet auszusenden. „Ich habe den Dienst an der Waffe verweigert", gesteht er seiner Freundin eines Abends. Das ist der Satz, der das erste Konfliktgespräch auslöst, das einen Spalt in die jugendliche Verliebtheit bricht. Er habe die versiffte Geschirrspülmaschine aus moralischer Überzeugung geputzt, begann er seine Militärdienst-Verweigerung zu erklären – noch in der Hoffnung, auf Wertschätzung für seinen sozialen Einsatz oder zumindest Verständnis zu stoßen. Er sei völlig ungeeignet, aber auch nicht gewillt, Handgranatenweitwurf zu üben, Panzerketten zu ölen oder andere dämliche Befehle auf dem Kasernenhof auszuführen. Das pazifistische Manifest von Magnus nimmt Shamouti als Beleidigung wahr. Mehr noch: Solche Aussagen fasst sie persönlich als eine Kriegserklärung an den Staat Israel und das weltweite Judentum auf – vor allem ist es eine komplette Selbst-Disqualifikation ihres Geliebten. Der ursprünglich klitzekleine Liebesspalt reißt nun, mit diesen Äußerungen, gewaltig auf. Für Shamouti nimmt der Dissens das Ausmaß des Grand Canyon oder Death Valley an. Death Valley, ja genau!

Militärverweigerer und Pazifisten – das sind in ihrer Welt die Syno-

nyme für universelle Nichtsnutze und Totalversager. „Du Schmock",
brüllt Shamouti Magnus an. Wie er nur so ein Schmock sein könne,
schiebt sie lautstark hinterher. Während er dann beflissen im Goog-
le-Übersetzer Jiddisch-Deutsch herumtippt, um herauszufinden, was
Schmock genau bedeutete, zündet sie sich eine Zigarette an, pustet
den ersten Lungenzug wie eine zornige Dampflok in seine Richtung
und überlegt, ob das Projekt Magnus für sie überhaupt Sinn mache,
ob es zielführend sein könne, ihn überhaupt in ihre bedrohte Welt zu
entführen. Eine Beziehung an der Klippe des Death Valley. Liebe in
der Todeszone? Eine furchtbare Enttäuschung, dieser Magnus!

Schmock, findet Magnus schnell heraus, ist offenbar ein vielfäl-
tig verwendbares Schimpf- oder Schmähwort, dessen Bedeutung
von „Penis", „alter Esel", über „Dummkopf" bis zu „eingebildeter
Idiot" variieren kann. Eine schmuddelige, rhetorische Allzweckwaf-
fe sei das Wort „Schmock", so seine Deutung. Kraftwörter dieser
Kategorie dienten, da ist er sich sicher, der Verunglimpfung des
Beschimpfungs-Opfers, aber auch dem Abbau von Aggressionen
des Beschimpfenden. Nicht abzustreiten ist: Diese wüste Menge
an negativen Emotionen richtet sich gegen ihn. Eine kontrollierte,
vernünftige Reaktion seinerseits wäre nun gefragt, um Shamoutis
Stresslevel wieder in den grünen Bereich zu bekommen.

Eine wirksame sprachliche Gegenwehr, die Magnus am Vortag
aufspürte, als Shamouti ihn wegen seines woken Engagements für
kurdische Freiheitskämpfer, gentechnik-freie Ackerböden in Nieder-
bayern und griechische Straßenhunde noch ganz vorsichtig kritisier-
te, war es, seine heißgeliebte Kontrahentin mit ihrem Familiennamen anzusprechen: Ein lautes, „Vorsicht, Frau Seybowicz" löschte
in Shamouti jeden feuersbrünstigen Übermut. Denn Shamouti hasst
ihren Familiennamen. Und nach dieser strengen Anrede verstummte
sie erstaunlicherweise – das Schweigen dauerte allerdings nur fünf
Sekunden.

„Frau Seybowicz" scheint für sie das Gegenteil eines Kosenamens zu sein. Die Anrede mit dem Familiennamen wirkt bei Shamouti wie ein heimtückisches Schimpfwort. Sie liebt es hingegen, „Shamouti" genannt zu werden. So heißt übrigens die süße, kernlose Orangensorte, die seit dem 19. Jahrhundert in Israel angebaut wird.

Sie erhielt ihren sehr eigenwilligen Vornamen durch eine Laune ihrer Mutter Amélie Seybowicz. Shamoutis Eltern konnten sich im Vorfeld ihrer Geburt jedoch nicht auf einen gemeinsamen Namen einigen. Ihr Vater wollte sie unbedingt Sara nennen, die Mutter spürte, dass in ihrem Bauch eine Rebecca heranwächst. Ihre Eltern waren über Wochen außer Stande, eine Sara-Rebecca-Entscheidung herbeizuführen oder sich auf einen der zahlreichen schönen, hebräischen Alternativnamen zu einigen. Am Tag der Niederkunft, einem Sonntagmorgen im Oktober 1999 lag ein kleiner Fruchtkorb auf dem Beistelltisch im Zimmer in der Geburtsklinik, dem Carmel-Hospital in Haifa. Als sich Amélie von den ersten Schüben der Presswehen erholte, reichte ihr Ehemann Ariel eine der duftenden Orangen. Darauf klebte ein kleiner bunter Sticker mit der Aufschrift „Shamouti - Original Jaffa Orange". Ariel nahm eine Zitrusfrucht, schälte die Haut, reichte seiner Ehefrau ein Stück und blickte auf den Rest der Schale. Ob sie wüsste, dass die Dinger Shamouti heißen?

„Nein, nie gehört, aber was für ein schönes Wort", sagte Amélie und ließ sich die süß-saure Frucht im Bett liegend munden. Shamouti ginge einem gut über die Lippen, stimmte Ariel zu. Er zog den kleinen Aufkleber ab und machte seiner Frau einen revolutionären Kompromissvorschlag: Sie könnten ihre Tochter Shamouti nennen, wie diese herrliche Orangensorte, die ihr gerade so gut schmecke.

Nun ist es in Deutschland vergleichsweise unüblich, Jungs den Namen der kochfesten Apfelsorte „Boskop" zu verpassen, oder Mädchen mit der Bezeichnung der kugelrunden Tafelbirne „Nashi" zu bestrafen. Aber mit dem wohlklingenden Orangennamen hat seine Freundin ein weltweites Alleinstellungsmerkmal. Niemand sonst heißt so. Magnus Ausflug in die WorldWideWeb-Ahnenforschung ergab 0,0 Treffer.

Shamouti ist immer dann der passende Liebesbeweis, wenn sie beispielsweise mit einem Croissant in der rechten Hand und der Biografie des israelischen Generals und Sechstagekriegs-Helden Moshe Dajan in der linken Hand Magnus anstrahlt und ohne Worte zu verstehen gibt: Mach´ mir doch bitte einen Cappuccino! Shamouti gefalle besonders die Lautmalerei ihres Vornamens. „Schau, wie schaumig sich „sh" aussprechen lässt und sich die Lippen spitzen beim „m"", erklärte sie Magnus. Man könne ihren Vornamen aber auch auf einem Kasernenhof in Haifa oder Eilat so brüllen, dass einem bei 40 Grad im Schatten das Blut gefriere. Nachdem ihm Shamouti ihre Namensgeschichte verriet, besorgte sich Magnus im Internet Fachliteratur über die Geheimnisse der Zitrusforschung. Er konnte sich für die neuesten Kreuzungsversuche zwischen Grapefruit und Orangen begeistern. Er stellte fest, dass die Sorte Shamouti eigentlich auch jene Jaffa-Orangen sind, die er aus dem Supermarkt kennt. Jeder Besuch einer Obstabteilung wurde so zu einem Happening für ihn – er fühlte sich in Gegenwart jeder x-beliebigen Orangenkiste mit seiner Freundin auf seltsame Art verbunden. Beobachter könnten es als übernatürliche, esoterische Empfindung deuten, wüssten sie nicht, wie abwegig jeder pseudowissenschaftliche Deutungsversuch im Zusammenhang mit Magnus ist. Dass Zitrusfrüchte eine attraktive Aura bilden, deren feinstoffliches Energiefeld ihn anziehen würde – unvorstellbar. Schon mit dem Begriff Aura steht er, selten passt der Begriff besser, auf Kriegsfuß. Der Pazifist Magnus würde eine andere Wortwahl treffen, aber dass Aura, die dem Wahnsinn verfallene griechische Göttin der Morgenbrise, die nach der Vergewaltigung durch Dionysos eines der beiden daraus entstanden Kinder fraß, auch noch für unsägliche wolken- oder lichtkranzartige Energiebilder herhalten muss, ist für ihn eine Beleidigung der griechischen Mythologie. Dessen ungeachtet entwickelte Magnus ein fast zwanghaftes Verlangen, in jedem Aldi-Lidl-Edeka-Rewe die Obstabteilung aufzusuchen. Dort fahndete er nach Belegen, ob es sich um israelische, spanische oder brasilianische Früchte handelte. Das Schälen jeder Orange, Mandarine oder Grapefruit ließ erotisches Empfinden in ihm aufflammen, jeder Biss ins süßsauersaftige Fruchtfleisch verzückte ihn wie ein transzendenter Kuss. Zitronen allerdings, wen wundert es, lösten bei ihm keinerlei nennenswerte Reaktionen aus. Auch Avocados – obwohl mit auffälligem „Israel Origin"-Aufkleber versehen – vermochten nicht, auch nur geringstes Interesse aus ihm herauszukitzeln. Durch seine hochmotivierte Recherchearbeit konnte Magnus bei Shamouti bald mit enormem Fachwissen auftrumpfen. Besonderen Mitteilungs-Eifer weckte bei ihm die Tröpfchenbewässerung in der Landwirtschaft, mit der es israelischen Bauern ermöglicht wurde, Tomaten, Erdbeeren, Zitronen oder auch Bananen in der Wüste anzubauen.

Ob sie Simcha Blass kenne, den Pionier der Tröpfchenbewässerung, fragt er Shamouti einmal vor dem Einschlafen. Nein, noch nie gehört, antwortet sie. Durch die Entwicklungen von Simcha Blass, die schon in den 1950er Jahren begonnen hatten, so beginnt Magnus einen mitternächtlichen Fachvortag, könnten israelische Bauern 40 Prozent des knappen Wassers einsparen und dabei auch noch die Ernteerträge steigern. Unter der sanften Berieselung mit dieser und weiteren guten Nachrichten aus der Zitrus- und Landwirtschaftsforschung schließt Shamouti ihre Augen. Ihre Atem- und Herzfrequenz sinkt, ihre Muskeln entspannen sich, noch einige kleine Zuckungen zeugen von einer zügig fortschreitenden Einschlafphase. Als Magnus bei den ersten Anwendungen der Tröpfchenbewässerung im Kibbuz Hatzerim in der Wüste Negev ankommt, befindet sich Shamouti im tiefen, so genannten REM-Schlaf, der ihr sicherlich Traumerlebnisse beschert, weit jenseits von Simcha Blass´ Errungenschaften und seiner genialen Ackerkrumen-Befeuchtung. Als Magnus ein süßes Schnarchgeräusch seiner Geliebten vernimmt, beschließt er, sich die Pointe der Wassertröpfchen-Erfolgsgeschichte für das Frühstück aufzuheben. Immerhin würden über 100 Länder die israelische Erfindung anwenden, selbst jene, die sich mit dem Heiligen Land im Krieg befinden. Wäre das nicht ein ideales Thema, um ein morgendliches Nanaminzetee-Auberginenaufstrich-Bagel-Frühstück mit Shamouti zu untermalen?

So weich und lieblich, wie einem Shamouti über die Lippe flutscht, so hart, zickig und hinterlistig klingt Seybowicz, findet Shamouti. Es ist einer dieser polnisch-ukrainisch-russischen auf ...witsch, ...wicz oder ...witz endenden Familiennamen, bei deren Aussprache zwangsläufig Spucke durch die Frontzähne zischt. Bei der Endung ist man überdies im Unklaren, ob es als z oder tsch ausgesprochen wird. Die vorangestellten Rabino..., Leybo..., oder Schostako... sind oft wohlklingende Namensanfänge. Jede der ...witsch-Endungen, so erklärt Shamouti mit bitterer Betroffenheit, zerstörte die warme familiäre Gemütlichkeit und den Glanz der eigenen Abstammung. Diese slawischen Patronyme, natürlich weiß sie das, bedeuten meistens „Sohn von" oder „Nachfahre von". Sie fühle sich aber nicht wirklich wie ein Seybo-Nachfahre, ärgert sie sich über die Verwitschung der Familiennamen, was immer auch Seybo bedeuten möge. Beim hitzigen Disput in Magnus Küche ist ein „Vorsicht, Frau Seybowicz" die angemessene Reaktion mit nachhaltigen Folgen. Zunächst erreicht die Unterhaltung wieder die von Magnus bevorzugte Wohlfühl-Sachebene, wenn auch nur für wenige Silben. Das Nudelholz liegt nun wieder am angestammten Platz, einer selbstgebastelten Wandhalterung.

Doch Shamouti befindet sich weiter im Angriffs-Modus. Freiwilligendienst sei staatlich legitimierte Fahnenflucht. „Ihr seid Deserteure!", sagt sie noch mit gebremstem Schaum und der rhetorischen Frage im Anschluss: In was für einem Land sie – also Magnus und seine Gesinnungsgenossen ganz allgemein – eigentlich lebten? Diese stumpfe Provokation bleibt unbeantwortet. Magnus´ Schweigen hat für ihr inneres Feuer, das bislang mit hölzernem Zunder und mehreren Scheiten Holz schon mächtig aufflammte, den Effekt einer Tankladung Kerosin. Shamouti legt nach: Eine Armutserklärung von Schlappschwänzen sei das. Für einen Kurzzeitgast hat sie sich einen erstaunlichen Fachwortschatz in Deutsch, ein bemerkenswertes kriegerisches Kraftvokabular angeeignet, welches besonders bei Schimpftiraden virtuos ausgespielt wird. Das sprachliche Waffenarsenal geht auch weit über das Deutschvokabel-Spektrum hinaus, das man beim Goethe-Institut in Haifa erlernen konnte. Im kehligen Sound der hebräischen Muttersprache vorgetragen, klingt jedes deutsche Kraftwort besonders bedrohlich. Im pazifistischen Echoraum der Magnus-Welt stoßen sie, ungeachtet ihres akustischen Vernichtungspotenzials, allerdings auf nullkommanull Verständnis. Und selbst die „Schlappschwänze" und „Deserteure" nimmt er mit stoischer Gelassenheit zur Kenntnis. Sie verpuffen ohne Wirkung.

Shamouti ändert ihren Schlachtplan und appelliert nun an sein Gewissen: Magnus solle einfach akzeptieren, dass in ihrer Heimat die Gefahr real sei. Israel werde von allen Seiten bedroht, das Land sei so klein und verwundbar, Israelis müssten sich schützen. Leute, die desertieren, könnten sie da nicht brauchen, ob er das verstehe?

Nichts liegt ihm ferner, als sich – auch nur theoretisch, um vor seiner Freundin Eindruck zu schinden – mit der israelischen Landesverteidigung zu beschäftigen. Oder ihrer Heimat gar seine persönliche Verteidigungsbereitschaft in Aussicht zu stellen. Vielleicht ist das Thema nun beendet, hofft Magnus, wenn er keine weiteren pazifistischen Weisheiten oder Bonmots absondert. Die Auswahl wäre riesig: Von der biblischen Prophezeiung (Micha 4, 1-4) „Da werden sie ihre Schwerter zu Pflugscharen machen und ihre Spieße zu Sicheln", über Immanuel Kants „Frieden ist kein Naturzustand, er muss gestiftet werden", Bertha von Suttners „Die Waffen nieder!" bis zu Petra Kellys „Gewalt hört da auf, wo die Liebe beginnt". Aber was bringen schöngeistige Pirouetten im harten Wortgefecht? Hier ein flatternder Friedens-Täuberich, der mit seinem Olivenzweig wedelt, dort ein amazonenhaftes Falkenweib, dessen spitze Klauen und messerscharfer Schnabel jederzeit zupacken könnten.

Shamouti lässt aber nicht locker. „Wenn du Frieden willst, bereite dich zum Krieg", laute ihre von Cicero geklaute Devise, als würde sie persönlich den nächsten Feldzug planen.

Um die Provokation weiterzutreiben, setzt sie erneut zu einem Lobgesang auf das israelische Maschinengewehr an: Wegen dieser genial einfachen und kompakten Bauweise könne damit sogar einhändig im Dauerfeuer geschossen werden. Für einen Moment scheint sie das Nudelholz als Uzi-Ersatz zu suchen, das sich nicht mehr in ihrem Blickfeld befindet. „Einhändig!", wiederholt sie noch einmal und demonstriert dies mit der dazu passenden Körperstellung, Handbewegung und erneuter Lautmalerei. Die Waffe sei übrigens benannt nach ihrem Erfinder, dem israelischen Leutnant Uzi Gal. Sie sei von vielen Firmen weltweit nachgebaut worden, schob sie nach.

Auf der weltgrößten Waffenmesse IDEX wäre Shamoutis Präsentation sicherlich ein Hit, das muss sich Magnus eingestehen, aber hier in seiner Münchner Studentenbude fällt ihm dazu nur ein realsatirisches Prädikat ein: „Ein pazifistischer Alptraum, verpackt im Körper meiner militanten Traumfrau".

Hätten seine besten Freunde Erwin, Gianluigi und Thorsten, mit denen er zu Studienbeginn eine basisdemokratische Wohngemeinschaft in München Neuhausen teilte, Shamoutis Auftritt erlebt – sie hätten es für einen gut einstudierten Scherz gehalten. Eine „Queen" – so werden attraktive Vertreterinnen des anderen Geschlechts bezeichnet – die über einen Rückstoßlader, das Kaliber 9 Millimeter oder die Vorteile der Holzschulterstütze im Liegendschießen doziert, so etwas gäbe es doch nur in Hollywood, hätte Gianluigi mit seinem Bundeswehr-Sanitäts-Background gesagt. Erwin und Thorsten wären ganz sicher auch seiner Meinung. Waffennarren sind Faschos und solche Leute werden nach bestem Wissen und reinstem Gewissen rigoros ausgesondert – wie Leprakranke im afrikanischen Dschungel, bis Albert Schweitzer auch hier die Ehrfurcht vor dem Leben walten ließ und die ehemals Aussätzigen medizinisch behandelte. Im Falle von Shamouti – auch da wäre der Wohngemeinschaftskonsens gesichert – würde es sich jedoch lohnen, alle Varianten der Gesinnungstherapie anzuwenden: Billigen Fusel aus der Toskana, Knoblauchbrote, selbstgezüchtetes Marihuana, Musik von „Ton, Steine Scherben", „Arctic Monkeys" oder „The Chicks" und als heiße Diskussion getarnte Gehirnwäsche bis in den nächsten Morgen. Ein zeitgemäßer Lifestyle als Vorbild, das helfe fast immer, um verwirrte Zeitgenossinnen wieder einzufangen – das ist die feste Überzeugung der linksalternativen Studenten. Unverbesserliche Individuen, die entweder von Geburt an genetisch fehlprogrammiert sind oder durch hinterhältige Propaganda unwiderruflich auf das falsche Gleis gesetzt wurden, erwecken bestenfalls abschätziges, teilnahmsloses Bedauern. Kein Mitleid, denn das würde Empathie suggerieren, einen Eindruck, den man im Zusammenhang mit Menschen, die auf Nimmerwiedersehen für ihre Welt verloren waren, unbedingt vermeiden will.

Shamouti hat durch ihre Herkunft zwar einen einzigartigen Sonderstatus, richtig warm werden Erwin, Gianluigi und Thorsten mit ihren Ansichten jedoch nicht. Woran das wohl liegt? Man nimmt ihre mitunter schroffe Kritik amüsiert zur Kenntnis, wie die eines „süßen Außerirdischen", sagte unlängst der Möchtegernjurist Erwin. Medizinstudent Gianluigi vergleicht Shamoutis Existenz mit der einer exotischen, stacheligen Pflanze, „die aber unter Naturschutz steht". Mit solchen Bildern und Erklärungen können sie Magnus´ Freundin eine gewisse Akzeptanz verschaffen, sie in ihren Liftstyle-Kontext einordnen. Das Spezial-Individuum Shamouti Seybowicz veranlasst das Quartett zu einem großzügigen Integrationsversuch, der besonders gut gelingt, weil sie sich gegenseitig darin bestärken, nun ein mustergültiges Projekt der multikulturellen Inklusion angepackt zu haben. Bei Entgleisungen von Shamouti sind maximale Kompromissbereitschaft und ein garantierter Nicht-Angriffspakt prinzipiell gesetzt. Wenn Bundespräsidenten und Bundespräsidentinnen, Kanzler/-innen, Minister/-innen oder Botschafter/-innen darauf hinweisen, der Schutz und das Existenzrecht Israels sei deutsche Staatsräson, dann ist die Sonderbehandlung Shamoutis nichts Anderes als die praktische Umsetzung dieses Prinzips im Wohnzimmer von Magnus. Wenn die Staatsräson, dieses übergeordnete Interesse es verlangt, werden Gesetze aufgehoben oder Rechte einzelner missachtet. Und wenn der ewig Germanistik studierende Thorsten versucht, das Abspielen der Live-Vinyl-LP des israelischen Hip-Hoppers @Coolmoses zu verhindern, weil er zufällig auf irgendeinem Channel aufgeschnappt hat, @Coolmoses sei ein israelischer Rassist, der bei fast jedem Lied darauf hinweist, aschkenasischer Abstammung (mittel-, nord- oder osteuropäisch) zu sein, hat Germanistik-Thorsten gerade den Kürzeren gezogen! Shamoutis Lieblingsstück, der Live-Mitschnitt des @Coolmoses-Jerusalem-Konzertes, läuft bis zur letzten Ritze und #hugeLoveSong von Seite eins wird gleich noch einmal aufgelegt. Von Magnus. Ohne Protest. Das ist gelebte Cliquenräson in München-Neuhausen.

Natürlich hat diese tief verankerte Kampf- und Waffenverweigerung auch kolossale Schwächen: Völlig unklar ist, wieviel Mut und Rückgrat ein Friedenstäubchen-Quartett aufbrächte, wenn im Falle eines Falles eine größere Portion Zivilcourage nötig wäre? Um beispielsweise Shamouti oder andere Jüdinnen und Juden vor Übergriffen zu schützen? Die Pazifisten müssten dann ihre bequeme, entmilitarisierte Insel verlassen, spontan massiv aufrüsten und als wehrhafte NATO funktionieren. Denn eine bedrohte Shamouti wäre laut Beistandspflicht im Artikel 5 des Nordatlantikvertrags ein klarer Verteidigungsfall!

Magnus, Erwin, Gianluigi und Thorsten gehen kritischen Konfrontationen mit einer speziellen Strategie aus dem Weg. Statt eines militärisch-moralischen Abschreckungsarsenals hat sich bei ihnen ein Ideologie-Schutzschirm herausgebildet, an dem die meisten Konfrontationsthemen abtropfen. Wenn Erwins Eltern beispielsweise wieder einmal beim „Abendbrot" den klischeehaften Vorwurf äußern, ihr Sohn sei ein ungebildeter Digital-Junkie, zieht er den Earpod aus dem linken Ohr, um sich zu versichern, dass er angesprochen wurde, zuckt kurz mit den Schultern und verweist darauf, es sei ein aktueller Podcast über das Artensterben im Amazonas. Also: Bitte! Nicht! Stören!

Die sorglosen Jahre ihrer Jugend haben der Gen Z zu einer Resilienz und einem massiven Selbstbewusstsein verholfen, weil ihre Generation anscheinend das Glück abonniert hatte. Die um die Jahrtausendwende Geborenen galten bislang als die Gewinner der Geschichts-Lotterie. Und gegen die einzig wahrgenommene Bedrohung, die globale Klimakrise, stemmen sie sich ja schließlich bis zum recycelbaren Strohhalm ihrer Latte2go mit aller CO2-Konsequenz! Durch Pandemie und Ukrainekrieg wird der sorgenfreie Lifestyle erstmals ernsthaft bedroht und jugendliche Gewissheiten schwinden in dieser disruptiven Zeit. Das gängige Generation-Y-und-Z-Weltbild glich bis vor kurzem einem endgültigen, perfekten Gemälde, einem ultimativen Song. Und daran sollte sich bitte auch nichts ändern! Den Komfort-Modus mit seinen bewährten Überzeugungen und moralischen Maximen plötzlich neu zu verhandeln, neu zu bewerten? Wer will das schon? Wenn sich auf einmal DIE GRÜNEN-Lieblingspolitiker auf TikTok für militärische Aufrüstungsprojekte stark machen, irritiert das. Kann man es nicht einfach wegswipen? Dafür gibt es dann weder Social Media-Herzchen noch Daumen-hoch. Babyboomer (1956-1965 geboren) und die noch älteren Traditionals (bis zum Geburtsjahr 1955) wundern sich: Kamen diese GRÜNEN nicht ursprünglich aus der Friedensbewegung?

Vorerst scheinen politische Meinungen, weltanschauliche Einstellungen – zu was auch immer – für das Hafermilchquartett Magnus-Erwin-Gianluigi-Thorsten immun zu sein gegen jedwedes Gemecker aus einem anderen Lager. Für sie und viele andere bleiben universalpazifistische Überzeugungen Gesetz. Das TikTok-Schnipsel mit der Rüstungsbegeisterung seiner Lieblingspolitikerin wollte Gianluigi mit einem „#CRINGE, oder?" an seine 237 Follower weiterschicken. Die Info für seine Peergroup unterblieb jedoch. Ein aufploppendes 28-Sekunden-Video der Sängerin-Rapperin Nina Chuba, in dem sie erklärt, wie wichtig Sauerkraut für ihre Ernährung ist, raubte die Aufmerksamkeit des 23-Jährigen.

Magnus ist heute und hier, in seiner Zweizimmerwohnung ganz allein dem toxischen Waffenlobbyismus seiner Freundin ausgeliefert. Der Versuch, mit einem Glas „Rosso di Chianti", der Lidl-Hausmarke, etwas Lockerheit ins Wortgefecht zu bringen, erzürnt Shamouti noch mehr. Er glaube wohl, dass er für den Rest seines Lebens mit diesen billigen Pazifismus-Parolen durchkomme, fährt sie ihn an. Das sei „Delulu" in Gen Z-Sprache und eine „Deep Red Flag", sagt Shamouti, also vollkommen irrational und ein ultimatives Warnzeichen. Magnus bleibt bei der erneuten emotionalen Erhitzung erstaunlich ruhig. Wie ein erfahrener Wissenschaftler, dessen Experiment vor seinen Augen aus der Bahn zu laufen droht, versucht er nun mit mäßiger Routine, herauszufinden wo es einer „Nachjustierung" bedarf, um das Ganze „wieder ins Lot" zu bringen.

Der alkoholische Ansatz mit dem „Rosso di Chianti" war misslungen, analysiert er kühl. Das wäre aber noch längst kein Grund das Experiment zu beenden, die Kontrolle zu verlieren oder schlimmstenfalls selbst emotional zu werden, aus der Haut zu fahren.

Wenn in einer Beziehung, zumal einer von tief empfundener Liebe getragenen Partnerschaft, grundsätzliche Konflikte zu lösen sind, das hat Magnus schon vor Jahren herausgefunden, kann Homo sapiens auf das Erbe seiner Vorfahren zurückgreifen und von den nächsten Verwandten lernen. Bei den Bonobos, den niedlichen Zwergschimpansen lässt sich genau beobachten, wie man Konflikte und Aggressionen um die reifste Banane, den gemütlichsten Schlafplatz, den Partner mit den prächtigsten Genitalien oder den Rang in der Rudel-Hierarchie am besten löst: Mit Zärtlichkeit und Sex! Die Bonobos, mit denen wir uns etwa 98,5 Prozent der Erbanlagen teilen, nutzen Körperkontakt permanent zur Konfliktlösung. Magnus hat alle Studienergebnisse parat, um glaubhaft belegen zu können, wie die süßen Primaten bis zu einem Fünftel ihrer wachen Zeit mit gegenseitigem Klammern, intensiver Fellpflege, zärtlichen Berührungen und intimen Handlungen verbringen. Besonders faszinierend für die Antibaby-Pillen-Generationen seit über einem halben Jahrhundert: Das Sexleben der Affen hat auch nichts mit Fortpflanzung zu tun, vielmehr sei es ein völlig normaler Teil des Zusammenseins. Magnus begeistert, dass man eine schicke Lebensphilosophie aus der Äffchen-Evolution ableiten kann: Das make-love-not-war-Leben der Bonobos sei für ihn eine frauendominierte Hippiekultur, die er für absolut fortschrittlich und vorbildlich hält. Triviale Ärgernisse des Alltags ließen sich demnach mit erotischen Spielchen statt mit Macho-Gebrüll oder Imponiergehabe bewältigen.

Und jetzt? Versöhnliche Worte, seelische Unterstützung gepaart mit körperlich spürbarer Deeskalation wären taktisch und praktisch der erfolgversprechendste Weg, die aktuelle Krise zu bewältigen. Denn Shamouti ist dank ihrer umfassenden Militärausbildung eine Expertin in Krav-Maga, der legendären israelischen Selbstverteidigungstechnik. Vermutlich wäre sie vom 20 Zentimeter größeren und 20 Kilo schwereren Pazifisten kaum zu bezwingen. Höheres Gewicht und mehr Kraft, die physikalisch messbaren Größen, das ist Magnus klar, brächten ihm keinen Vorteil. Magnus hat, ohne je darüber nachzudenken, in seinem tiefsten Inneren längst akzeptiert, dass seine Freundin zwar zahlentechnisch unterlegen scheint, durch ihr Repertoire an Schlag- und Wurftechniken kämpferisch für ihn jedoch unbezwingbar sein würde. Sie betrachtet ihren Körper als erotisch getarnte Waffe, die sie für Manöver, Überraschungsangriffe, Blitzkriege, Guerilla- oder Zermürbungsaktionen virtuos zu nutzen weiß. Seine theoretische, waffenfreie Verteidigungsbereitschaft, beziehungsweise seine generelle Fitness, die er selbstredend niemals für eine körperliche Attacke missbrauchen würde, basiert allein auf gelegentlichen Radtouren durch die Isarauen und Besuchen des heimischen Freibads. Schnell laufen konnte Magnus schon immer, ohne es zu trainieren. Aber das hilft ihm heute nicht. Es ist womöglich die hervorstechendste Eigenschaft seiner an hervorstechenden Eigenschaften armen Physis.

Als Teenager wurde Magnus einmal von drei Jugendlichen aus dem Problemviertel „Harthof" im Norden Münchens angepöbelt. Mit Genugtuung stellte er fest, dass drei Harthofer durch ihre körperliche Übermacht selbstverständlich deutlich stärker sind als ein Neuhausener. Ein unüberwindliches Trio, eine echte Bedrohung. Aber drei Harthofer konnten nicht mit der gleichen Selbstverständlichkeit schneller laufen als ein Neuhausener. So machte sich Magnus, nachdem er den Aufprall eines schweren ledernen Turnbeutels im Nacken spürte, mit einem kurzen Sprint aus dem Staub. Ohne eine Schramme abbekommen zu haben. Von den bösen Harthof-Jungs. Er verbuchte dieses positive Fluchterlebnis als Erfolg und initiales Pazifismus-Event. Es sei schließlich ein Beispiel gewaltfreier Widerstandslosigkeit oder widerstandsloser Gewaltfreiheit, so erzählte er es seinen Freunden. Seine flinken Füße ermöglichten es ihm, die radikalste Form von Pazifismus praktisch umzusetzen. Statt blauer Flecken oder einer gebrochenen Nase bescherten ihm die drei Harthofer eine intellektuelle Sternstunde, dieser taubenartige Fluchtinstinkt im Kreise kriegerischer Falken. Flott zu fliehen war anscheinend vollkommen ausreichend, um körperlichen Konfrontationen bis hin zu Gruppenkeilereien, die damals nicht unüblich waren, zu entkommen. Couragiert das Weite zu suchen sei keine Feigheit, argumentierte er, vielmehr eine kluge Strategie. Als wegflatterndes Friedenstäubchen müsse man sich auch nicht schämen. Durch die pazifistische Einbettung konnte er seine epochale Erkenntnis auch moralisch vor sich, seinen Freunden und sogar vor Otto und Lieselotte Beerfeld legitimieren. Ein wesentlicher Pinselstrich seines durchaus bunten lebensphilosophischen Gemäldes hatte seinen prominenten Platz gefunden.

Flinke Füße und moralische Überlegenheitsansprüche sind beim heutigen Disput nutzlos. Der „Schmock"-Konflikt erhitzt Shamoutis Gemüt so sehr, dass Magnus jederzeit einen blitzschnellen Krav-Maga-Schlag oder -Wurf befürchten muss. Shamoutis rechte Hand zuckt bereits in Richtung seiner Gurgel. Eine Krav-Maga-Fausttechnik? Es gelingt ihm jedoch, durch eine ihn selbst überraschende, unbewusste Ausweichbewegung, Shamoutis Dynamik, die auf seinen Hals zielt, in ein gemeinsames Seitwärtseinknicken umzuwandeln. Beide Körper senken sich, durch den Zusammenprall ungewöhnlich umschlungen, zur Seite wie zwei von einem geübten Sprengmeister zum geordneten Einsturz bestimmte Zwillingstürme. „Shamouti, Shamouti... weißt du eigentlich, dass die Bonobos Sex ganz bewusst zur Konfliktvermeidung nutzen", säuselt er ihr ins Ohr, während die aus dem Gleichgewicht fallenden Körper sich unaufhaltsam dem Parkett der Altbauwohnung nähern. Ein Sturz, der sich wie Schweben anfühlt. Kaum jemand außer Magnus würde diesen Moment nutzen, um einen partnerschaftlichen Ringkampf, der sich in eine erotische Situation zu wandeln scheint, mit neuesten Ergebnissen aus dem Max-Planck-Forschungsbericht von 2021 zu garnieren. Denn er doziert unverdrossen weiter, sein Kopf landet weich zwischen Shamoutis Brüsten. Es hieße immer: Von den Besten sollst du lernen! Diese süßen, menschenähnlichen Bonobos lebten in einem typischen Matriarchat, ob sie das wisse? Die Weibchen würden Auseinandersetzungen meistens gewinnen, wenn sie den Männchen ihre sexuelle Schwellung zeigten. Das sei ihr Erfolgsrezept, berichtet Magnus freudig, denn die Männchen seien dann wie verwandelt – garantiert völlig aggressionsfrei.

München im September 2023

Seine Begeisterung für das Judentum steigert sich, je näher das Wiedersehen mit Shamouti rückt. Er saugt alles Wissen über Israel, den Zionismus, die Gesetze der Kibbuzim sowie der jüdischen Religion auf und lässt auch keine Gelegenheit aus, das neue Wissen zu platzieren oder hebräische Ausdrücke, die er von Shamouti aufschnappte, zu verwenden. Mitunter nimmt seine Shamouti-Israel-Begeisterung groteske Formen an.

Weil er an der Lautmalerei Gefallen findet und ihm die Betonung immer besser gelingt, ist es ein Spleen von Magnus, sich hebräisch zu bedanken. Nicht nur bei Videochats mit Shamouti, sondern bei jeder sich bietenden Gelegenheit bedankt er sich hebräisch. „Toda raba" ist sozusagen in seinen alltäglichen Wortschatz übergegangen. Und mit Wohlwollen registriert er, dass sein familiäres Umfeld sich daran gewöhnt hat. Auch in der Firma, in der er ein Praktikum absolviert. Die Kolleg*innen der Seiler GmbH, einer namhaften Zulieferfirma für Autoinnenverkleidungen, sind kaum erstaunt über die merkwürdige Dankesfloskel oder sie lassen es sich nicht anmerken. „Toda raba" zur Labor-Assistentin Aiyla Öztürk für die Farbkopie seines Praktikums-Berichtes. „Toda raba" zum leitenden Labortechniker Bogdan Wojcik-Oberhofer für den freigehaltenen Platz in der Kantine. Statt einem Prost hat sich Magnus dann zusätzlich ein „Le Chaim" angewöhnt und „b'te'avon" hört sich auch interessanter an als „guten Appetit" oder gar „Mahlzeit".

Die Labor-Assistentin Aiyla, die ihre regenbogenfarbene LGBTQ+-Fahne sehr demonstrativ über dem Schreibtisch drapiert hat, fragt Magnus, was das für eine interessante Sprache sei. „Hebräisch", lässt Magnus dann so ganz nebenbei fallen. „Hebräisch, das gibts doch nur in eurer Bibel, oder?" will Aiyla mit oberbayerischem Akzent wissen.

Nein, klärt Magnus sie auf, das sei die Landessprache in Israel. Das

Erstaunen über Aiylas Wissenslücke paart sich mit einer Neugier, die sich auf die neuen, äußerst ungewöhnlichen Hausschuhe von Aiyla konzentriert. Sie schlägt die Beine übereinander und eine der schwarzen Nasen von zwei Mickey Mäusen, in Gestalt der Plüsch-Hausschuhe, berühren Magnus kurz am Schienbein. Genauer gesagt, streift die schwarze Woll-Nase der linken Mickey Maus das rechte Schienbein von Magnus. Der Praktikant genießt die raue Herzlichkeit seiner LGBTQ+-Kollegin meistens schon beim ersten Kaffee gegen 8.30 Uhr. Das Lieblingsgesprächsthema der einsachzig großen Aiyla sind ihr Torwarttraining und die Spiele ihres Frauenfußball-Clubs Wacker München. Um zu demonstrieren, wie man einen scharfen Freistoß wegboxt, streift Aiyla die Ärmel ihres Sweatshirts hoch, wobei zahlreiche ineinander übergehende farbenfrohe Tattoos sichtbar werden. Verschiedenste Fantasy-Reptilien und Spinnen schlängeln sich um die Arme, manchmal blinzelt ein schnappendes Kroko-Maul an ihrem Halsansatz hervor, wenn ihr Shirt den Blick darauf freigibt.

Dann springt sie vom Bürodrehsessel auf um den virtuellen Flatterball zu „killen", wie sie sagt. Und weil auch diesmal die „Null steht", fährt sie zufrieden mit beiden Händen durch ihr kurzgeschorenes, lila gefärbtes Kurzhaar.

Auch heute, zwei Wochen vor Magnus´ geplanter Israelreise, dampfen zwei Kaffeebecher neben Aiylas PC, der Regenbogen hängt über dem Schreibtisch und darunter lugen – trotz spätsommerlicher Temperaturen – die Mickey-Mäuse hervor. Magnus schüttet Hafermilch in die Tasse und findet, die Mäuse starrten ihn heute besonders an. Er starrt entsprechend zurück.

„Trinkst du heute ohne?", fragt Aiyla.

„Toda raba…gern mit braunem Zucker", sagt Magnus.

Aiyla reicht ihm Fairtrade Würfelzucker aus Costa Rica und beginnt eine Unterhaltung: „Ich wollte dich schon lange einmal fragen, warum du nicht einfach Danke sagst…und warum du einen Judenstern um den Hals trägst?"

Magnus: „Es ist ein Davidstern, der ist von meiner Freundin aus Haifa".

Das müsse die große Liebe sein, vermutet Aiyla, nimmt dann den Becher mit beiden Händen und trinkt einen Schluck.

„Ja, auf jeden Fall", antwortet Magnus. Er habe viel investiert in diese Beziehung und bastele gerade an einem Geschenk für Shamouti. Es werde eine Überraschung, ein selbstgebauter Akku, den sie dringend benötige. In zwei Wochen werden sie sich wiedersehen, dann fliege er nach Israel.

Aiyla stellt anschließend eine Frage, die sehr intim ist, aber anscheinend gestellt werden musste, weil sich vielleicht ein Unwissenheitsdruck aufgebaut hat, der eine spontane Entladung erfordert. „Es kann mir ja eigentlich egal sein", sagt sie, um ihr praktisches Desinteresse am männlichen Intimbereich klarzustellen, „aber ich frage mich schon immer, warum muslimische und jüdische Männer eigentlich beschnitten werden?"

Das könne er so nicht beantworten, erwidert Magnus, er sei ja schließlich kein Jude.

Aiyla nickt verständnisvoll, verkneift sich eine weitere Frage zum Sujet und zündet eine E-Zigarette an. Sie nippt noch einmal am Latte-Becher, zieht an dem Tabakdampfer, bläst den Rauch mit geschürzten Lippen aus und verfolgt die Wolke.

Magnus blickt nun tief in die Augen der linken Mickey-Maus, deren Nase wieder einmal sein rechtes Schienbein streift. Was für ein Moment, um über Religionszugehörigkeiten und damit verbundene urologisch-chirurgische Eingriffe zu sprechen. Eine fundierte Antwort auf Aiylas Frage hat er nicht parat.

Vermutlich sei es eine lange Tradition, vielleicht gebe es hygienische Gründe oder so, antwortet er kurz, leert seinen Cappuccino-Becher und widmet sich seinem Praktikumsprojekt. Er soll die Schallausbreitung an einer Lkw-Rückwand messen und testen, ob man den

Lärm in der Fahrerkabine mit besonders elastischen Verklebungen von Schallschutzelementen verringern könne. Das stupide Übertragen der Messwerte in eine Excel-Tabelle ermöglicht es ihm, die Konversation mit Aiyla zu verdauen: Welcher Atheist würde sich schon Gedanken machen über die Beschneidungs-Prozeduren in anderen Religionen? Es fällt ihm nur einer ein. Er nimmt sich also vor, die Frage vor seinem Israelflug zu klären.

Am Freitag vor der Reise nach Israel ist Magnus nach dem Praktikum unterwegs zu seinen Eltern. In der Bahnhofsbuchhandlung in Lohhof entdeckt er „Die 33 Mythen der Weltreligionen" auf dem Sonderangebots-Tisch. Das angestaubte Exemplar kostet nur 2 Euro 50. Magnus blättert bis zum „Mythos 21" über die „Beschneidung im Judentum". Das würde ihm die noch offene Frage von Aiyla beantworten – die passende Lektüre für die heutige S-Bahnfahrt. Er steigt in den Zug Richtung Tutzing am Starnberger See, nimmt in dem fast leeren Abteil Platz und beginnt in dem Ramschtisch-Buch zu lesen:

„Jedes Knäblein, wenn es acht Tage alt ist", so wird Mythos 21 eingeleitet, „sollt ihr beschneiden bei euren Nachkommen". Die 33 Mythen der Weltregionen scheinen ein seriöses Sachbuch zu sein, denn als Quelle des Zitates ist „1. Mose 17,12, Altes Testament" angegeben. Auch die weiteren von Magnus mit gesteigertem Interesse aufgenommen Fakten, erwecken den Eindruck vertrauenswürdiger Information.

Im Erklärkasten auf Seite 134 berichtet ein Rabbi, dass die Beschneidungsfeiern üblicherweise zuhause oder in der Synagoge stattfinden. „Wir begrüßen das Kind mit folgenden Worten: *Gesegnet sei, der da kommt.* Der Mohel, ein religiöser und medizinischer Beschneidungsspezialist, fragt den Vater, ob das Kind beschnitten werden soll. Nach der Bestätigung entfernt der Mohel die Vorhaut am Penis des Knaben. Dazu verwendet er ein Beschneidungsmesser.

Nach der kurzen Prozedur spricht der Vater des Kindes: *Gelobt seist du, Ewiger, unser Gott, König der Welt.*"

Magnus stellt sich den Eingriff plastisch vor und ist plötzlich ganz froh, dass er Aiyla nicht die Details und den religiösen Grund der schmerzlichen Prozedur beschreiben musste. Der wird auf der nächsten Seite dargelegt: Es folgen Segenswünsche und das Kind bekommt seinen hebräischen Namen. Die Israeliten sähen in der Beschneidung ein Unterscheidungsmerkmal zu anderen Völkern, und es sei das sichtbare Zeichen des Bundes mit Gott. Soweit Mythos 21. Magnus beschließt, sich nun in der S-Bahn nicht den 32 weitern Religions-Mythen zu widmen.

Am Morgen hatte er einen Brief von Shamouti erhalten, dem sie eine selbstgehäkelte Kippa beilegte. Diese kleinen Kappen, so schrieb sie ihm, sind die traditionelle Kopfbedeckung jüdischer Männer und werden beim Besuch einer Synagoge, einer Hochzeit oder generell getragen.

Magnus zog nun, auf halber Strecke zwischen den S-Bahn-Stationen Lohof und Unterschleißheim die handtellergroße Häkelarbeit aus dem Umschlag und legte sich das Ding einfach auf die krausen dunkelblonden Locken seines Hinterkopfs, in denen sich der kleine Häkelfladen verfing und Halt fand. Dass Gegenstände ganz ohne chemische Hilfe, ohne jegliche Adhäsions- und Kohäsionskräfte, fixiert werden können, verschaffte dem Klebstoffexperten einen Moment der Inspiration. Dieser verflog jedoch alsbald, weil ihm das Verhaken der Wollschlaufen in seinen Locken zu trivial erschien, um irgendeine Ableitung oder eine praktische Verwertung des Phänomens zu erkennen. Hellblaue und weiße konzentrische Ringe, jeweils etwa zwei Millimeter breit, vermutlich aus 100 Prozent israelischer Bio-Baumwolle, schmückten nun den Schädel des Atheisten Magnus Beerfeld. Er startete damit einen soziologisch-politischen Test, er wagte den ultimativen christlich-jüdischen Konfrontationsversuch, eine spontane deutsch-israelische Schnapsidee?

Mal sehen, denkt er, was passiert, wenn ich mit einer Kippa auf dem Kopf von Lohhof bis nach Tutzing fahre. 60 Kilometer durch den Münchner Speckgürtel als demonstrativer Jude, als mobile Werbe- oder Reizfigur der mosaischen Religion. Wie wird es sich anfühlen, und was werden die Anderen denken? Ahnungslose Vorort-Teenager könnten eine neue Mode dahinter vermuten. Würde er fragende Blicke auf sich ziehen? Entschuldigende Gesten für das Leid des Holocaust ernten? Rechtsradikale oder Muslime provozieren? Eine Eskalation oder Tätlichkeit befürchtet er nicht. Dass die Kippa zu religiösen Übergriffen oder Handgreiflichkeiten führt, ist leider bittere Realität in Berlin Neukölln, Gelsenkirchen oder Essen. Dort demonstrierten Islamist*innen, streng getrennt, vorne die Männer, dahinter die Frauen und fordern die Einführung eines Kalifats – vom bundesdeutschen Grundgesetz und der Versammlungsfreiheit geschützt. Hier in Bayern sind solche Demos doch hoffentlich verboten. Der Video-überwachte Münchner S-Bahn-Kokon lässt eigentlich keine Unsicherheit aufkommen. Ob ihm jemand couragiert zu Seite stehen würde, im Falle eines Falles? Magnus glaubt an die Kraft der ihn umgebenden Zivilgesellschaft und geht, wie stets, optimistisch in die Erprobung.

Einer strengen moralischen Prüfung hielte sein Kippa-Spontanversuch allerdings nicht stand. Kritische Zeitgenossen, wie etwa der bekannte Schriftsteller Niko Karsubke, könnten einwenden, Magnus liefere damit ein krasses Beispiel der kulturellen Aneignung, die darin bestehe, kulturelle Merkmale von unterdrückten Minderheiten zu übernehmen. Wer sich eine Kippa aufsetzt, ohne Jude zu sein, ein Palästinensertuch umhängt ohne Palästinenser zu sein, oder einen Turban trägt ohne Sikh zu sein, handele demnach moralisch anstößig, weil er sich fremde Traditionen zu eigen mache. Und nach Lesart der strengen bundesdeutschen Moralapostel beraube man Minderheiten, unterdrückten Bevölkerungsgruppen oder Ethnien so die Einzigartigkeit ihrer Kultursymbole. Das sei, findet Magnus, durchaus nachdenkenswert, kritikwürdig. Vielleicht ein drängendes Thema für den nächsten Stammtisch der Humanistischen Gesellschaft München-Neuhausen. Oder sogar eine Multikulti-Podiumsdiskussion auf der Bundesversammlung der Humanisten in Bad Godesberg? Nur für wenige Sekunden der Reflexion zögert Magnus, die S-Bahn passiert gerade das Industriegebiet Unterschleißheim. Er nestelt an seiner Kippa, dann schiebt er sie wieder über seinen Hinterkopf, wo der leichte Häkelrundling sich in seinen kurzen Locken verhakt und die kulturelle Aneignungsproblematik verfliegt alsbald.

Mangels Mitfahrenden in seinem Abteil ist seine Versuchsanordnung noch „on hold", würden die Praktikumsbetreuer an seiner Uni sagen. Aber mit jeder S-Bahnstation, schnellt seine Erwartung hoch, sein Kippa-Test könne „live" gehen, etwas Außergewöhnliches könnte passieren. Wer würde einsteigen? Werden die Fahrgäste seine Kippa bemerken? Und was dann? Sollte ihn einer der Fahrgäste ansprechen, könnte er erwähnen, dass in Kürze der Shabbat beginnt. Wie war das noch einmal mit dem minutengenauen Anzünden der Shabbat-Kerzen? Das lückenhafte Wissen mindert nicht seine grenzenlose Begeisterung für den Selbstversuch. Der Shabbat-Hinweis würde seine Glaubwürdigkeit enorm erhöhen und gäbe dem Tragen der Kippa auch einen aktuellen zeremoniellen Rahmen, der ihm eine gewisse Unantastbarkeit verschaffen würde.

Es dauert etwa 15 Minuten bis die S-Bahn die Vororte Lohof, Unterschleißheim und Oberschleißheim durchfahren hat und in Feldmoching die Stadtgrenze von München erreicht. Jedes Mal steigen Leute ein. Einige nehmen in Magnus´ Abteil Platz, nesteln am Handy herum, packen mitgebrachte Brotzeiten aus oder dösen einfach vor sich hin. Es riecht nach dem Schweiß einer langen Arbeitswoche, Parfüm von Douglas oder Leberkäs-Semmeln der Großmetzgerei Vinzenz Murr. Aber seine weißblaue Kopfbedeckung bleibt unbemerkt. Oder die Leute sehen das jüdische Dingsda und tun so, als hätten sie es nicht bemerkt. Erst wenn sie draußen sind, redeten sie vielleicht über die merkwürdige Kappe: War doch ein Jude, oder? Das würde am besten zu seiner Theorie des aktuellen deutsch-jüdischen Verhältnisses passen. Die meisten Deutschen wollen nämlich offiziell zu Israelis jetzt ganz besonders freundlich sein, die Kirchen betonen die gemeinsame christlich-jüdische Kultur und die Politik bekräftigt die Freundschaft zwischen beiden Ländern, zumindest in Worten, bei jeder sich bietenden Gelegenheit. Bayerische Ministerpräsidenten sprechen in ihren Neujahrsansprachen mitunter schmeichelhaft vom fünften Stamm Bayerns, weil sie besonders nett zu den wenigen Juden sein wollen, die noch im Freistaat leben. Das politische Kalkül dabei: Weil das Aufeinandertreffen der jüdischen und nichtjüdischen Deutschen längst noch nicht routiniert und alltäglich ist, sollen offizielle Statements den Anschein von totaler Normalität erwecken, kolossales Verständnis und uneingeschränkte, höchste Wertschätzung suggerieren.

An der Haltestelle Moosach verlassen plötzlich alle fünf Mitfahrenden das S-Bahnabteil und eine Gruppe älterer Ehepaare in Abendgarderobe steigt ein, keiner setzt sich hin, einige schauen Magnus an, aber niemand redet.

Diese Senioren erkennen Magnus offenbar als vermeintlichen Juden. Er spürt es, identifiziert zu sein. Eine Kippa in der S-Bahn, das sei für die „Traditionals"-Generation wohl fast so spektakulär wie ein buddhistischer Mönch im Hofbräuhaus. Die Herrschaften haben sicherlich mit Studiosus-Reisen schon den Machu Picchu, Angkor Wat und die Chinesische Mauer besucht, vielleicht sogar die Klagemauer und Yad Vashem oder eher die riesige Hassan II.-Moschee in Casablanca?

Im Moment dieses Geistesblitzes tritt einer der fliegetragenden Männer an Magnus heran. Magnus sitzt, der ältere Herr steht, mit überlegenem Blick auf seine Kippa. Kommen jetzt die alten Ressentiments hoch, ein gemeiner Judenwitz oder wischt er ihm das Ding gar vom Kopf?

„Entschuldigen Sie bitte, wie kommen wir denn am besten ins Prinzregententheater, wo müssten wir denn aussteigen?", fragt der Herr im grauen Anzug und der weinroten Seidenfliege ausgesprochen höflich, während sich der Rest der Seniorentruppe am Streckenplan der U- und S-Bahnen schlau machen will, der über ihnen am S-Bahnhimmel klebt.

„Das Prinzregenten?", fragt Magnus zurück, weil ihm die Peilung dafür gerade fehlt.

„Wir dachten, dass Sie sicherlich den Zugang zur Hochkultur haben, alle künstlerischen Hotspots der Stadt kennen und uns den Weg beschreiben könnten?" Sie kämen aus Bamberg und seien Kultur-Touristen aus der Provinz sozusagen, meint der Herr mit der weinroten Fliege.

„Wir sind große Fans von Horowitz, wissen Sie", flüstert seine Begleiterin über die Schulter.

„Und neulich haben wir ein Klezmer-Konzert auf Bayern 1 gehört, im Radio, das war auch sehr schön", stimmt das andere Senioren-Pärchen zu.

Jetzt spürt Magnus diesen warmen Sommerregen, wenn sich Tropfen für Tropfen pauschale Hochachtung über einem ergießt. Obwohl sie wegen seiner Verkleidung zu 100% ungerechtfertigt und unverdient ist, genießt er die verführerische Bewunderungsbenetzung mit großer Gelassenheit. Er badet geradezu in diesem Klischee: Juden sind mindestens Nobelpreisträger, Bänker, Dirigenten, Filmproduzenten oder kippatragende Jung-Genies, die in der S-Bahn nach Tutzing sitzen; etwas Besonderes halt.

Aber „Zugang zur Hochkultur", ein „Klezmer-Konzert auf Bayern1" und „Fans von Horowitz" – mein Gott, war das anbiedernd, findet der von Sympathiebekundungen umspülte Atheist Magnus. Zu viel des Guten schmeckt überraschend pappig, wie stark übersüßter Darjeeling. Die Reaktion, die er sich mit seiner Kippa erschlichen hat, empfindet der Verursacher nun heuchlerischer, als er es für möglich gehalten hätte. Und es fühlt sich nicht gut an. Er selbst fühlt sich auch nicht gut und muss an Niko Karsubkes mahnende Worte zur kulturellen Aneignung denken. Ja, es tut weh. Seine Maskerade entpuppt sich als ein misslungener Sympathisierungsversuch. Magnus befindet sich offensichtlich am Anfang einer steilen Lernkurve. Was schmerzt, das heilt. Vielleicht.

„Steigen sie einfach am Hauptbahnhof aus und nehmen sie dort die U4 Richtung Arabellapark, die fährt dann direkt zu ihrem Prinzregenten Theater", rät Magnus mit wohlwollend tiefer Stimme. Der nüchtern, ohne Ressentiments vorgetragene Routenvorschlag ist seine ganz persönliche schauspielerische Meisterleistung.

„Arabellapark, wie schön. Ist Arabella nicht eine Operette von Johann Strauss?" fragt eine der kulturbeflissenen Damen. Es sei eine Oper und außerdem von RICHARD Strauss, berichtigt einer der Herren. Als der Zug Magnus´ Umsteigebahnhof erreicht, wird er mit einem Vielfachen „Danke, Danke, Danke" der Konzertbesucher verabschiedet. Das erwidert Magnus mit einem kurzen „Shabbat, Shalom". Was sonst.

Israel, Flughafen Ben Gurion, 6. Oktober 2023 um 16.30 Uhr

Richtige Frauen mit echten Waffen kennt Magnus aus Shamoutis Erzählungen und dem Fernsehen. Jetzt stehen sie vor ihm und trinken immer noch Cola. Wo er denn den Bus nach Haifa finden könne, fragt er in die Gruppe. „Nimm das Sammeltaxi da vorn", sagt die große, athletische mit den roten Locken im typisch herben Englisch. Solche Frauen sind ihm in Deutschland noch nicht begegnet. Vermutlich gibt es sie dort auch nicht. Diese hier könnten bestimmt einen Autoreifen wechseln, denkt er – nur vier Prozent der deutschen Frauen trauen sich das zu, stand unlängst in Der Spiegel. Er selbst wäre wohl auch außer Stande, dem Ford Galaxy des Vaters Winter- oder Sommerreifen aufzuziehen. Es würde schon daran scheitern, dass Magnus nicht weiß, wo sich der Wagenheber befindet und wie man das Ding ansetzen müsste, um die 1700 Kilo Blech hochzulupfen. Sicherlich kennen die israelischen Mädchen auch alle wichtigen Krav-Maga-Griffe, haben ein Survivaltraining in der Grundausbildung absolviert, können eine Dose Corned Beef mit den Zähnen öffnen und wissen, wie man sich in feindlicher Gefangenschaft davor schützt, Staatsgeheimnisse zu verraten. So etwas, erzählte Shamouti, lernten israelische Frauen im mindestens 24-monatigen Wehrdienst von den Experten der „Firma", wie sie den legendären Geheimdienst Mossad süffisant beschreibt. Kaum hat er sich in Richtung der Busse und Taxis entfernt, lachen die Israelinnen laut und pfeifen ihm hinterher.

Die Sammeltaxis, Sherut genannt, sind Kleinbusse, in denen bis zu 8 Personen Platz finden. Die Fahrgäste kommen schon beim Einsteigen leicht ins Gespräch, es entspricht dem Unterhaltungsbedürfnis der Israelis und manchmal entwickelt sich das Sammeltaxi zu einem fahrenden Stammtisch mit hitzigen Diskussionen. Theoretisch könnte man auch einfach schlafen oder sich schlafend stellen, still die schöne Aussicht genießen, wenn man selbst keinen Wert auf Konversation legt. Heute ist nicht so ein Tag.

Magnus wartet eine halbe Stunde, bis er einen passenden Kleinbus in Richtung Norden findet. Er zahlt 75 Shekel, angeblich der übliche Fahrpreis nach Haifa, und bekommt den letzten freien Platz, an der Tür. Dort, wo anscheinend kein anderer sitzen will. Der Fahrer verstaut die Taschen und den Rucksack von Magnus im Heck und fährt los. „Toda raba", vielen Dank auf Hebräisch, grüßt Magnus vorsichtig in alle Richtungen. Es sei eine Frage des Respekts, findet er, dass sich Reisende immer auf die jeweilige Landeskultur vorbereiten sollten. Und einige wenige Wortfetzen reichten, um ein Grundinteresse an dem Land und der Kultur zu zeigen, Wertschätzung auszudrücken. Diese Erfahrung hat er während seiner wenigen Auslandsreisen gemacht. Einige Brocken Hebräisch, so seine Hoffnung, sollten auch hier genügen, um den Sympathie-Bonus zu erhalten. Toda raba sind seine ersten hebräischen Worte in Israel. Das raba hat er betont und das „a" am Ende extra kehlig wie ein „ach" ausgesprochen. So hat es ihm Shamouti bei ihrem Deutschland-Besuch im vergangenen Jahr gelernt.

Kaum hat er auf dem durchgewetzten Sitz Platz genommen, flitzt das Heilige Land am Fenster vorbei. In der Nähe des Ben-Gurion-Flughafens ist es noch mit gepflegten Palmen auf dem Mittelstreifen verziert und die Highways sind von üppigem Oleander-Rosa und -Lila gesäumt. Nach wenigen Kilometern wechseln sich Hochhausbauten, Industrieareale, Gewächshäuser mit steinwüstenartigen Flächen ab. Nach einer Viertelstunde wird es fruchtbarer und künstlich bewässerte Felder reichen bis zur Autobahn. Hier, so mutmaßt Magnus, müssen die Orangenplantagen sein, „seine" Orangenplantagen.

„Are you a Goy, bist du ein Goy?", fragt jemand ganz unvermittelt auf Englisch.

Die Frage reißt Magnus aus der Orangenbaumplantagen-Träumerei und er kann nur erahnen, dass sie sich an ihn richtete. Goy, Goy, Goy? Shamouti hat das auch mehrfach zu ihm gesagt. Als würde ihn die Frage nicht tangieren, wischt er auf seinem Handy hin und her, bis er Übersetzungen von Goy findet. Er kann jetzt wählen zwischen „Heuschreckenschwarm", „alle Arten von Bestien" oder „nicht-Jude". Sieht man ihm etwa an, dass er nicht zum auserwählten Volk gehört, sondern gerade aus Nazi-Deutschland eingeflogen ist?

Wie schön und erhebend war es noch unlängst als verkleideter Jude in der Münchner S-Bahn zu fahren. Jetzt sitzt er in diesem stickigen Kleinbus und muss sich wohl, dicht gedrängt zwischen echten Israelis, gleich für den Holocaust entschuldigen.

Er komme aus München, erklärt er dem Fragensteller, der ihn skeptisch mustert. Er ist älter als Magnus, vielleicht Ende 20, hat dunkle, kurze Haare, einen Stoppelbart, spricht Englisch mit dem typisch israelischen Akzent und hat es sich auf der hintersten Sitzbank bequem gemacht.

„Sind das die Orangenplantagen da draußen?", will Magnus wissen.
„Davon gibt es längst nicht mehr so viele", sagt Abel mit dem Stoppelbart. Früher habe es riesige Anbauflächen gegeben, die Jaffa-Orangen seien ein wichtiger Exportartikel und geradezu ein Symbol für den jungen Staat Israel gewesen. Viele tausend Leute hätten da ihr Geld verdient und zahlreiche Kooperativen und Kibbuzim die Ernte organisiert. Aber heute gebe es nur noch sehr wenige Orangenhaine.

„Warum denn das?", fragt Magnus. „Israel ohne Jaffa-Orangen?"

Orangenplantagen seien aus militärischer Sicht ein relevantes Sicherheitsproblem geworden, erklärt Abel. Die Freischärler aus dem Gazastreifen oder dem Westjordanland hätten sich darin gut verschanzen können. Immer wieder sei es zu Attacken gekommen und nachweislich seien sogar Katjuscha-Raketen aus den Orangenhainen heraus abgefeuert worden. Diese simplen Flugkörper russischer oder iranischer Bauart flögen bis zu 20 Kilometer weit und erreichten auch bewohnte Gebiete Israels. Sie seien eine permanente Bedrohung. Jetzt würden hier vorwiegend Erdbeeren oder Kartoffeln angebaut, sagt Abel, da könnte sich höchstens eine Maus verstecken. Aber vor einigen Jahren habe er in der Zeitung gelesen, dass auf einem Markt in Teheran Orangen-Kisten mit dem Aufdruck „Orange Jaffa sweety Israel" aufgetaucht seien, Händler hätten die Feindesfrüchte mehrere Tage lang verkauft. Das sei dann eine große Staatsaffäre im Mullahland gewesen, weil sich niemand erklären konnte, wie die Jaffa-Orangen in den Iran gelangen konnten. Es gebe dort schließlich ein Embargo und vermutlich würde einem die Hand abgehackt, wenn man israelische Produkte berührte, äße oder gar verkaufen würde.

Das Sammeltaxi braust nun auf der Autobahn nach Norden in Richtung Haifa. Neben Magnus sitzt eine etwa 35jährige Frau, die von einem Vorstellungsgespräch in einem Krankenhaus in Tel Aviv kommt, ein gebrechlicher Geschäftsmann, der weltweit mit Knöpfen handelt und hinter ihm ein Junge, der mit seiner israelischen Fußballmannschaft an einem Turnier in Frankreich teilnahm. Es dauert kaum fünf Minuten, bis sich alle Fahrgäste vorgestellt und die essenziellen Höhepunkte ihres Daseins ausgetauscht haben. Mit Rücksicht auf den deutschen Fahrgast, werden wichtige Gesprächsinhalte auf Englisch wiederholt. Auf dem Beifahrersitz ist eine ältere Frau eingeschlafen, ihr Kopf fällt immer wieder auf einen großen Sack Gemüse, den sie sich auf den Schoß gelegt hatte. Als das Sammeltaxi einen Linienbus mit laut krachendem Motor überholt, hebt sie kurz den Kopf und sagt: „Männer sind wie Busse: verpasst man einen, ist das nicht so schlimm; der nächste kommt bestimmt". Dann senkt sich der Kopf mit den langen grauen, zu einem Zopf geflochtenen Haaren wieder und sie schlummert weiter. Der Fahrer heißt Nabil Mohammed, so steht es auf einem Plastikschild mit Foto, das am Armaturenbrett klebt. Er hört Radio, anscheinend wird ein Basketballspiel seiner Lieblingsmannschaft übertragen, zwischen den Liveberichten kommt immer ein israelischer Popsong, dann gehts weiter in der sehr emotionalen ohh-ahh-Reporterprosa, die sich im hebräischen Stakkato noch weitaus dramatischer anhört, als irgendein Basketballspiel sein kann.

Die Geschichte über die Orangen sei, so wie Abel sie erzählt hat, „nicht vollständig", sagt Fahrer Nabil vorsichtig. Es habe seit Jahrhunderten Orangenplantagen in der Gegend gegeben, nach der Staatsgründung Israels 1948 seien aber viele arabische Besitzer enteignet worden. Seine Familie stamme aus Nazareth und sein Vater habe dann als Erntehelfer in dem Orangenhain gearbeitet, der sich früher im Familienbesitz befunden habe.

Abel ergreift dann wieder das Wort und wird lauter, um klarzumachen, dass Israel in den 1940er Jahren ein ziemlich unterentwickelter Flecken Wüste gewesen sei. Erst durch die massenhafte jüdische Einwanderung sei das Land urbar gemacht worden und habe sich zu dem entwickelt, was es heute ist: „Die Jaffa-Orange galt lange Zeit als ganz große zionistische Errungenschaft, als das wichtigste israelische Exportprodukt. Was Coca-Cola für die USA ist, war die Jaffa-Orange für Israel".

Das sei sie aber nicht mehr, entgegnet Fahrer Nabil, auch in erheblich größerer Lautstärke. „Was ist Jaffa heute?", beklagt er. Die Jaffa-Orange sei heute das Symbol für die Vertreibung und Enteignung der Araber, für die palästinensische Tragödie. Er könne die Bilder nicht vergessen, als riesige Planierraupen die Orangenhaine in der Gegend von Beit Hanoun platt gewalzt hätten. 60, 70 Jahre alte Orangenhaine seien von den israelischen Behörden da zerstört worden, bedauert er.

Magnus verfolgt die Diskussion mit Interesse, ist aber ratlos. Schiedsrichter zwischen jüdischen und palästinensischen Interessen zu sein, das überfordert ihn. Da sieht er sich nicht. Er ist Zuschauer am Spielfeldrand und sehnt ein baldiges Ende dieses Matches herbei. Er wollte eigentlich nur nach den Orangenplantagen fragen, die in seinem Israelbild einen großen Platz eingenommen hatten. Nun wogt ein lautes Streitgespräch zwischen Nabil und dem Stoppelbartträger Abel hin und her. Eine Zeit lang wechselten sie vom Englischen ins Hebräische und Magnus kann nur an der Tonalität und enormen Lautstärke ermessen, wie explosiv das Wortgefecht zwischen verfeindeten Fronten verläuft. So gewinnt er auch nur ein dürftiges Bild über den Spielstand. Vermutlich endet es mit einem 1:1 und jeder trägt eine 5:0 -Siegesgewissheit mit nachhause.

Wegen eines kleinen Unfalls auf dem Highway muss sich Nabil auf den Verkehr konzentrieren. Dadurch verstummt die hitzige Diskussion. Von der Autobahn in Richtung Norden biegt er auf jene nach Herzliya und fährt an der Küste entlang in Richtung Netanja.

Dankbar nimmt Magnus die Frage des Teenagers David auf, der wissen will, ob Magnus direkt aus München komme. Vermutlich könne er jetzt Eindruck mit seinem – ehrlicherweise spärlichen – Fußballwissen schinden: Schließlich steht beim FC Bayern seit einigen Wochen ein Israeli im Kader der ersten Mannschaft, der Ersatztorwart Daniel Peretz. Aber B-Jungendstürmer David hat das längst als zweitrangige News abgeheftet, denn Peretz sei ja leider nur der zweite Ersatztorwart und hätte kaum Einsatzzeiten. David fragt, ob sich Magnus an die Olympischen Spiele in München erinnern könne. Und Magnus tappt in die nächste historische Falle. Da die Spiele 1972 stattgefunden hätten, er aber erst 1998 auf die Welt kam, seien diese Olympischen Spiele vielleicht die früheste Kindheitserinnerung seines Vaters Otto, erzählt er. Der sei damals vier oder fünf Jahre alt gewesen und könne sich noch dunkel an die Goldmedaillen von Hochsprung-Olympiasiegerin Ulrike Meyfarth und Heide Rosendahl erinnern, aber auch an Hubschrauber, die nachts über ihr Haus im Norden Münchens flogen.

„Das war das Attentat auf unsere Sportler", sagt David recht emotionslos.

Statt über unverfängliche Vereinsinterna des FC Bayern zu diskutieren, wird die tragische Rolle der bayerischen Polizei und deren Versagen bei dem palästinensischen Terrorüberfall noch einmal detailgetreu nacherzählt. Jeder im Taxi hat dazu eigene Erinnerungen oder Interpretationen. Sogar der Fußball-Teenie David kennt einige Namen der ermordeten israelischen Sportler.

Taxifahrer Nabil hält dagegen, dass die Fatah damals eine Terroristen-Organisation war, aber unter Jassir Arafat sei dann schließlich ein Friedensprozess eingeläutet worden. Deshalb war der Palästinenser-Präsident sogar Mann des Jahres im TIME Magazin. „Wie, wie, wie Nelson Mandela!", hebt er stolz hervor. Und Arafat habe schließlich auch den Friedensnobelpreis bekommen. Das sei ja eine fantastische Zusammenfassung der historischen Ereignisse, erregt sich der Geschäftsmann Shlomo Kaminski. Das Ziel der Fatah und ihrer Erben war und ist die Ausrottung der ökonomischen, politischen, militärischen und kulturellen Existenz Israels. Und man sehe ja an dem hochexplosiven Nahost-Konflikt, was ein Friedens-Nobelpreis oder ein Mann des Jahres im Time Magazin wert sei.

Für ihn sei das Olympia-Attentat deshalb so katastrophal in Erinnerung, weil deutsche Neonazis bei der Vorbereitung geholfen hätten. Der Drahtzieher Abu Daoud sei mit seinen Neonazi-Freunden im Sommer 1972 wochenlang durch Deutschland gereist, um Waffen und Übernachtungsmöglichkeiten zu organisieren, erinnert er sich. Und der deutsche Geheimdienst habe angeblich nichts davon mitbekommen. Die deutsche Polizei sei heute auch nicht besser vorbereitet als damals, das hätte ihm sein Vetter Ezechiel erzählt, der viele Bekannte im israelischen Verteidigungsministerium habe. Einen Vergleich mit dem Mossad und den israelischen Spezialkräften hielte die deutsche GSG 9 Truppe auch heutzutage nicht Stand, da sind sich alle im Bus einig.

Ob es stimme, fragt die Krankenschwester Yael, dass Leute aus Afghanistan, dem Irak oder Syrien einfach in Deutschland einreisen könnten, weil es angeblich keine Grenzkontrollen mehr gebe? Magnus erhofft sich nun eine inhaltliche Kurskorrektur. Vielleicht hätten jetzt Smalltalk und leichte, positive Themen eine Chance? Er erklärt, was ihm zur Europäischen Union, dem Maastricht-Vertrag und dem Schengen-Abkommen einfällt. Es sei doch ein wirklich guter Plan gewesen, durch Europa reisen zu können ohne Geld tauschen zu müssen. Und ohne nervige Grenzkontrollen. Er finde die Geschichten seiner Eltern kurios, wenn sie erzählen, dass man vor der Euro-Einführung bei der Raiffeisenbank Geld tauschen musste, um dann mit mehreren Geldbörsen zu reisen. Nur um in Österreich mit Schillingen, in Italien mit Lire oder in Frankreich mit Franc bezahlen zu können. „Wie altmodisch ist das denn?", prustet Magnus heraus und zeigt den Mitreisenden seine Google Pay App. Außerdem sei Deutschland ein offenes, freies Land, dazu gehöre eben auch, dass bedrohte Menschen dort Asyl beantragen können.

Abel, sein lässiges Gegenüber mit dem Stoppelbart, arbeitet bei einem Catering-Startup als Programmierer. Eigentlich hat er aber Politikwissenschaft studiert und weiß, dass Deutschland wegen seiner laxen Einwanderungspolitik und der komfortablen Sozialhilfezahlungen in vielen Ländern der Dritten Welt als erste Adresse gilt. „Wenn nicht diese schwere Sprache und das schlechte Wetter wären", scherzt Abel, würden sicherlich noch viel mehr Einwanderer aus Afrika, arabischen Ländern und Asien kommen. „Ansturm der Armen", habe die Tageszeitung Haaretz eine Story über die Zuwanderung in Europa neulich betitelt.

Israelische Politiker machten sich schon über den „Selbstbedienungsladen Deutschland" lustig. Weil die meisten Einwanderer Muslime seien, passe das aber nicht zur historischen Verantwortung Deutschlands, gibt Abel zu bedenken. „Ihr sollt doch jüdische Gemeinden schützen und unterstützen, oder?" Er habe sich unlängst ein Buch gekauft, nachdem er im Radio ein Interview mit der jungen israelischen Schriftstellerin Judith Levinson gehört hatte. In „Land der Tauben", beschreibe sie sehr unterhaltsam, wie das fiktive Land „Taubenreich", das unschwer als Persiflage auf Deutschland zu erkennen sei, sich durch eine extrem naive Politik praktisch selbst zerstöre. Mehrere kriegslüsterne Despoten hätten ein Auge auf das pazifistische Juwel geworfen, nachdem die Taubenwehr in ein waffenfreies Friedenscorps verwandelt wurde. Wegen der universellen Freundlichkeit könne jeder Einwanderer im Taubenreich sein Glück finden. „Deshalb steuern mehrere Millionen Menschen das wohlhabende Taubenreich an", beschreibt Abel die Handlung des Buchs. Das faszinierend-Erschreckende sei, dass die Taubenreicher das einfach so hinnehmen würden, während die Nachbarländer teilweise sehr restriktiv seien. Mit ihrem Organisationstalent, das sie im dritten Taubenreich perfektionierten, stemmen die fleißigen Taubenreicher diese bizarre Völkerwanderung. Unvorstellbar sei das für einen Israeli, kommentiert Abel. Und jeder, der einmal in Taubenreich angekommen sei, erhalte eine Wohnung, Sprachkurse, passende Kleidung für den Sommer und den Winter, die Kinder könnten in die Schule gehen und bekämen sogar Schwimmunterricht.

Abel hat anscheinend die gesamte Rezitation des Buches im Kopf und zelebriert nun den literarischen Höhepunkt des Romans. Den Gipfel der Völkerfreundschaft bilde eine spektakuläre Aktion, die die Bundeskanzlerin von Taubenreich persönlich ankündigt: „Jedem 1000sten Flüchtling spendiert das Taubenreich einen neuen VW Golf – eine Maßnahme, die sich herumspricht, bis in die letzte Ecke des Hindukusch, wie die Buchautorin Judith Levinson süffisant schreibt". So käme eine Völkerwanderung biblischen Ausmaßes in Gang.

Die Taubenreicher versuchten dann ganz eifrig, Wohnraum für die Neuen zu schaffen. Leerstehende Häuser würden kostenlos zur Verfügung gestellt, Kasernen, Turnhallen und sogar Schulen umfunktioniert. In jedem Dorf entstünden Campingareale für Flüchtlinge. „Unglaublich innovativ", sagt Abel, seien die Taubenreicher in diesem Krisenfall. Ein Hersteller von Tennis-Traglufthallen schaffte es in wenigen Wochen, zweihundert dieser Dinger aufzustellen – er sei dann der „Taubenreicher des Jahres" geworden, gewürdigt als Titelheld des wichtigsten Nachrichtenmagazins in der letzten Ausgabe des Jahres 2028. Als es dann trotzdem zu Engpässen bei der Beschaffung von Wohnraum kommt, erzählt Abel nicht ohne Spott, würden die taubenreicher Tourismusunternehmen ihren Einwanderern auch noch eine ganze Flotte von Kreuzfahrtschiffen zur Verfügung stellen: „Schwimmende Fünf-Sterne-Unterkünfte für Dritte-Welt-Flüchtlinge", das müsse man sich einmal vorstellen.

Der Bus entwickelt sich zu einem rollenden Stammtisch mit einer hitzigen Debatte. Die Abendsonne über Judäa brennt nun schräg von der Fahrerseite in den Innenraum. Alle schwitzen. Die Klimaanlage scheint nicht zu funktionieren. Fahrer Nabil hat ein altes, ehemals weißes T-Shirt als Sonnenschutz in sein Seitenfenster geklemmt. Es wedelt nun, wie eine ölverschmierte Friedensfahne im Fahrtwind. Nabil nutzt die provokanten Thesen des Buches, um heftige Vorwürfe gegen die Besatzung seiner Heimat zu äußern, die aus Russland eingewanderte Gemüseverkäuferin – längst aufgewacht – hat es satt, ständig von palästinensischem Terror bedroht zu sein und der Knopfhändler Kaminski will endlich Ruhe im Nahen Osten. Er bekommt schon bei dem Begriff Palästinenser rote Flecken am Hals. Die gebe es so strenggenommen nicht, weil die allermeisten nicht aus Palästina stammten, sondern von irgendwo herkämen, Ägypten, Jordanien, Syrien oder Kuwait.

Abel muss die unausweichliche Krise der Taubenreicher loswerden. Denn die vielen Zuwanderer importierten auch jede Menge Probleme. Sie wären untereinander spinnefeind und hätten beispielsweise keinen Respekt vor Frauen, erzählt er mit wieder deutlich ansteigender Lautstärke. Erstaunlich sei dann, wie im Buch das Szenario weitergedreht würde, denn die Taubenreicher reagierten nicht etwa mit Protesten und Fremdenhass: „Nein", brüllt Abel nun, „diese Probleme und die Gewalt zwischen den Einwanderern werden verheimlicht!" Die Polizei, die Politiker und sogar die Wirtschaft – alle steckten unter einer Decke, weil man ja der ganzen Welt zeigen wolle, dass Taubenreich ein Musterland sei, das auch Millionen fremder Menschen integrieren und glücklich machen könne. Richtig spannend sei, wie die Autorin beschreibe, dass selbst die Medien da mitspielen würden. Die taubenreicher Political Correctness verbiete es nämlich, Täter ethnisch zuzuordnen. Es heiße dann in den Nachrichten nicht, ein Afghane oder Marokkaner habe eine Frau belästigt, sondern ein 22jähriger oder ein etwa einsachtzig großer Mann habe das getan. Konkrete ethnische Nennung bei Konflikten gebe es in den Medien nur bei Jubelstorys.

Die gleichgeschalteten Journalisten würden deshalb ausführlich über einen 105jährigen blinden Syrer berichten, der angeblich zu Fuß über die Balkanroute nach Taubenreich kam, irakische Zahnärzte erzählen, wie sie gleich einen Job in der Uniklinik bekommen hätten und ein junger Fußballspieler aus Mauretanien wird natürlich interviewt, weil er beim Hamburger Sportverein einen Vertrag erhielt, obwohl er vorher nur in einer staubigen Sahara-Oase mit selbstgebastelten Lumpenbällen gekickt habe.

Diese Story fasziniert den kurzzeitig verstummten David, der hinter Magnus sitzt und sich zu Wort meldet. Gestern habe er noch in Marseille an einem Jugendturnier teilgenommen und jetzt sei er auf dem Weg zu seinen Eltern im Norden Israels.

„Das mit dem Fußballer – von der Sahara zum HSV – kann ich nicht glauben", meint David. Aber es höre sich an wie ein schönes Märchen aus 1001er Fußballnacht. Er möchte auch einmal Profifußballer werden, am liebsten bei Maccabi Haifa.

Man könne in der Wüste mit Lumpenbällen nicht so Fußballspielen lernen und üben, erklärt David seine Skepsis, dass man dann gleich einen Profivertrag in einem europäischen Top-Verein bekomme. Das gehe einfach nicht. Da habe die Frau, die das geschrieben hat, nicht gut recherchiert.

Magnus ist dem Jungen dankbar, dass er einen Teil des Buches in Frage stellt, denn er kann sich kaum zurückhalten mit einem bissigen Kommentar zur Taubenreicher Fantasy-Welt. Er fühlt sich – bitteres Eingeständnis des resilienten und manisch optimistischen Sonntagskindes – von dieser Story provoziert. Er fühlt sich fast genötigt, seinen Wohlfahrtsstaat zu verteidigen. Ob er nun Taubenreich heißt oder Deutschland. Soll er antreten als Einzeltäubchen gegen eine jüdische Phalanx, gegen einen Schwarm von Falken? Sein Privileg, bis zur Pandemie und dem russischen Überfall der Ukraine in einem weitgehend sorgenarmen Frieden aufgewachsen zu sein, ist hier auf dem durchgesessenen israelischen Taxisitz deplatziert. Magnus würde den Roman gern als kompletten Schmarren und Hirngespinst entlarven, als nicht einmal geeignet für ein Computerspiel im Metaversum. Er entscheidet sich für eine wertschätzende Bemerkung mit einem Hauch sachlich fundierter Kritik.

Das Sammeltaxi rauscht am Gaash Golf Club und der mediterranen Steilküste Netanjas vorbei, nur noch 50 Kilometer Luftlinie ist Magnus von seiner Freundin entfernt. Dass die Medien derartig mitspielten, sei in Deutschland undenkbar, startet er sein staatstragendes Plädoyer. Es sei unvorstellbar, dass die Fernsehsender einen staatlich verordneten Jubelkurs á la Taubenreich-TV fahren würden, oder Straftaten verheimlichten. Das kenne man zwar aus totalitären Staaten, aktuell auch aus Russland, aber das wäre, meint Magnus im Brustton tiefster Überzeugung, „nun wirklich der Untergang des Abendlandes". Eine sachliche Kritik des Romans seinerseits sei deshalb kaum möglich, sagt Magnus. „Land der Tauben" sei so fern von Deutschland wie ein x-beliebiges Science-Fiction-Raumschiff vom Space-Shuttle der NASA. Die Rückkehr der Jedi Ritter und die

Figur von Han Solo, vergleicht Magnus, hätten auch recht wenig zu tun mit der Kommandantur der Raumstation ISS, oder gar mit dem Privatleben des Han Solo-Darstellers Harrison Ford.

Nach dieser erfolgversprechenden Verteidigungsrede fällt Magnus noch ein sympathischer Dreh ein, um Interesse vorzugaukeln, zuvor versucht er seine Freundin Shamouti in Haifa zu erreichen und seine baldige Ankunft anzukündigen. Vergeblich. Sie geht nicht an ihr Mobiltelefon, womöglich ist der Akku leer, mutmaßt Magnus. Dann widmet er sich wieder der Sammeltaxi-Konversation: Es sei doch schön, wenn sich die israelische Autorin – diese Judith Levinson – so viele Gedanken um das angebliche Taubenreich mache. Er werde sich das Buch besorgen, wenn die deutsche oder englische Übersetzung in den Handel komme.

Die Krankenschwester Yael erzählt, welcher Aufwand nötig sei, um ein Arbeitsvisum für Kanada oder Australien zu erhalten. Diese Länder siebten richtig aus und ließen nur rein, wer einen sicheren Beitrag zum Gemeinwesen leisten könne. Analphabeten aus der Dritten Welt brauchten sich gar nicht mit Kanada oder Australien beschäftigen, sagt Yael, die anscheinend seit zwei Jahren versucht, einen attraktiven Job in einer Überseeklinik zu ergattern.

Den Knopfhändler nervt dieses Auswanderungsgerede gewaltig. Er habe seit den 1970er Jahren maßgeblich zum Aufbau des Staates Israel beigetragen, sagt Shlomo Kaminski etwas protzig. Er sei überzeugter Zionist, erklärt der geschäftige Senior, der in einem Kibbuz am See Genezareth lebt. Dort habe er viele Jahre lang in den Feldern gearbeitet und sich nebenbei fortgebildet, ein Knopf-Business aufgebaut, das er aber nicht näher beschreiben will. Das seien alles Geschäftsgeheimnisse, die er nicht preisgeben wolle, wehrt er alle Nachfragen ab. Dass junge Leute, die hier eine hervorragende Ausbildung erhalten und dann als Programmierer, Pianist, Arzt oder Krankenschwester fluchtartig Israel verlassen, wenn sie woanders mehr „Moos" verdienen könnten, finde er ganz schrecklich: Verrat, Verrat an Eretz Israel sei das. Den Vorwurf garniert er mit zahlreichen jiddischen Schimpfwörtern, die Magnus nicht in Google-Translate findet. Er mischt sich nur noch mit Gesten in die Auswanderungs-Diskussion ein, und hofft, so von seiner Herkunft und weiteren bundesdeutschen oder EU-Unzulänglichkeiten ablenken zu können. Das erweist sich als gewaltiger Irrtum, denn nun haben die Mitfahrer, bis auf die wieder eingeschlafene Gemüsehändlerin, sich in Rage diskutiert. Es wird lauter, man fällt sich gegenseitig ins Wort. Es geht ums Rechthaben, aber das Wortgefecht hat kein erkennbares Ziel. Aufgestaute Emotionen und chronische Diskussionslust werden hier, auf der Autobahn zwischen Netanya und Haifa, nun ungebremst ausgelebt. So abwegig sei das Buch „Land der Tauben" doch nicht, meint Kaminski. Er glaube, es lande früher oder später auf der israelischen Bestsellerliste.

Weil Magnus gerade minutenlang nichts sagte, drehen sich die Köpfe nun zu ihm und aus Shlomo Kaminskis lautem Organ kommt ein kritischer Einwurf, der alle anderen verstummen lässt: Ob es sein könne, dass es in Deutschland zwanzig Mal mehr Moscheen als Synagogen gebe, Herr Beerfeld. Ob so das Ergebnis von 70 Jahren israelisch-deutscher Wiedergutmachungspolitik aussehe?

Zwanzigfach halte er für übertrieben, schränkt Magnus ein. Aber es existierten wohl deutlich mehr Moscheen als Synagogen, müsse er zugeben, da sei er sich sicher. Schließlich gebe es durch die türkischen Mitbürger, die Kinder ehemaliger Gastarbeiter, und die Zuwanderung aus Ex-Jugoslawien viel mehr Muslime, ob einem das gefalle, oder auch nicht.

Er würde diese Entwicklung sehr kritisch verfolgen, sagt Abel und er müsse einmal etwas ganz Grundsätzliches vor „unserem Gast aus Deutschland" loswerden: Seine so schwer regierbaren Landsleute hätten verschiedenste Ziele oder Strategien, wie sie regiert werden wollten – mit mehr Waffen oder weniger, mit mehr Religion oder weniger, mit neuen Siedlungen oder ohne. Es gäbe da die verschiedensten Rezepte, aber in einem Ziel seien sich doch alle einig: dem Erhalt und der Absicherung des Staates Israel und seiner Kultur. Was den Schutz angeht, würde man keine Kompromisse machen, da seien sich alle einig – von ganz links bis ganz rechts, die Orthodoxen eingeschlossen. Busfahrer Abel schüttelt nur noch verärgert den Kopf und schüttet sich eine halbe Flasche Mineralwasser in den Rachen.

Schutz finde er auch extrem wichtig, aber nicht mit militärischen Mitteln, macht Magnus seine Position als friedliebender Weltverbesserer deutlich. Seine Generation sei eben pazifistisch aufgewachsen. Der Überfall der Ukraine sei natürlich eine Zäsur, das ändere aber nichts daran, dass der Ausbruch und die Ausbreitung von Gewalt mit friedlichen Mitteln verhindert werden müsse. Gandhi, Albert Schweitzer und Albert Einstein, das seien seine historischen Helden, ein Ende des weltweiten Rüstungswahns und atomare Abrüstung seine Maximen, zählt Magnus leicht überhastet auf. Und er selbst ziehe Gewaltfreiheit auch konsequent durch. „Ehrfurcht vor dem Leben", predigt der gute Mensch aus Oberbayern, das sei die zentrale Aussage von Schweitzer. Die gelte im Urwald, in München, am Nordpol und auch im Gazastreifen. Zur emotionalen Untermalung wählt Magnus ein möglichst beeindruckendes Beispiel für Albert Schweitzers Friedensliebe: In seinem Urwaldhospital Lambarene habe er alle gepflegt. Leprakranke, Katholiken, Protestanten, Heiden, die Schwarzen, die Weißen und sogar die Tiere und die Pflanzen – er habe keinen Unterschied gemacht und alle Kreaturen gleich behandelt. Der Grand Docteur habe sicherlich auch keine Mücke totgeschlagen. Dies hätte gegen seine universelle Ethik verstoßen.

Abel reißt nun die Augen weit auf, und nimmt sich die Albert Schweitzer-Ethik vor: Mücken nicht totzuschlagen, weil sie sich ja auch irgendwie ernähren müssten? Dann könne man nur hoffen, dass die Schweitzer-Mücken keine Malaria übertragen hätten oder die Schlafkrankheit. Jede nicht erschlagene Schweitzer-Mücke wäre sonst ein Verstoß gegen den ärztlichen Kodex, den hippokratischen Eid. Magnus lebe offenbar in einer fantastischen Traumwelt. Während seiner Ausführungen wackelt Abel mit dem Kopf und verdreht die Augen wie in einem psychedelischen Rausch. Gandhi, Schweitzer, Martin Luther-King... das seien die üblichen Ingredienzien des pseudoschlauen Hippie-Moralgebräus. Aber die Gefahren dieser globalen Pazifistenbegeisterung würden total ausgeblendet. Martin Luther King und Gandhi seien übrigens erschossen worden, nur zur Erinnerung, schließt Abel seine Ausführungen süffisant.

Bevor der zweite Teil seines Plädoyers beginnt, nimmt Magnus einen tiefen Schluck Cola, streckt sich auf dem durchgeschwitzten Sitz und wartet, bis ihm die Aufmerksamkeit aller wachen Mitfahrenden gewiss ist: Er sei fest davon überzeugt, dass seine Generation den evolutionären Auftrag habe, die Welt ein Stückchen besser zu machen und dies als Erbe zu hinterlassen. Nachhaltigkeit statt Ausbeutung des Planeten, das sei der humanistische Auftrag. Die ökologische Bewegung, die Klimaaktivisten und der Pazifismus werden sich zu einem Erfolgsmodell entwickeln, dazu gebe es langfristig keine Alternative – auch wenn sich gerade in mehreren Regionen scheinbar unlösbare Konflikte auftürmten. Aber Israel bewege sich mit seiner Annäherung an Saudi-Arabien doch in die richtige Richtung.

In einer gerechten, grünen und pazifistischen Welt solle jeder sein Glück finden können, dazu stehe er, quillt es aus Magnus heraus als wäre er auf Werbetour für den BUND e.V., das Goethe-Institut, die Friedrich-Ebert-Stiftung, das Bundesaußenministerium und die UNO. Die ratlosen Mitfahrenden werden mit einer weiteren gutgemeinten Magnus-Botschaft konfrontiert. Er gebe Ihnen ein Beispiel:

Vor dem Haupteingang seiner Universität in München bauten der Saman und die Seber aus der Türkei zweimal in der Woche einen Tapeziertisch auf und informierten die Studenten, Professoren und Gäste über die Zustände in den kurdischen Siedlungsgebieten. Zusammen mit einigen Kommilitonen unterstütze er diese Initiative. Man helfe beim Aufbau des Standes, beim Kopieren der Flyer „Spenden für ein demokratisches, geschlechtergerechtes und ökologisches Kurdistan" und manchmal würde gesammelt, dann könnten der Saman und die Seber – die beide aus dem kurdischen Diyarbakir stammen – zusammen mit den deutschen Studenten die Mensa nutzen. Wenn es um ein derart unterdrücktes Volk gehe, müsse man doch sympathisieren, propagiert Magnus. Er nestelt an seinem Handy und zeigt den Mitfahrenden, wie sich Altruismus in der Generation Z darstellt. „Natürlich liken und reposten wir ihre Beiträge auf Social Media".

„Aktivisten-Videos liken mit Emojis, reposten mit Herzchen und so", das sei wohl DIE neue Welt-Glücksformel, Made in Germany, macht sich Shlomo Kaminski über Magnus´ Engagement lustig. Er unterstütze also die Werbeaktion von *dem Saman* und *der Seber*, dem angeblich so netten kurdischen Pärchen – die seien vielleicht gar nicht aus der Türkei. Womöglich seien es politische oder gar paramilitärische Aktivisten aus einem der Nachbarstaaten. Wohin das Geld fließe, was damit geschehe – ob er da eine Ahnung habe? Was wäre, wenn sich nächste Woche sympathische Studenten aus dem Jemen kommen, die den Terror der Huthi-Milizen rechtfertigen wollen? Und daneben vielleicht ein Tapeziertisch mit Flyern um unterdrückten Frauen im Iran, Irak oder Afghanistan zu helfen, dann fehle nur noch, dass Muslimbrüder sich mit der Hamas einen weiteren Tapeziertisch teilen – für wen würden dann Flyer gedruckt, wem spendierte man dann Geld für die Mensa? Das sei eine Ansammlung von Tretminen, da möchte man Magnus` Universitätsgelände nicht ohne kugelsichere Schutzweste betreten. Er sage es mal ganz direkt: Magnus und seine Freunde holten sich womöglich 1300 Jahre muslimische Konflikte in den Vorgarten der Universität und düngten toxische Gewächse mit ihrem grenzenlosen Mitgefühl.

Magnus entwickelt ein geradezu diplomatisches Verständnis für derlei Befürchtungen aus dem Mund des Israelis, hält sie aber für vollkommen übertrieben. „Sie spielen manchmal auch Fußball mit uns, trinken danach ein Bier, sie hören die gleiche Musik wie wir", erklärt er. Der Saman und die Seber, das seien bestimmt keine Extremisten, dafür lege er seine Hand ins Feuer.

Abel sieht sich in seiner Deutschland-Skepsis bestätigt und kommt erneut auf das „Land der Tauben" zu sprechen: Bei dieser Massen-Einwanderung würde man doch erwarten, dass die Kirchen darin auch eine massive Bedrohung erkennen. Aber nein, sie begrüßten die Muslime und unterstützten sie, als würden die morgen zur Taufe kommen. Ein Pfarrer habe sogar zugesehen, wie die Neuen in ihrer Flüchtlingsunterkunft die Kreuze im Speisesaal von der Wand gerissen hätten. Und was macht der Kirchenmann? Er entschuldigt sich. Das sei kein Versuch der Missionierung gewesen, beteuert er, sondern ein Versehen. Man habe dann beschlossen, generell auf christliche Symbolik in den Unterkünften zu verzichten – die Neuankömmlinge wolle man ja nicht provozieren! In den Zeitungen werde das dann wohlwollend kommentiert, eine weltoffene Gesellschaft brauche kein „Markenzeichen des Abendlandes, kein Trademark des Westens". Die Autorin vom „Land der Tauben" muss wohl ein gutes Gespür für die Situation in Deutschland haben, sonst wäre sie ja wohl nicht auf die Idee zu diesem Buch gekommen, meint Kaminski.

In der realen Welt stellten die vielen Flüchtenden, die von illegalen Schleusern getrieben in untauglichen Booten versuchen, über das Mittelmeer Europa zu erreichen, ein wirklich ungelöstes Problem dar, gibt Magnus zu bedenken. Das sei die aktuelle Tragödie, für die

die EU keine abgestimmte Lösung finde, weil sich einige Länder asozial verhalten und keine Hilfesuchenden aufnehmen. Im Gegensatz dazu habe man die vielen Menschen aus der Ukraine, die seit 2022 vor dem russischen Bombardement fliehen, mit offenen Armen aufgenommen.

„Russland? Russland!", klagt die alte Frau auf dem Beifahrersitz, die jetzt wieder aufgewacht ist. Sie heiße Oksana Posner, komme aus der ehemaligen UdSSR. Aber man wollte sie weder dort noch hier, als wäre sie Jüdin zweiter Klasse, klagt sie. Sie wisse nicht, wo ihr Zuhause sei. Schauen Sie, sagt die Gemüsehändlerin, den Sack grüne Bohnen und Avocados habe sie auf dem Markt in Tel Aviv gekauft. Sie sei dann über einen Kilometer zum Taxistand gelaufen und morgen würde sie das Grünzeug in Rosh Hanikra an der Grenze im Norden Israels verkaufen wollen. Sie habe früher eine Poststation in einem Vorort des sibirischen Omsk geleitet, damit sei sie zwar nicht reich geworden, aber es sei ein sicheres Einkommen gewesen. Jetzt fahre sie hier mit einem Gemüsesack durch das gelobte Land, wie eine Straßenhändlerin in Timbuktu, um einige Schekel zu verdienen. Und als Dauerreisende in israelischen Bussen und Taxis könne sie froh sein, wenn keiner der Fahrgäste unter seinem Sweatshirt einen Sprengstoffgürtel trage. Einmal habe es den Bus nach Eilat erwischt. Da sei ein blutjunger Attentäter aus dem Gazastreifen aufgetaucht. Auf dem Überwachungsvideo der Polizei hätte man noch gesehen, dass der Junge offenbar geistig und körperlich behindert gewesen war und gelacht hätte. Wie ferngesteuert sei er grinsend auf den Bus zugehumpelt, bis er mit seiner Bombe hochgegangen sei. Womöglich habe der arme Kerl keine Ahnung gehabt, wozu er hier missbraucht worden ist.

Und wenn sie schon einmal bei einem Deutschen Gehör finde, müsse sie noch etwas loswerden: Gorbatschows Wiedervereinigungsgeschenk und sein Erbe, über das man sich in Deutschland so lange freuen durfte, das erweise sich jetzt als wackeliges Mitbringsel. Das sage sie, weil sie die Russen und ihre große Liebe zu einem Zarewitsch kenne. Da müsse man sich in Acht nehmen. Denn in den Reden werde doch überdeutlich, dass sich der russische Präsident die verlorenen Ländereien wieder einverleiben will. Den Wohlstand in Nachbars Garten schaue sich ein richtiger Zarewitsch auch nicht ewig untätig an. Aus Sankt Petersburg oder Moskau lugt er kriegslüstern nach Westen und in den Süden. Die Krim, Odessa, Riga, Tallinn, Prag, Stockholm, Helsinki, Berlin oder auch ihr München, das seien Sehnsuchtsorte russischer Großmachtsfantasie.

Russland war ein befreundeter Staat, ein verlässlicher Partner von Deutschland, Wandel durch Handel lautete die Formel - jahrzehntelang! Und die sei, seit er zurückdenken kann, auch sehr erfolgreich gewesen, widerspricht Magnus der Gemüsehändlerin mutig. „Eine typische Win-win-Situation war das, liebe Frau Posner. Ich gebe die Hoffnung nicht auf, dass sich unsere Kulturvölker eines Tages wieder verstehen". Aber es sehe ja wirklich so aus, stimmt Magnus zu, als hätte Putin die Eröffnungsfeier der Olympischen Winterspiele in Peking verfolgt, sich genüsslich die Wettbewerbe bis zum Ende angesehen um dann, wenige Tage danach, das Kommando für den Überfall der Ukraine zu geben.

Das habe er doch schlau eingefädelt, der Zarewitsch, nuschelt Posner. Mit der Annexion der Krim und den Separatisten im Donbass. Der Stress dort sei ein willkommener Anlass gewesen, gleich die ganze Ukraine zu überfallen. Da habe man doch gesehen, wie abschreckend die Nato sei, furchtregend wie ein Papiertiger! Aber der Kreml, der wisse, wie man Länder okkupiert, ausraubt, den eigenen Reichtum vermehrt und ihn pompös zelebriert.

„Das wäre dann der nächste Zukunftsroman, den ich mir zulegen müsste", schmunzelt Magnus die bitteren Wahrheiten weg. Die

Warnung der Gemüsehändlerin vor unstillbaren russischen Expansionsgelüsten mag er nicht nachvollziehen. Es seien gleich mehrere absurde Gedanken, die hier im Taxi die Runde machten, sagt er. „Gerade in diesen aufgewühlten Zeiten dürfen wir die Hoffnung auf eine Zukunft ohne kriegerische Auseinandersetzungen nicht verlieren". Pazifisten seien Utopisten, sagt er, „überzeugte Utopisten!"

Weil das Basketballspiel beendet ist, verfolgt nun auch Taxifahrer Nabil wieder die Unterhaltung und äußert seine aktuellen Sorgen: Er habe bei jeder großen Tasche, jedem Geigenkasten oder Rucksack ein schlechtes Gefühl, seit sich die Anschläge häuften. Auch der Gemüsesack sei ihm nicht ganz geheuer, richtet er sich an die Gemüsehändlerin Posner. Wer wisse schon, ob zwischen den Bohnen und den Avocados nicht auch eine Handgranate verborgen sei? Aus seiner Perspektive sei eine Handgranate von einer reifen Avocado kaum zu unterscheiden. So eine permanente Furcht vor dem Gepäck und den Fahrgästen – das mache seinen Job nicht gerade attraktiv. Und das Misstrauen des Taxifahrers gegenüber den Fahrgästen sei Gift für die Stimmung im Taxi, wettert Oksana Posner. Sie schüttelt dann demonstrativ ihren Gemüsekorb, in welchem die braungrünen Avocados, die Handgranaten tatsächlich nicht unähnlich sind, umherpurzeln.

Für einen Moment überlegt Magnus, ob er die Runde mit den Erlebnissen am Münchner Flughafen erheitern soll oder ob es völlig unpassend ist, auf seine vermeintliche Bomben-Attrappe im eigenen Rucksack hinzuweisen.

Die Fahrgäste nesteln nun schon an ihren Taschen, Körben und Kleidungsstücken, weil sich die gemeinsame Reise dem Ende zuneigt. Das Taxi erreicht erste Vororte von Haifa, rechts erhebt sich im Sonnenuntergang das orangefarben angestrahlte Carmel-Gebirge. Mehrfach bremst Nabil an großen Ampelkreuzungen. Plötzlich bemerkt die Gemüsehändlerin, dass an einer Plakatwand rechts neben dem Buswartehäuschen das Buch „Land der Tauben" beworben wird und deutet mit dem Finger auf das Bildnis einer jungen Frau, die vor einer Taubenreichflagge mit gold-rot-schwarzen Kreisen, offenbar einer grafischen Persiflage der Deutschland-Flagge, postiert ist. „Sieht aus wie die Hollywood-Version meiner Freundin", meint Magnus.

Das müsse wohl diese Levinson sein, die Autorin, sagt Kaminski. Er habe auch noch einmal über die Orangengeschichte nachgedacht: Sie seien jetzt durch halb Israel gefahren, ohne einen einzigen Orangenbaum gesehen zu haben, ohne den Duft der Jaffa in der Nase zu spüren, das stimme ihn schon traurig. An der Geschichte der Jaffa-Orange könne man alle Chancen, die Grenzen und Gefahren für den Staat Israel und alle seine Bewohner festmachen. Taxifahrer Nabil fügt hinzu: Er wünsche sich eine Rückkehr der Orangenhaine, das klinge nostalgisch. Aber es sei auch sein ganz persönlicher Traum von friedlicher Koexistenz.

Nun schaltet die Ampel auf Grün und Nabil beschleunigt den Kleinbus auf 80, 90 km/h. „Wie ihre Freundin sah die Frau auf dem Plakat aus? Glückwunsch", sagt Bartstoppel-Abel, während sie auf dem Highway Nummer 2 sehr nah an der Küste im Süden Haifas entlangfahren. „Jetzt verstehe ich, warum sie so weit gereist sind. Möge es ihrer Freundin gelingen, sie von Albert Schweitzers Idyll in die reale Welt zu führen."

Taxifahrer Nabil biegt in die Einfahrt des Busbahnhofs – an der Mauer sind einige Werbeplakate. Neben der Werbung für das Konzert der Eurovision Song Contest-Siegerin Netta Barzilai ist wieder ein Plakat der Buchautorin zu sehen, die tatsächlich Ähnlichkeit mit Shamouti hat. Er setzt seinen Kleinbus in die erste freie Parkbucht des Busbahnhofs, öffnet die Türen und entlädt den Gepäckraum. Dabei rutscht Magnus Selbstbau-Akku aus dem Rucksack und das Batterie-Kabel-Gewirr kullert über die Straße. Nabil nimmt das Gerät und brüllt laut „Holy Shit, was ist denn das?" Magnus springt ans Heck des Mercedes, um seinen Bomben-Attrappen-Akku aufzuheben und dessen Ungefährlichkeit zu demonstrieren: „Das ist nur ein Akku, habe ich selbst gebaut – für meine Freundin", wiederholt er zum x-ten Mal am heutigen Tag.

Nach dem erneut unglücklichen Aufschlag seines Akkus gehen die Fahrgäste ziemlich konsterniert auseinander, ohne Abschiedsgruß oder Höflichkeitsfloskeln: Die Gemüsehändlerin Oksana sucht den Bus in den Norden, die Krankenschwester Yael wird von einem Verwandten abgeholt, Shlomo Kaminski ruft seine Frau an, um sein Eintreffen anzukündigen. Abel raucht erst einmal eine Zigarette, Fußball-Teenie David findet sein Fahrrad und Nabil schnappt sich seinen Gebetsteppich, um sich hinter einem Wartehäuschen nach Mekka auszurichten.

Magnus kramt im Rucksack nach seinem Handy, klingelt erneut bei Shamouti durch – ohne Erfolg. Er betrachtet die Wegbeschreibung auf Google Maps. Noch 3,5 Kilometer bis zu ihrer Wohnung in der kleinen Agmon Street.

Haifas Busbahnhof liegt in der Nähe des feinsandigen Dado Beach. Die Sonne legt sich im Osten langsam auf das Meer und taucht die Szenerie in warmes Licht. Was für ein stimmungsvoller Empfang, findet Magnus. Er gönnt sich einen Zimt-Kaugummi. Die Buslinie Nummer 672 führt am Mount Carmel vorbei zur HaYam Road. Auf einem selbstgezeichneten Plan, den ihm Shamouti per SMS schickte, hatte sie ihm den einfachsten Weg zu ihrem Haus beschrieben. Magnus solle unbedingt den Busfahrer bitten, ihn auf die Haltestelle hinzuweisen, und an der Haltestelle Illanot Road aussteigen. Von dort sind es noch 150 Meter in Fahrtrichtung, dann in die schmale Gasse links sei die Agmon Street. Und auf der rechten Seite sei dann ihr Haus. Oder besser gesagt: Ihre kleine Wohnung, die im ersten Stock über einer Garage mit einem auffälligen rot-blau gestreiften Tor liegt.

6. Oktober 19.55 Uhr, Haifa vor Shamoutis Haustür in der Agmon Street

Magnus verweilt eine mehrminütige Ewigkeit vor Shamoutis Haustür. Er könnte längst die Klingel drücken oder an die Tür klopfen. Er beschließt, diesen einmaligen Moment angekommen zu sein, auszukosten, innezuhalten. An der Tür seiner Geliebten. Nach vielen Monaten mit kurzen Telefonaten, spontanen Videogrüßen und langen Briefen sind sie nur noch zwei oder drei Meter voneinander entfernt. Es trennt sie nur noch diese klapprige weiße Holztür. Dahinter ist alles, wovon er Monate geträumt hat. Er steht vor dem leicht vermoderten Portal zum Glück. Die silberne Mesusa am rechten Türrahmen schenkt ihm ein Funkeln im Sonnenuntergang. Die Spinne, die er beobachtete, macht sich in ihrem esstellergroßen Netz links von ihm über die zuckende Stubenfliege her. Immer noch ist Musik zu hören und zarte Schwaden von Cannabis strömen aus den Türritzen. Nur Sekunden würden vergehen, dann lägen sie sich in den Armen. Er würde ihre Hände nehmen, sie dann an der Hüfte fassen, hochdrücken, denn Shamouti ist kaum einssechzig groß, sie reicht ihm bis knapp über die Schulter. Dann würden ihre Blicke zueinander finden. Ihre Brüste drückten sich durch zwei hauchdünne Stoffschichten an ihn. Wie immer wird sie deutlich wärmer sein als er. Wenn sie sich berühren, würde er spüren, dass Shamoutis Oberflächentemperatur bei gefühlt 137,0 Grad Celsius liege. Es werden sich dann zwei verschiedene Biotope, Landschaften und Klimazonen aneinander reiben: Das kernige, leicht unterkühlte, aber haarige Voralpenland trifft auf die vor Hitze flirrende Negev-Wüste. An der Stirn, aber auch dort wo Shamoutis Hüfte ins Kreuz übergeht, würden kleine Schweißperlen hervortreten – das sind die feuchten Oasen auf ihrer sonst so samtig trockenen, cappuccinofarbenen Haut. Wenn er Shamouti an sich drückt, wird er in den dunklen, langen Locken nach der rotgoldenen Strähne an ihrer linken Schläfe suchen, die ihre Haarpracht wie eine besonders launige und elegante Sonderausstattung der Natur erscheinen lässt.

Sie haben den Kontrast lieben gelernt, den er zu ihr darstellt, und sie zu ihm. In vielfältiger Weise sind die beiden ein Gegenentwurf zueinander: Da sind ihre kontroversen Ansichten, wenn es um kulinarische Themen geht. Dass man nun Schnitzel oder Bolognese vegan essen soll, leuchtet ihr einfach nicht ein. Und ob man mit Hafermilch im Bio Fair Trade Matcha den Klimawandel aufhält oder Kinderarbeit verhindert, bezweifelt Shamouti ebenfalls. Und Magnus hadert mit der kompromisslosen Härte seiner israelischen Geliebten, wenn sie die jüdischen Siedlungen im Westjordanland verteidigt. Da ist anscheinend kein Kompromiss mit dem deutschen Gen Z-ler möglich. Für Magnus und Shamouti sind diese Differenzen jedoch kein Grund, ihre Liebe in Frage zu stellen. Ganz im Gegenteil! Sie sagt dann immer, „Gegensätze ziehen sich an". Er findet diese Betrachtungsweise sehr physikalisch, „wie im Magnetismus" sei das und deshalb „absolut richtig." Mit der Attraktivität des Gegensätzlichen erklärt sich auch die körperliche Anziehungskraft der beiden: Sein schlaksiger Körperbau, der wohlproportioniert, aber wenig spektakulär daherkommt; Shamouti mag die feingliedrigen Hände von Magnus, die immer alle Dinge mit Bedacht anfassen und bei jeder Berührung sehr sensibel mit ihrem Körper korrespondieren; seinen frischen (wie aufgeschnittene Gurke, findet Shamouti) Körpergeruch, der sich auch am Morgen nach einer langen gemeinsamen Nacht angenehm in ihrer Nase niederschlägt; seine helle Haut mit den vielen Sommersprossen, die sich wie bleicher Milchschaum von ihrem warmen Cappuccino-Teint abhebt. Als weitere andersartige Liebesfaszinationen wären da (unvollständige Liste von Magnus) ihr brombeeriger Körperduft und der im Kern muskulöse Shamouti-Body, der mit einer marshmellowweichen (da hat Magnus lange nach einem Vergleich gesucht) Haut überzogen ist. Wenn Shamouti gefragt wird, was ihr an Magnus besonders gefällt, oder was sie an dem Typen überhaupt toll findet – eine Frage, die so oder so von ihrem sehr kritischen israelischen Freundeskreis regelmäßig gestellt wird – sagt sie sehr überzeugend, es seien seine dunkelblonden, kurzen Locken, in denen sie „ewig wühlen könnte". Noch scheint es nicht so weit zu sein. Magnus zelebriert das luststeigernde Zögern. Jetzt noch nicht zu klopfen oder zu klingeln, ist mehr als die vornehme Zurückhaltung eines Genießers. Es ist sein Achtsamkeits-Prinzip, das ihm schon so manchen Moment im Leben versüßte. Sich der Gier nicht zu beugen wie unbeherrschte Lustkonsumenten, sondern kontrolliert abzuwarten, die Vorfreude im Körper flirren zu lassen und sich darauf zu konzentrieren, dass jetzt gleich etwas Epochales bevorsteht, wenn es so weit ist. Die Spinne links von ihm hat nun ihren Abendschmaus beendet und verzieht sich unter einem schützenden Blatt, das sich anscheinend als ihr pflanzliches Heim bewährt hat.

Magnus betrachtet die Mesusa am rechten Türpfosten und glaubt sich zu erinnern, dass man die Schriftkapsel beim Betreten der Wohnung mit der rechten Hand berühren soll – wer dann die Finger zum Mund führt, deutet darüber hinaus einen Kuss an. Könnte er machen, könnte aber auch komplett unglaubwürdig und übertrieben sein für einen Atheisten. Als er seinen rechten Zeigefinger gerade wieder bremst, die Klingel zu drücken, um das luststeigernde Zögern in vollendeter Entspanntheit zu genießen, schießt ihm ein Lichtstrahl ins Gesicht. Shamoutis alte weiße Holz-Haustür springt auf, Magnus ist für einen Moment geblendet, ein lauter, spitzer, länger anhaltender Schrei erreicht sein Trommelfell und ein großer nasser Sack prallt gegen seinen Bauch.

Gerade war er noch im milden Halbdunkel des Sommerabends in seine stillen, abwartenden Wohlfühl-Fantasien vertieft, malte sich die ersten Sekunden des Zusammentreffens in allen wissenschaftserotischen Details aus. Der mindestens 20 Liter fassende Plastikbeutel reißt beim Aufprall an seinem Bauch und der Brust, er schleudert Magnus zurück. Wie in Zeitlupe fliegen verschiedenste Essensreste und Hausabfälle aus dem geborstenen Sack an seinem Kopf vorbei, während er langsam in die Knie sinkt. Eine halbvolle Ravioli-Dose purzelt auf seine Füße, die rote Soße verfärbt die weißen Leinenturnschuhe, mehrere feuchte Kaffeefiltertüten, Bananenschalen und grünes nach vergorener Avocado müffelndes Mus landen auf seinem linken Oberschenkel.

Er knallt mit dem Po auf die Sporttasche und sein Kopf scheuert an der Betonbrüstung von Shamoutis Wohnungsaufgang entlang. Ein Pflanzentopf kippt, Erde verteilt sich auf dem Boden, die Spinne sucht sich ein neues Versteck.

Aus dem schrillen Schrei ist ein völlig entsetzt kreischendes hebräisches HATZILUUU, HILFEEE geworden – die Schreiende hat sich anscheinend im hinteren Teil des Ein Zimmer-Appartements verschanzt und wiederholt den Hilfeschrei noch mehrfach, aber mit abnehmender Lautstärke.

„Ich bins, Shamouti", ruft Magnus nach einigen Schrecksekunden, ob sie ihn höre? „Ich bins", wiederholt er am Boden der Empore liegend in mittlerer Leidenslautstärke.

„Magnus? Was machst DU denn hier?", fragt Shamouti, als sie hinter dem Sofa kniend ein Küchenmesser in der rechten Hand hält und zitternd aufsteht.

Er habe vor der Tür gewartet und wollte gerade klingeln, erklärt er.

„Und ich wollte den Abfall rausbringen", sagt Shamouti, die nun langsam wieder die Fassung erlangt, das Brotmesser auf den Tisch legt und Magnus vom Müll befreit.

Shamouti entfernt mit spitzen Fingern die Reste der feuchten Kaffeefilter von seiner Hose und klaubt die zerrissene Plastiktüte auf, ohne ein Wort zu sagen. Überschwängliche Begrüßungsfreude hat jetzt keinen Platz. Herzliche Umarmung? Nein. Schadensbegrenzung? Ja. Stressbewältigung? Dringend nötig! Magnus spreizt die Arme, betrachtet den Unrat, der sich an ihm und um ihn herum befindet. „Was für eine Sauerei, meine Schuld, ich habe dich wohl zu Tode erschreckt, das tut mir so leid".

„Schau, so viel Kaffee habe ich heute gekocht, weil ständig Besuch da war", sagt sie, als sie die matschigen Tüten entfernt. Und dazu habe sie Bananen-Avocado-Plätzchen gebacken. Die Tomatensoße würden sie aus seinen weißen Chucks auch wieder rausbekommen. Warum er denn nicht angerufen habe, fragt sie vorwurfsvoll. So sei es doch ausgemacht gewesen, sie habe schon mehrfach versucht, ihn zu erreichen. Sie habe schon befürchtet, er hätte es sich anders überlegt. Starnberger See statt Dado Beach, oder so?

Was das denn heißen soll, fragt Magnus leicht empört, aber auch ermattet durch den Schrecken und die ereignisreiche Anreise. Er habe vom Flughafen aus angerufen, aber da sei ihr Anschluss besetzt gewesen und im Taxi habe er auch versucht, sie zu erreichen – ohne Erfolg. Dann habe er sich für die Überraschungs-Variante entschieden. Außerdem sei das eine sehr anstrengende Fahrt gewesen, mit einer ganz heißen Diskussion. Passe es ihr denn nicht, solle er umkehren, wieder zurückfliegen?

Das ist natürlich ein ebenso zorniger wie absurder Vorschlag für ein Liebespaar, das sich nach einem Jahr Trennung endlich wieder in die Arme fallen könnte.

Damals, vor einem Jahr, bei Shamoutis Besuch, wollte Magnus seiner israelischen Urlaubs-Bekanntschaft seine Wohnung, München, Bayern und am liebsten seine ganze Welt von der besten Seite zeigen. In der Woche nach dem einschneidenden Mein-Kampf-Kaffee-Guglhupf-Besuch bei seinen Eltern wollte Shamouti unbedingt einmal viel Schnee erleben, das stand ganz oben auf ihrer Bayern-Wunschliste. Deshalb beschlossen die beiden, mit dem Zug nach Garmisch-Partenkirchen zu fahren.

Anfang September 2022, Garmisch-Partenkirchen

Dort angekommen, steigen sie in die Zugspitz-Seilbahn und erreichen nach zehn Minuten Fahrt in der verglasten Kabine auf Deutschlands höchstem Berg das Gipfelrestaurant „Panorama 2962“. Umzingelt von einigen perfekt ausgerüsteten Bergsteigern und Horden von internationalen Hochgebirgs-Novizen in hochgebirgsuntauglichen Turnschuhen, rutschen auch Shamouti und Magnus ein bisschen über die Reste des dahinschmelzenden Gletschers, bewerfen sich mit Schneebällen und trinken dann einen Glühwein im Gipfelrestaurant. Und Shamouti beginnt auch hier, ihre Eindrücke niederzuschreiben. Seit dem Besuch bei Magnus´ Eltern und dem irritierenden „Mein Kampf“-Kaffeekränzchen zieht sie sich gelegentlich für einige Minuten zurück. Sie hat den Moleskine-Kalender – ein Geschenk ihres Vaters – immer zur Hand und darin notiert sie ihre Eindrücke in kurzen Stakkato-Sätzen: „Montags Fahrt mit Zug und Seilbahn zur Zugspitze, 2962 Meter hoch. Nur wenig bräunlich verfärbter Schnee auf dem Gletscher.“ Sie kritzelt allerlei Symbole und kleine Zeichnungen auf die Seiten oder garniert ihre Aufzeichnungen mit Fundstücken, die sich in den Kalender einlegen lassen: So klebt sie beispielsweise die Sonderbriefmarke der Bundespost zum Thema „Vielfalt in Deutschland“ in ihren Kalender oder den Aufkleber einer Flasche „Weihenstephaner Hell“ – Bier aus der ältesten Brauerei der Welt.

Im Gipfelrestaurant liegen mehrere Werbebroschüren für die Zugspitzgegend aus und Shamouti beginnt, darin zu lesen. Sie reißt einige Seiten heraus und legt auch sie gefaltet in ihren Kalender. Magnus besucht einstweilen Deutschlands höchstgelegene Toilette. Als er mit einem Becher Limo zurückkommt, sieht er, dass seine Freundin mit Einträgen in den Kalender beschäftigt ist und macht ihr einen Vorschlag für ihr „Tagebuch“: „Sämtliche Ver- und Entsorgungsprobleme auf Deutschlands höchstgelegener Toilette gelöst“, sagt er. Shamouti findet den Textvorschlag nicht besonders kreativ und lächelt nur still, anstatt sein Ver- und Entsorgungsthema zu notieren.

Sie vertieft sich in die mehrsprachigen Versionen der Werbeblättchen des Fremdenverkehrsamtes Garmisch-Partenkirchen. Diese Flyer gibt es auf Englisch, Französisch, Ungarisch... aber auch Russisch und Arabisch. Shamouti lernte in der Schule auch die Sprache der Nachbarländer Israels. Und so blättert sie sprachkundig in der arabischen Zugspitzwerbung hin und her, dann fragt sie, warum in dieser Ausgabe Deutschlands höchster Berg ohne das goldene Gipfelkreuz abgebildet sei. „Das kann nicht sein", meint Magnus, „das wäre ja wie Paris ohne Eifelturm, Rom ohne Colosseum oder Jerusalem ohne Klagemauer. Vielleicht sei es ein Fehldruck, ist seine sinnvoll erscheinende Erklärung. Shamouti wundert sich über die gefällige Argumentation, da Magnus meist dazu neigt, seine Meinung mit Zahlen zu untermauern.

„Sag mal Magnus, wie groß glaubst du, ist die Wahrscheinlichkeit, dass bei einer Broschüre mit 15 Fotos, die in 12 Sprachen übersetzt wurde, nur in der arabischen Ausgabe das Gipfelkreuz auf der ersten Seite irrtümlicherweise nicht abgebildet ist?" Shamouti glänzt mit einer für eine Kunststudentin erstaunlich präzisen Rechnung: 1 zu 180 – so groß sei die Wahrscheinlichkeit – da müsse er doch zugeben, dass es naiv sei, anzunehmen, dass so etwas reiner Zufall sein könne. Das sehe doch vielmehr nach einem opportunistischen Entgegenkommen für die arabischen Gäste aus. Der Marketingchef habe einfach das Kreuz eliminiert! Rege sich darüber niemand auf? Das müsse doch jedem auffallen, der hier in den Prospekten herumwühlt.

Magnus wirft nun noch einmal einen Blick in Richtung Zugspitzgipfel.

Er halte es für durchaus möglich, sagt er zu Shamouti, dass es aus Sicht des Marketingchefs sinnvoll sein könnte, eine arabische Broschüre optimal für das Publikum zuzuschneiden. Sicherlich habe er dazu eine repräsentative Umfrage in der Zielgruppe gemacht und da sei dann vielleicht herausgekommen, dass es besser wäre, eine Gipfelperspektive ohne Kreuz zu wählen oder das Foto zu retuschieren, weil die arabische Zielgruppe christliche Symbole nicht so gern sieht.

Aber dass man dazu das Kreuz entfernt, mutmaßt Shamouti, sei doch eine aberwitzige Idee. Dann sollte man, macht sie sich lustig, wegen der arabischen Gäste konsequenterweise in jedem bayerischen Dorf den Kirchturm verhüllen und die Glockentürme mit Schallschutz ummanteln.

„Stelle es dir doch umgekehrt vor", vergleicht Shamouti, „wenn deutsche Touristen zum Tauchurlaub nach Ägypten oder nach Dubai zum Shoppen fliegen. Die Touristikchefs in diesen Ländern würden doch niemals auf die Idee kommen, dem Muezzin den Strom abzudrehen oder Postkarten mit Moscheen aus dem Andenkenläden zu verbannen, nur weil vielleicht einige fundamental-christliche Touristen keine moslemischen Motive mögen".

Der Unterschied sei, will Magnus nun Shamouti belehren, dass deutsche Touristen kein Problem mit moslemischen Ikonen hätten, die arabischen Gäste mit christlichen Motiven offenbar schon. „Wir würden darauf aber Rücksicht nehmen", glaubt er mit voller Überzeugung, das gebiete die hiesige Toleranz.

„Gut, dann mache ich dir das jetzt noch einmal auf einem Blatt Papier deutlich", entgegnet Shamouti, und wenn er es dann Schwarz auf Weiß sehe, verstehe er vielleicht besser, warum ihr jedes Verständnis für diese Einstellung fehle. Wenn sie es sich genau überlege, kriege sie hier richtig „Puls" oder einen „dicken Hals". Dabei erhebt sie ihre Stimme und legt beide Handflächen an ihren Hals, um anzudeuten, dass ihre Herzfrequenz, der Puls und der Blutdruck nun bedenklich ansteigen. Magnus registriert die Zeichen der Eskalation und macht die geringe Sauerstoffsättigung der Höhenluft für Shamoutis Aufgeregtheit verantwortlich. Sie zeichnet auf der letzten Seite des arabischen Flyers mit einigen Strichen und Begriffen die Argumentationskette von Magnus auf: Die Zugspitze ohne Kreuz betitelt sie als Berg der Toleranten, der von Intoleranten besucht wird. Und eine symbolisierte Moschee bezeichnet sie als Gebetshaus der Intoleranten, das von Toleranten besucht würde. „Ihr nehmt Rücksicht auf die Vorbehalte der anderen, wisst aber, dass denen eure Vorbehalte – so ihr welche hättet – völlig gleichgültig wären. Aber ihr habt noch nicht einmal Vorbehalte gegen diese feindliche Einstellung." Toleranz, das klinge so würdevoll, großherzig. Das sei es auch, wenn es auf gegenseitiger Wertschätzung beruhe. Magnus und seine Weltverbesserer seien aber tolerant zu Intoleranten. In zwischenmenschlichen Beziehungen sei das naiv. Zwischen Religionen, Ethnien oder Ländern sei diese Nicht-Haltung einfach nur dämlich. Eine Kultur mit diesem Prinzip wäre mit Garantie dem Untergang geweiht. Ob Magnus sich vorstellen könne, dass Mercedes seine Autos für Israel mit einem Davidstern auf der Kühlerhaube ausrüsten würde oder mit einem Halbmond für die türkische Kundschaft, wenn sie damit den Absatz der Fahrzeuge steigern könnten? Sei das Corporate Germany? Das solle sie den Marketingabteilungen der Made-in-Germany-Hersteller einmal ins Ohr flüstern, schlägt Magnus amüsiert vor. Jenseits seiner Halbmond-Mercedesstern-Heiterkeit fühlt sich Magnus wieder einmal bestätigt in seiner Religions-Resignation. Die Vorstellung von glaubensadäquaten Produktideen scheinen Shamouti jedoch spontan zu inspirieren, denn während der Talfahrt von der Zugspitze füllt sie Seite um Seite ihres Moleskine-Kalenders.

Shamouti hatte vor dem Guglhpf-Mein-Kampf-Vorfall schon einige Male ihr Unverständnis über deutsche Gepflogenheiten und das Selbstbild hierzulande geäußert. So erzählte sie tags zuvor einer Freundin am Telefon, dass die Deutschen schon ein merkwürdiger, woker Haufen seien: engagierte Weltverbesserer, karrieregeile Babyboomer mit überbehüteten Kindern, die freitags die Schule schwänzen und sich demonstrativ auf dem Straßenasphalt festkleben, zuverlässige Handwerker, promovierte Taxifahrer, gemütliche Alt-Hippies, als angebliche Opfer des Politik-Mainstreams getarnte antisemitische Rechtspopulisten, missionarische Fundamental-Esoteriker oder weltkriegsgeschädigte Senioren. Auffällig sei darüber hinaus, dass die Deutschen seit einiger Zeit am mangelnden Perfektionismus verzweifelten. Denn vieles klappe nicht, wie etwa die Bahn, die ständig ausfalle oder verspätet sei. Und groß angelegte Projekte wie der Hauptstadtflughafen werden durch jahrelange Verzögerungen und Kostenexplosionen zur Lachnummer, während andere Länder solche Sachen easy-peasy hinbekommen. Man befürchte, so stelle sich die Stimmung dar, einen Bedeutungs- und Wohlstandsverlust. Die Studenten, die sie kennenlernte, seien halt auch nur typische „Almans" (Deutsche im Gen Z-Slang), sie bemerkten, dass die Pandemie und Kriege sie aus ihrer Sorgenfrei-Gegenwart reißen, trotzdem wollen Almans nicht auf Spaß verzichten, sondern weiter „auf die Kacke hauen". Magnus, als typischer „Alman", lauschte dieser Zusammenfassung mit Interesse. Sein Weltbild und chronisch positives Lebensgefühl brachte jedoch weder diese Alman-Verallgemeinerung, die soziologische Schmähliste, die drohende Verarmung seiner Heimat noch das fehlende Gipfelkreuz zum Einsturz.

Als er seine Freundin in der Zugspitzgondel beobachtet, wie sie Seite um Seite ihr Notizbuch vollkritzelt, befeuert die Idee, Produkte religiös oder ideologisch anzupassen nun auch seine Fantasie. Im Garmischer Bahnhofskiosk kauft das Liebespaar Marmeladenkrapfen, zwei Becher Kaffee und zwei Fläschchen Jägermeister, die Shamouti so gut gefallen. Das Kräuterlikörgebräu in den „wunderschönen grünen Fläschchen", wie Shamouti immer mehrfach wiederholte, schmeckt ihr nicht wirklich, hat aber eine erstaunliche Bewusstseinserweiterung zur Folge. Auf der Rückfahrt mit dem Regionalzug von Garmisch nach München kreieren die zwei noch mehr moralisch oder religiös optimierte Produkte und Dienstleistungen.

Von den alpinen Erlebnissen erschöpft und dem Jägermeister erheitert, gelingt es nur teilweise, die politische Unkorrektheit der Ideen vor den anderen Fahrgästen zu verbergen: So werden unter dem Eindruck des Kräuterlikör-Rauschs Religionsabstreifer für den Hauseingang von Atheisten erfunden, Beichtrucksäcke mit schweren Gewichten für katholische Pilger, Gebetsteppiche mit integriertem – nach Mekka ausgerichtetem – Kompass, Reichtumsvernichtungsapparate für Buddhisten und eine Gen Z-me-App, die altbackenes Babyboomer-Sprech in zeitgemäße geschlechtergerechte Sprache umwandelt und mit ausreichend Generation Z-Slang würzt. „Dank KI geht das in Sekundenbruchteilen wie eine Simultanübersetzung", brabbelt Magnus, während er einen Marmeladenkrapfen verschlingt. Die kreativsten Einfälle schreiben sie auf, es entsteht eine Shortlist möglicher Produktideen. Transparente Burkinis, koschere Christbaumkugeln und Witzesammlungen mit Lach-Garantie für japanische Informatikstudenten schaffen es hingegen nicht in die Endrunde der besten Ideen. Und von einer Petition zur Einführung geschlechtergerechter Familiennamen nehmen sie vorerst Abstand. Obwohl Schuhmacher*in, Müller_in sowie die radikalen Anpassungen von Zimmermann in Zimmer*mensch oder Hauptmann in Haupt:mensch schon sehr #LOL-zeitgemäß wären.

Gegen halb acht Uhr abends öffnet Magnus die Tür seiner kleinen Zweizimmer-Dachwohnung in der Ruffinistraße in München Neuhausen. Links am Eingang liegt das Telefon mit dem Anrufbeantworter auf dem Hocker und blinkt. Er wohnt zwar schon fast zwei Jahre in dem 45 qm-Appartement, aber für dekorative Einrichtungsdetails fand der Chemiestudent noch keine Zeit. Und Magnus hat auch nicht den Anspruch, seine Wohnung hübscher als ein Chemielabor einzurichten. Deshalb liegt das Telefon einfach auf dem Hocker, wie am ersten Tag des Einzugs, das hat sich als praktisch erwiesen. Er bückt sich und drückt den blinkenden Antwortknopf des Anrufbeantworters. In hebräischer Sprache ist darauf eine Männerstimme zu hören, die eine Nachricht, offenbar für Shamouti auf Band hinterließ.

„Oh, mein Vater", sagt sie überrascht. Ob er das noch einmal zurückspulen könne?

Magnus drückt die Rückspultaste und sie hören noch einmal zusammen die ganze Nachricht von Shamoutis Vater an.

„Er sagt, er hätte nächste Woche einen Termin in Italien und kommt Sonntagabend in München an, dann will er mich besuchen und er fragt, ob er hier übernachten könnte?"

„Von mir aus gern, kein Problem", sagt Magnus.

Ob er noch alle Tassen im Schrank habe? Der Besuch sei ein Problem, ein sehr großes sogar, klärt ihn Shamouti auf: „Denn mein Vater, Ariel Seybowicz aus Herzlia, Israel weiß zwar, dass ich hier in München einen Freund besuche, der – so habe ich nur ein bisschen gelogen – in einer Wohngemeinschaft mit Sarah Sylberstein wohnt". Aber er wüsste natürlich nicht, dass Magnus kein Jude sei. Sie habe ihrem Vater von ihrem Freund in Deutschland erzählt, aber er ginge selbstverständlich davon aus, dass sie sich nicht mit einem Goy einlasse. Er würde das nicht verstehen, er komme auch nur auf der Durchreise nach Deutschland, um in Florenz und Mailand Geschäfte zu machen, weil er Stoffeinkäufer für ein israelisch-amerikanisches Jeanslabel sei. Aber er kenne privat kaum Deutsche, das interessiere ihn einfach nicht.

Am besten solle Shamouti ihn vom Flughafen abholen, um dann in der Innenstadt mit ihm Essen zu gehen, schlägt Magnus vor. So einfach kämen sie nicht aus der Nummer heraus, sagt Shamouti mit einem ersten Anflug von Hysterie. Ariel Seybowicz sei ein spitzfindiger Typ mit latentem Misstrauen. Er wolle mit Sicherheit wissen, wo sie hier wohne, bei wem und warum. Dass er herumschnüffelt, um herauszubekommen, was das für eine neue Bekanntschaft sei, was ihre neuen Freundinnen und Freunde so denken, was sie umtreibt, damit müsse man rechnen. Kurzum: Es bleibe ihnen nichts Anderes übrig, sie müssten seine Wohnung umgestalten. Magnus Zweizimmerwohnung müsse aussehen wie eine typische Studenten- oder Wohngemeinschaftswohnung von Juden! Die virtuelle Mitbewohnerin Sarah Sylberstein würden sie einfach in den Urlaub schicken oder am besten ins Auslandssemester nach Frankreich, Holland, Belgien oder so. Dadurch sei Sarahs Bett frei, für sie selbst, folgert Shamouti. Und Magnus müsse da mitspielen, sonst sei ihre Beziehung garantiert am Ende. Ihr Vater würde ihnen das Leben zur Hölle machen, wenn er herausbekomme, dass sie mit einem Nichtjuden zusammen sei und ihn angelogen habe. Strenggenommen habe sie ihn nicht angelogen, aber sein Unwissen und sein Desinteresse an den wichtigen Details ihres Lebens habe sie ausgenutzt. Ihr Vater wäre anfangs wohl davon ausgegangen, Shamouti treffe hier in München Sarah Sylberstein. Deshalb habe er nicht mehr nachgefragt. Erst als er von ihrer Mutter erfuhr, dass Shamouti hier einen Typen besuche, angeblich den Bruder von Sarah Sylberstein, horchte er kurz auf. Der Bruder, davon könne man ausgehen, sei natürlich auch Jude – was solls? Er habe dann lediglich wissen wollen, ob die Sylbersteins auch wirklich Aschkenasim sind. Der Name klinge halt eher nach Deutschland oder Polen, nicht nach Nordafrika oder so. Die Herkunft spiele immer noch eine große Rolle in Israel. Ihre Mutter Amélie Seybowicz habe dann nur kurz überlegt und ihrem unterschwellig besorgten Ehegatten scherzhaft verraten, dass blonde Haare meistens ein hochgradiger Beweis für Aschkenasim-Erbanlagen seien. Ihr Papa habe dann nicht weiter nachgefragt. Er gehe also davon aus, dass er sich keine Sorgen machen müsse, dass ihr Freund ein unbedenklicher Aschkenasi mit blonden Strubbelhaaren sei. Dies habe nun allerdings die unangenehme Folge, dass er ganz selbstverständlich am Sonntag hier aufkreuzt. Sie haben nun also drei Tage Zeit, um die Wohnung umzugestalten.

Sie sollten gleich anfangen, schlägt Shamouti vor, „wir versetzen uns in die Lage eines grundsätzlich skeptischen Tochter-Vaters. Lass´ uns die Wohnung ganz kritisch mit seinen Augen betrachten." Ariel Seybowicz komme durch die Tür, da müsse rechts eine Mesusa an den Türrahmen, so eine kleine Rollenhalterung, die ihre Wohnung vor Unheil bewahrt, sonst sei das keine jüdische Wohnung. Shamouti beginnt, mit Bleistift und Block eine längere To-do-Liste zu erstellen.

Was sie mit dem Namensschild machen sollen, fragt Magnus. Da müsste natürlich Sylberstein hin, wegen seiner Schwester. Er habe jetzt eine Schwester? Magnus nimmt den Geschwisterzugewinn amüsiert, aber kommentarlos zur Kenntnis. Im Gesamtpaket der anstehenden Änderungen erzeugt die Vorstellung eines Schwester-Geschenks ein familiäres Wohlgefühl. Hatte sich das Einzelkind Magnus nicht schon immer eine kleine Schwester gewünscht? Oder lieber eine große?

Beerfeld als Familienname wäre eigentlich gar nicht übel, meint Shamouti, aber Magnus ginge eher nicht – obwohl es ja offenbar Christinnen gebe, die Judith hießen. Ein Jude, der Magnus heißt, sei sehr ungewöhnlich, das sollten sie ihrem Vater nicht auftischen. Magnus, Weihnachten, Ostern, die Taufe, Schweinebraten und so – das sollte er jetzt alles ganz schnell vergessen. Er könne jetzt wählen zwischen vielen typisch jüdischen Vornamen: Aaron, Adam, Ari, Ariel, Ben oder Yossi oder so.Die häufigsten Jungsnamen, zählt Shamouti auf, seien Moshe, Yaakov, Abraham, David, Shlomo, Ytzhak und Samuel.

Magnus versucht während der Namensaufzählung, mit dem Schraubenzieher das Namensschild M. Beerfeld zu entfernen. Er bemerkt, dass die Schrauben festsitzen und sich das Schild offensichtlich durch die klebende Firniss der Tür nicht einfach entfernen lässt. Magnus sagt, das Schild klebe fest, er könne es nicht einfach so abschrauben. Es sei der Lack, mit dem die Tür unlängst versiegelt wurde. Das sei sicherlich ein Lack auf Kunstharzbasis – das würde er nicht wegkriegen, ohne das Türschild und die Tür zu zerstören. Die ganze Tür austauschen, das müsse sie verstehen, sei keine Option.

Shamouti lauscht den Ausführungen des Klebstoffexperten und betrachtet die Buchstaben-Kombination: M. Beerfeld. „Dann machen wir eben einen jüdischen M aus dir. M wie Moshe", schlägt sie vor. Moshe, das sei ein sehr beliebter Name für schlaue Jungs und die hebräische Aussprache von Moses. Wie ihm sein neuer Name gefalle?

„Moshe Beerfeld? Das soll ich sein? Er kenne keinen Deutschen, beklagt sich Magnus, der Moshe heißt. Er könne es kaum aussprechen.

„Das schaffst du schon", beruhigt Shamouti ihren Moshe-Magnus. Bleibt nun die Sylberstein-Beerfeld-Problematik. Um das Austauschen der Eichenholztür zu umgehen, schlägt Shamouti pragmatisch vor: „Deine Schwester Sarah hat den Mädchennamen der Mutter als Künstlernamen übernommen, weil sie als Querflöten-Solistin durchstarten will, der Vater wollte aber, dass eine Medizinerin aus ihr wird. Aus Protest hat sie dann den mütterlichen Namen Sylberstein angenommen, und muss nun nicht als Sarah Beerfeld Karriere machen". Ob er sich das alles merken könne?

Durch die komplizierte Faktenlage ist das kurzzeitige Wohlgefühl des Familienzuwachses, eine Fake-Schwester zu haben, schon wieder verflogen. Er mache sich Notizen, sagt Magnus, dann könnten sie alle Zahlen, Daten und Geschichten am Abend rekapitulieren.

Dann solle er mal schön weiterschreiben, gibt Shamouti mit ihrem natürlichen Führungsinstinkt eine sehr präzise Instruktion. Es gehe nun um seine Mutter!

Er könne doch einfach behaupten, eine jüdische Mutter zu haben, das reiche doch, will Magnus einen simplen Vorschlag platzieren.

Da sein Vater keine Religionszugehörigkeit habe und sie als säkulare Bürger nur sehr selten die Synagoge besuchten und so, fabuliert er, sei das doch eine sehr multi-kultige Erklärung. Das sei womöglich glaubwürdiger als eine blitzsaubere, aber frei erfundene jüdische Familiengeschichte. Logisch wäre es dann auch, dass er sich nicht so auskenne mit all den jüdischen Traditionen, Begriffen und Festen. Wie solle seine Mutter denn heißen?

So einfach, wie er sich seine Familiensaga hindeichseln wolle, gehe das nicht, erklärt Shamouti, während sie Moshe-Magnus ins Wohnzimmer begleitet. Sie spürt, wie sich ihr Freund sträubt, ihr religiöses Konvertierungs-Konstrukt in all seinen bizarren Details zu schlucken. „Wir brauchen passende Namen", macht sie deutlich, „und eine historisch wasserdichte Geschichte". Für seine Mutter sollten sie auch etwas Klassisches wählen, Judith, Esther oder Lea vielleicht?, zählt Shamouti auf, als sie sich in den Ikea-Schwingsessel fallen lässt, das Wohnzimmer und die offene Küche inspiziert. Und er sollte schlüssig erklären können, woher sie stamme, wann sie geboren wurde und einige Anekdoten parat haben.

„Meine Mutter heißt Lieselotte und ist Jahrgang 1967 in Berlin geboren", sagt Magnus.

Das gehe gar nicht, denn 1967 hätte es dort sicherlich nur sehr wenige jüdische Frauen gegeben. Das führe nur zu unangenehmen Fragen. Sie müssten eine einfache, aber plausible Lösung finden. Ein kleines Dorf in der Schweiz wäre unbedenklich und da sich ihr Vater in der Schweiz überhaupt nicht auskennt, dürfte es auch keine komplizierten Nachfragen auslösen.

„Wir schauen mal schnell im Atlas nach", sagt Shamouti. Sie holt den Dierke-Schulatlas als dem Buchregal von Magnus und blättert in der braun eingebundenen Kartensammlung herum, bis sie laut und begeistert „Heiligenschwendi" ruft. „Heiligenschwendi, schau, hier - was für ein schöner Name für eine Stadt oder ein Dorf." Ihr Zeigefinger kreist im Berner Oberland. Heiligenschwendi sei ein kleines Dorf oberhalb des Thunersees, südlich von Bern. Sie würden aus seiner Mutter Lieselotte eine Lea Sylberstein aus dem süßen Dorf Heiligenschwendi machen. Der Name allein klinge schon wie ein übernatürlicher dorfgewordener Schutzengel für versprengte Juden. „In Heiligenschwendi war man vor den Nazis sicher, ganz bestimmt", fasst Shamouti ihre Ruckzuck-Recherche zusammen. Für seinen Vater werde sich ihr Papa wohl nicht interessieren. Die Väter seien nicht so wichtig, da würde er wohl kaum nachfragen. „Aber unter keinen Umstanden sollten die Gespräche am Nachmittag die Shoa streifen", gibt Shamouti die rigide Gesprächsstrategie vor. Da solle Magnus am besten raus, auf die Toilette, in den Keller oder sonst wohin und sie würde „radikal das Thema wechseln".

Moshe-Magnus wäre mit jedweden Holocaust-Details komplett überfordert, er notiert sich aber auf seinem Merkzettel die wichtigsten Verästelungen und leibhaftigen Früchte seines erfundenen Familienstammbaums.

Nun erreicht Shamoutis prüfender Blick die Wohnküche mit dem Esstisch, die Einbauschränke, die Spüle, den Herd, das Ikea-Sofa. Es sehe einfach wahnsinnig deutsch aus bei ihm, sagt sie. So minimalistisch würden junge Israelis ihre WG-Wohnung sicherlich nicht einrichten. Woran das liege, will Magnus wissen. Man sehe, dass er zwar noch nicht viel Zeit in die Verschönerung investiert habe, aber für jedes Problem in der Wohnung hätte er eine simple Lösung gefunden. Magnus sei der fleischgewordene Funktionalismus, was der Betroffene keineswegs als Kulturkritik versteht, oder persönliche Beleidigung auffasst, sondern als zartes Kompliment verbucht. Die Musikanlage stehe auf dem Regal, darunter seien die schon etwas angestaubten CDs alphabetisch geordnet, sein Schreibtisch sei geradezu penibel sauber, die Messer alle an der richtigen Stelle im Holzblock, in jedem Raum hänge ein Bild an der Wand, das zu ihm passe, alle in dem gleichen, schlichten 90 x 60 cm Metallrahmen. Das La La Land-Filmplakat, das Periodensystem der Elemente als Wanddeko und das aktuelle Taylor Swift-Konzertplakat über dem Bettchen – genau so sei er eben. Nichts liege sinnlos herum, nichts sei improvisiert. Diese deutsche DIN-Norm-Ordnung mache sie ganz nervös, räumt der Kreativgeist aus Israel ein. Sie müssten daraus jetzt ganz flott eine typisch jüdische Improvisationswunder-Wohnung machen! Dabei dürfe sein Etablissement an einigen Ecken durchaus schmuddelig wirken, Magnus sei ja schließlich ein vielbeschäftigter Jungwissenschaftler.

Einige alte Zeitungen und Zeitschriften solle er auf dem Boden neben dem Sofa stapeln, auf seinem Schreibtisch müssten Bücher, Arbeitsunterlagen vom Studium liegen und am besten schraube er seinen PC auf einer Seite auf und lege noch eine Platine, Schrauben und Mikrochips daneben – dann sehe es nach dem Arbeitsplatz eines Vollblut-Nerds aus. Seine Kochecke sollte nicht wie eine antiseptische Siemens-Großküche im Bonsaiformat wirken. Da werde sie verschiedene koschere Kochbücher hinlegen, dazu einen Zettelkasten mit Rezepten von seiner Mutter Lea. „Ja, L E A, nicht Liselotte!", versucht sie ihm einzubläuen. Mit ein paar leeren Bier- oder Weinflaschen und Zigarettenboxen wirke die Wohnung auch nicht so brav, als seien sie bei den Zeugen Jehovas zuhause. Und hier neben dem Sofa müsse eine total überfüllte Pinnwand hin, das sehe dann nach perfekt organisiertem Chaos aus. Ob er eigentlich einen Spleen habe, eine verrückte Sammel-Leidenschaft, eine schroffe Besessenheit oder eine ungewöhnliche Sucht – die sie noch nicht kenne? Sie wisse einiges über ihn, habe Facetten seines wissenschaftlichen Perfektionismus auch zu lieben gelernt, aber eine Prise Verwegenheit, Verschrobenheit und Unberechenbarkeit würde ihr schon gefallen. Das verliehe ihm mehr Profil und es könnte auch unverfängliche Gesprächsthemen für die Konversation mit ihrem Vater liefern.

Magnus musste nicht lange überlegen, um Shamouti eines seiner Lieblingsthemen als mögliche Leidenschaft, Besessenheit, Verschrobenheit und Profilierungsmöglichkeit zu beschreiben. Was ihn schon lange beschäftige seien alle Formen von Esoterik. Aber nicht etwa als Anwender, Fan oder Befürworter, wie sie sich vorstellen könne, sondern als energischer Kritiker. Das böte doch sprichwörtlich und sinnbildlich Unberechenbarkeit in jeder erdenklichen Form und Ausprägung.

Seit vielen Jahren sammelt Magnus wissenschaftliche Bücher und Studien, die sich beispielsweise mit der Auraanalyse zur Bestimmung verschiedenster körperlicher und seelischer Leiden oder der Pyramidentherapie zu deren garantierter Spontan-Heilung befassen. Da er auch regelmäßig Esoterikmessen besucht, besitzt er bereits ein Arsenal verschiedenster Pseudo-Geräte, Gebrauchsanweisungen und sogar Plakate von diesen Veranstaltungen und bunkert sie im Keller.

Aus dem untersten Fach seines Schlafzimmerschranks holt er einen schreibmaschinengroßen Kasten mit Stromanschluss, um Shamouti dessen Funktion zu erklären. Er habe das Gerät für 35 Euro auf dem Flohmarkt gekauft. Was dieser Biopulsar-Reflexograph tatsächlich misst, ist und bleibt rätselhaft, obwohl er ihn in alle Bestandteile zerlegt und dann wieder zusammengebaut hat. Man müsse ihn nur hier anschalten, dann beginne das Lämpchen an der Front geisterhaft zu flackern und der Proband könne dann die Hand auf die Goldnippel legen, führt Magnus vor. In der Gebrauchsanweisung stehe, das Gerät liefere die „präzise Darstellung der dynamischen Organenergetik" – was auch immer damit gemeint sei. Mit steigender Begeisterung schildert Magnus seiner Freundin die Geheimnislosigkeit des Biopulsar-Reflexographen: Nachdem man die Hand auf die goldenen Nippel gelegt hat, spuckt der Zauberapparat Sekunden später bis zu 45 bunte Grafiken, sogenannte Elektro-Chirogramme, aus: hochwissenschaftlich anmutende Zustandsberichte aus allen Organen seien das – vom Kleinhirn, Großhirn, Herz, Dünndarm bis zu den Füßen. Von Fußpilz, Gallensteinwarnung über Libidoverlust und Osteoporose-Risiko bis zum Burn-out und einer Vaterwunden-Anamnese – mit dieser Wundermaschine könne man fast alle Beschwerden bestimmen, verspreche der Hersteller „Magic Aura" aus Neuendettelsau. Und hier, Magnus deutet auf den kleinen Bildschirm, bekomme man passende Therapieempfehlungen. Diese seien natürlich frei und unbelastet von den Gefahren und Risiken der klassischen Medizin. Dafür seien alle Heilrezepte, versichert der Hersteller, „auf dem neuesten Stand der Quantensynthese", was einer hundertprozentigen Esoterikgarantie entspräche, macht sich Magnus über die Apparatur lustig. Auf den Esoterikmessen könne man damit leicht 1000 Euro in der Stunde verdienen. Der Apparat eigne sich aber auch um die spirituelle Energie von Beziehungen zu testen. Ob Shamouti Lust hätte, den Biopulsar-Reflexograph auszuprobieren?

„Du spinnst, Magnus", entrüstet sich Shamouti. Sie müssten seine Wohnung komplett umdekorieren, für solche Spielereien sei keine Zeit.

Dieses profunde übersinnlichkeits-kritische Faible kannte Shamouti noch nicht. Das bislang geheim gehaltene Spezialwissen ihres Freundes prüft sie nun flugs auf dessen Nützlichkeit. Esoterik-Know-how war nicht die Verrücktheit und Verwegenheit, die sie sich persönlich von Magnus wünschte. Es ist eine weitere bizarre Facette seiner wissenschaftlichen Weltanschauung. Auf Konfrontationskurs mit der Spiritualität, einer Art Antiwelt, zu gehen, das sei ein fast kriegerischer Ansatz des überzeugten Pazifisten Magnus B. Knallharte Esoterik-Bekämpfung als Gesprächsthema beim Besuch ihres Vaters? Könnte funktionieren! Shamouti befiehlt Magnus im Ton einer Brigadegeneralin, er solle alle Bücher, Plakate und Studien, die er habe, offen in der Wohnung verteilen, „auch auf der Toilette, und zwar sofort!" Einige der Gerätschaften solle er aufs Fensterbrett stellen, neben den 1000ml-Erlenmeyerkolben, der als Vase dient für eine auf dem Oktoberfest 2015 geschossene Plastikrose, fügte sie an als zarte innenarchitektonische Kritik.

Er findet die Idee, verschiedene goldene Heilpyramiden, das Auraspektrometer oder eine Sammlung tibetischer Klangschalen auf den Fensterbänken zu drapieren, total verrückt. Aber Shamouti ist sich so sicher, dass diese esoterischen Mosaiksteinchen zur Abrundung seiner jüdischen Scheinpersönlichkeit nötig seien. Magnus widerspricht ihr nicht und holt das spirituelle Spielzeug aus dem Keller. Wie ein Kurator platziert er die Exponate, die wissenschaftlichen Streitschriften, Esoterik-Kritik-Bücher und Heiler-Maschinen in der Wohnung.

Besonders stolz ist er auf „Die spirituelle Wurstzipfel-Weisheit", ein auf Esoterikmessen meistens vergriffenes Buch von Fridolin Meyer, einem mysteriösen Wunderheiler aus dem Frankenwald. Er behauptet, aus der Gestalt von abgebissenen Wurstzipfeln die Zukunft seiner Kundschaft vorhersagen zu können. So ein Happening eigne sich, um die Reste eines morgendlichen Frühschoppens (Weißwurst), eines Mittagessens (Wurstsalat) oder eines zielgruppengerechten Abendessens (Bratwurst) zu nutzen. Die dabei übriggebliebenen Wurstzipfel ließen sich dann anhand Meyers spiritueller Lehre für Weissagungen nutzen, erzählt Magnus beiläufig, als er durch das Werk blättert. Das klinge spektakulär, sei sicherlich eine kalorienreiche Session, auch Geschmackssache, aber zweifellos eine einzigartige seherische Dienstleistung auf der Welt und auch entsprechend kostspielig: Das Buch mit einem Umfang von lediglich 48 Seiten koste 69 Euro. Für eine exklusive, halbstündige Wurstzipfel-Wahrsagung verlange Fridolin Meyer angeblich mindestens 100 Euro pro Person, Hausbesuche mache er nach individueller Vereinbarung. Natürlich plane Meyer auch ein Wurstzipfel-Mekka im Frankenwald mit Encounter-Gruppen-Workshops und Analyse-Crashkursen für alle Wurstsorten und Lebenslagen. Shamouti fehlen die Worte. Eine solche Menge Stuss, sagt sie beiläufig, während sie beflissen die Küchenutensilien von Magnus prüft, habe sie noch nie zuvor in so kurzer Zeit verarbeiten müssen.

Das Wurstzipfel-Buch positioniert Magnus sehr augenfällig auf einem Zeitungsstapel im Bad. Shamouti hat dort auch ein Exemplar der „Jüdischen Allgemeinen" leicht zerfleddert neben den Toilettensitz gelegt. Nun liegt die Wurstzipfel-Weisheit obenauf.

„Wir müssen natürlich auch einige unaufdringliche Initiale setzen, die deine Religiosität en passant ins Bewusstsein meines Vaters diffundieren lassen", schlägt Shamouti vor. Dinge, die Magnus von der Mutter oder dem Vater geschenkt bekam, die er nicht wirklich nutzt, aber auch nicht wegräumt, weil seine jüdischen Eltern ja immer mal zufällig vorbeischauen könnten. Zwingend nötig sei eine Menora, der jüdische Leuchter mit sieben Kerzen, erklärte Shamouti, die müssten sie unbedingt noch in einem Fachgeschäft besorgen. Shamoutis To-do-Liste wuchs weiter: Das farbenfrohe Periodensystem müsse er nicht ersetzen, das passe auch besser zu ihm, aber mit dem La La Land-Filmplakat, da könne ihr Vater nichts anfangen. Ein ganz praktischer Sehnsuchtsort, von dem er gelegentlich träume, sei Manhattan. Da würde er wohl gern wohnen und in New York ein großes Rad drehen. Aber er sei eben nur regionaler Stoffeinkäufer und nicht Bankier oder zumindest Aktienhändler an der N.Y. Stock Exchange geworden. „Deshalb sollten wir ein Plakat der Wallstreet an die Wand im Wohnzimmer hängen, das versteht er." Wallstreet komme ihm nicht in die Hütte, bremst Magnus die Wechselwut seiner Geliebten. Diese globale Geldscheffelei, das sei nicht sein Ding, er empfinde es auch als extrem opportunistisch, wenn ein Chemiestudent sich solche Ideale an die Wand pinnt. „Wallstreet, das ist ganz klar #Red Flag, Shamouti", festigt Magnus seinen Standpunkt.

Pragmatisch nähert sich Shamouti dem nächsten Thema, denn die

Moshe-Magnus-Welt wäre auch ohne Wallstreet-Poster vorstellbar, aber bei der angestaubten CD-Sammlung müsse man eine bessere Mischung hinbekommen. Es spräche nichts gegen Swiftie-Songs oder Billie Eilishs Herzschmerz-Balladen, die würde man sich eigentlich eher bei Spotify oder iTunes runterladen, aber diese CD mit deutschem Pop aus dem letzten Jahrhundert, die sei doch sehr irritierend. „Best of Münchner Freiheit", das empfinde ihr Vater womöglich als Provokation, weil München als Hauptstadt der Bewegung in Verbindung mit „Freiheit" immer noch einen negativen Beigeschmack habe. Ob er vielleicht etwas von Bob Dylan oder Leonhard Cohen habe? Wenn schon CDs, dann diese Boomer-Oldies, die fehlten irgendwie, gibt Shamouti zu bedenken. Als Magnus begreift, dass dies ein Kaufauftrag ist, notiert der die Namen der Sänger auf seinem Block.

Lob bekommt Magnus für die Billy Joel Vinyl-Schallplatte „The Stranger" aus dem Jahr 1977, ebenfalls ein musikalisches Geschenk der Eltern. Das melancholische schwarz-weiß-Cover verleiht dem schlichten Holzregal einen bescheidenen, introvertierten Charme. „Das ist der volle Babyboomer-Sound für Papa", sagt sie. Außerdem sei Joels Großvater, erzählt Shamouti beiläufig, während sie alle anderen Tonträger mustert, ein sehr erfolgreicher deutscher Versandhändler gewesen, der von den Nazis enteignet wurde. Ob er wisse, dass Josef Neckermann den Joel-Versandhandel für einen Spottpreis bekam und in dessen Berliner Villa einzog, während die Joels in die Schweiz flüchten mussten? Das gesamte Versand-Imperium habe Neckermann darauf aufgebaut! Magnus solle mal raten, wie sich der Neckermann den teuren Dressursport leisten konnte, mit immerhin sechs gewonnenen Olympiamedaillen.

Shamouti nimmt Magnus den Block aus der Hand und notiert darauf alle Nahrungsmittel, die sie kaufen müssten, um ihren Vater stilkonform zu verkösten. Ganz wichtig sei Wissotzky Earl Grey Tee mit Bergamotte-Geschmack, davon trinke er täglich mehrere Liter.

Und er liebe die großen, unbehandelten Medjool-Datteln. Die müssten sie irgendwie auftreiben. Dann nimmt sie den übriggebliebenen Rest des letzten Frühstücks in die Hand, eine angebissene Breze, die noch im Brotkorb lag. Die würde sie unbedingt durch ungesäuerte Matze ersetzen, auch wenn der eigentliche Anlass, das Pessachfest, erst im nächsten April anstehe.

Matze, Pessachfest? Magnus hat schon davon gehört, aber keine Ahnung, was sich hinter den Begriffen genau verbergen könnte, wie sie vielleicht zusammenhängten. Es öffnet sich ein dunkles Meer an Unwissen. Der Gedanke an den Besuch des Vaters bereitet ihm Unbehagen. Ob er in drei Tagen zum Scheinjuden konvertieren könne, fragt er zaghaft. Dazu seine Wohnung kostümieren? Beides so glaubhaft, dass ein sicherlich kritischer und misstrauischer israelischer Vater keinen Verdacht schöpfen könne? Er bekommt langsam Angst bei der Vorstellung, zweiter Hauptdarsteller einer Tragikomödie zu werden und bei der Öffnung des Bühnenvorhangs seinen kompletten Text zu vergessen. Was würde passieren, wenn das Theater aufflöge? Es ist Zeit für einen Stressbewältigungs-Kaugummi. Er zieht einen Streifen Juicy Fruit aus der Hosentasche und versucht so, sich abzulenken.

Er solle lieber nicht daran denken, sondern handeln, mit dieser Alltagsweisheit wischt Shamouti Magnus´ Bedenken für einen Augenblick zur Seite. Sie füttert den Notizblock mit weiteren nichtjüdischen Auffälligkeiten, die es zu beseitigen oder auszutauschen gilt: Die Wandfarben gefielen ihr nicht, ihr Vater wüsste, dass sie niemals in einer gelb und grün gestrichenen Wohnung übernachten würde. Das sehe aus wie ein missglückter Versuch, jamaikanisches Cannabis- oder Urwald-Feeling in München-Neuhausen an die Wand zu pinseln. Blau und Purpur seien geeignete Farben, auch für die Wände einer Studentenwohnung. „Moshe-Magnus, das kriegen wir doch hin“, beschwört sie ihn.

Der Hinweis von Moshe-Magnus, sie sei doch nur für zwei Wochen zu Gast, und ihr Vater wüsste wohl, dass sie hier nicht für die Einrichtung verantwortlich sein könne, ändert nichts an Shamoutis Innenarchitekturkritik, die nun immer speziellere und radikalere Züge annimmt. Ganz schlimm seien die zahlreichen Ikea-Möbel: der Schwingsessel, das Sofa, Billy Regale, der Esstisch und sogar die Einbauküche. Shamouti kommt in Rage: Diese Türgriffe am Küchenschrank seien doch eindeutig Ikea, oder?

Aber was denn so schlimm an Ikea sei, fragt Magnus genervt, der Laden sei nun mal günstig und man könne die Sachen so bequem online bestellen. Noch nie habe sich jemand über sein bewährtes Ikea Mobiliar ausgelassen. Die Marke sei längst globaler Standard bei Leuten, die sich preisbewusst einrichten wollen. Die „Türgriffe vom Küchenschrank" klingen aus Shamoutis Mund wie radioaktiver Giftmüll aus dem Atomkraftwerk Isar 2, für den es nicht ausreiche, ihn ins Abklingbecken zu werfen. So als wäre für die imaginär-toxischen Türgriffe und sämtlichen Ikea-Krempel eine Endlagerlösung nötig, tief unter der Erde. In einen Salzstock, in ein Bergwerk oder auf den Mond damit! Dort oder in der Hölle sei der richtige Platz für die Ewigkeit. Aber nicht in der Neuhausener Zweizimmer-Altbauwohnung von Moshe Beerfeld!

Ob Moshe-Magnus nicht wisse, fragt Shamouti vorwurfsvoll, dass auch der Ikea-Gründer Ingvar Kamprad ein Nazi gewesen sei? Er sei sogar aktives Mitglied in der schwedischen Nazipartei SSS gewesen, so etwas wäre in Israel Allgemeinwissen. Aber euch, pauschalisiert sie, euch sei wohl egal, was für ein diskreditiertes Label da ins Wohnzimmer, in die Küche oder ins Schlafzimmer einziehe, erregt sie sich. Niemals würde ihr Vater solche gebrandmarkten Möbel kaufen. Und ob er sich in diesen komischen Pello-Freischwinger setzen werde, oder sein Weinglas auf das Billy Regal stellen würde, wenn er merkt, dass das alles von Kamprad sei? „Sehr unwahrscheinlich, sehr sehr unwahrscheinlich. Nahezu ausgeschlossen", argwöhnt Shamouti. Um die Möbelmarke als ein gänzlich unmoralisches Unternehmen zu disqualifizieren, führt sie ein zusätzliches kulinarisches Argument ins Feld. Obwohl sie selbst keinen Wert auf jüdische Essensvorschriften legt, ruft Shamouti aus der Küche: „Außerdem sind diese furchtbaren Köttbullar-Klopse garantiert nicht koscher.“

Er ahnt, dass sie damit die Pointe dieser Theaterprobe gesetzt hat. Und anstatt eine gewalt- und waffenfreie Generalgegenoffensive zu starten, um sein Billy-Regal zu verteidigen, spielt er mit: Sie würden ihrem Vater garantiert keine Köttbullar anbieten, bei ihnen – elegant schlüpfte er in die Rolle des versierten jüdischen Gastgebers – gebe es für besondere Gäste immer „Gefillte Fisch“. Das ist das einzige jüdische Gericht, von dem er je gehört hat. Ein Volltreffer, denn Shamouti nimmt gerade die Zutatenliste für diese sehr spezielle Speise auf, dann setzen sie sich zusammen und addieren die ungefähren Kosten der Spontanjudifizierung der Wohnung. Für das Umstreichen der Wände werden sie 150 Euro benötigen, auch der Kaufpreis einer repräsentativen Menora sei nicht zu unterschätzen. Für ein schönes Exemplar nach dem Vorbild des klassischen Leuchters aus der Knesset, meint Shamouti, müsse man schon 200 Euro veranschlagen.

Am teuersten würde der Austausch der „Nazi-Möblierung“ werden, so nannte Shamouti von nun an die Ikea-Sachen. Ein Komplett-Austausch würde wohl über 1500 Euro kosten und wäre zeitlich kaum zu schaffen. Der Betrag übersteigt natürlich bei Weitem den finanziellen Spielraum von Magnus. Ein kurzer Besuch bei Edeltraud Hohmeier, seiner Vermieterin, die im Erdgeschoß wohnt, erleichtert ihn um den größten Posten. Er erzählt ihr, dass er am Wochenende Besuch bekäme und bittet sie, ihm einige Möbel aus dem Speicher zu leihen. So erhält er einen unscheinbaren Küchentisch aus den 1980er Jahren, drei dazu passende, unbedenklich erscheinende Stühle und ein total unverdächtiges Beistellregal aus Nussbaumholz. Die Ikea-Sachen trägt er allein in den Keller. Er bewahrt Shamouti davor, die Nazi-Möblierung berühren, also sich daran versündigen zu müssen. Er hat aber auch eine nicht unbegründete Angst, Shamouti wäre beim Versuch, die Möbel ohne Schramme in den Keller zu bugsieren, mehr Risiko als Unterstützung.

Den Freitag widmet Magnus den zwei grünen Wänden im Wohnzimmer. Ursprünglich als Reminiszenz an seine politische Weltanschauung gedacht, wird er vor dem Besuch des Gastes aus Israel nun auch deswegen nachdenklich: Das, was Shamouti noch als jamaikanisches Cannabis- und Urwaldidyll interpretierte, ähnelt schließlich in fataler Weise auch dem Grünton der Flagge der Palästinensischen Autonomiebehörde. Offenbar funktioniert das Deutungsraster von Moshe-Magnus Beerfeld, sein unbewusstes „Framing", schon sehr gut. Alles, was den Rahmen des Erwünschten sprengt, wird zielsicher als Problem erkannt.

Gut gemacht, meldet sein Belohnungszentrum im Vorderhirn: Das ursprüngliche Grün hatte, eingebettet in dein früheres Leben, den Charme einer karibischen Cannabisbude. Jetzt hast du es, durch die Übernahme von Shamoutis Bedenken in dein Deutungsraster, als Palästinenser-Grün erkannt. Gutes Grün, böses Grün. Da hast du dir einen fetten Dopaminkick verdient, teilt ihm die neuronale Glückszentrale mit. Und seine Freude über die aktuelle Erkenntnis ist ihm anzumerken – Moshe-Magnus schreitet hoch motiviert, mit einem zarten Lächeln, unverzüglich zur Tat.

Im Baumarkt lässt er das Originalblau der israelischen Nationalflagge mit dem Farbcode CMYK 100/70/0/28 nachmischen und trägt diesen Farbton mit staatstragendem Bewusstsein auf, unter dem beflügelnden Einfluss seiner Glückshormone und flankiert vom Rest einer Pulle Chianti Classico – es sollen ja auch geleerte Flaschen als sichtbare Hedonisten-Hinterlassenschaft herumstehen. Shamouti ist begeistert und verspeist sogar zwei Weißwürste mit süßem Senf ohne jede abfällige Bemerkung über das leichenblasse

Fleischprodukt. Das ist ein epochaler und spontaner Liebesbeweis, der an Magnus gerichtet ist, aber auch Bayern einschließt und die Metzgerei Hofstaller um die Ecke. Bislang hat sie keine Gelegenheit ausgelassen, sich über die Form, Farbe und Geschmacksneutralität der Weißwurst lustig zu machen. Nur durch das Eintunken in den pappsüßen Weißwurst-Senf sei „dieser Albinopimmel" überhaupt genießbar, kommentierte sie unlängst den Verzehr der bajuwarischen Nationalspeise.

Am nächsten Samstag ist eine beachtliche Liste abzuarbeiten, um Magnus´ Atheistenwohnung möglichst kostengünstig in ein mosaisches Nerd-Epizentrum zu verwandeln. Und dieser radikale Prozess sollte auch noch reversibel sein, also jederzeit umkehrbar. Denn bis zum nächsten Besuch seiner Eltern, der sich jederzeit und überraschend ankündigen kann, müsste ein teilweiser Rückbau kurzfristig möglich sein. Lieselotte und Otto Beerfeld wären sehr verwundert, dass ihr wohlorganisierter Nachwuchschemiker und abtrünniger Christ nun zum messihaften Schlamper und orthodoxen Vertreter des jüdischen Glaubens konvertierte.

Shamouti und Magnus stöbern am Samstagvormittag über den Flohmarkt in München-Haidhausen und finden dort einen siebenarmigen Leuchter, der als billiger Menora-Ersatz ihre Gnade findet, erstaunlicherweise auch eine goldige Mesusa, einige Leonhard Cohen-CDs und blau-weiße Eierbecher, die Shamouti als ganz typisch israelisch einstuft – wahrscheinlich stammen die Dinger sogar aus einem Kibbuz, meint sie. In Bogenhausen finden sie mit „Danys kosher Food" den idealen Feinkostladen um alle Zutaten für „Gefillte Fisch", Wissotzky Earl Grey Tee mit Bergamotte-Geschmack und die großen, unbehandelten Medjool-Datteln, die Ariel Seybowicz so liebt. In der jüdischen Buchhandlung entdecken die beiden einige Werke, die, so meint die Umrüstungsexpertin, in keinem jüdischen Haushalt fehlen dürfen: „Meine Posaunen von Jericho" von Israel

Finkelbein und Neil A. Goldmeyer, „Unsere Familienrezepte" von Maja Molchino und „Sein verlobtes Land" von Avi Sharit und natürlich der Kishon-Bestseller „Der Blaumilchkanal" böten ein buntes, unverfängliches Inspirationsspektrum für den väterlichen Besuch. Dieses Lebensstil-Sammelsurium sollte ausreichen, um Ariel Seybowicz mit einem angenehmen, heimeligen Kokon zu umgarnen. Magnus speichert die umfangreichen Vorbereitungen als vertrauensbildende Maßnahmen ab, als lohnendes Investment.

Am späten Samstagnachmittag sitzen Shamouti und Magnus mit sieben prallen Tüten in der Trambahn. Sie blättert in Ephraim Kishons Roman und liest ihrem Freund einige entscheidende Stellen in Jiddisch gefärbtem Deutsch vor. Magnus lauscht dieser Satire über den aus der Irrenanstalt geflohenen Kasimir Blaumilch, der die wichtigste Straße Tel Avivs mit dem Presslufthammer aufreißt. Shamouti: „Und keiner stoppt den Wahnsinnigen. Als Kasimir Blaumilch mit dem Presslufthammer das Mittelmeer erreicht, fließen die Wassermassen in die israelische Hauptstadt. Der Bürgermeister freut sich, um von der Peinlichkeit des Bauwahnsinns abzulenken, über das neu geschaffene „Venedig des Nahen Ostens"".

Tel Aviv müsste sie ihm im nächsten Sommer zeigen, wünscht sich Magnus, als die Münchner Trambahn über die Dachauerstraße Richtung Neuhausen fährt, und Haifa natürlich auch.

Die von Magnus programmierte Türglocke mit Big Ben-Klang ertönt am Sonntagnachmittag ziemlich pünktlich um 15 Uhr. Shamouti scheint alles perfekt vorbereitet zu haben: Auf dem geliehenen Wohnzimmertisch ist hellblau-weiß gemustertes Geschirr für den Nachmittagstee angerichtet. Ein frischer Hefezopf wartet darauf, angeschnitten zu werden, die Medjool-Datteln und mehrere Beutel des Earl Grey-Tees liegen auf kleinen Tellerchen an der Kopfseite des Tisches. Von Gefillte Fisch haben die beiden Abstand genommen, da Papa Seybowicz nur zum Tee bleiben will, und nun doch lieber im

Motel One übernachtet, wie er in einer SMS am Morgen ankündigte. Shamouti hat gerade noch ihren aus naturbelassener Negevwüsten-Wolle gestrickten Pulli übergestreift und Magnus wirft ein letztes Mal die dunkelblaue Kippa, die sie gestern im Souvenirladen der Synagoge erstanden hatten, im Frisbeestil an die Garderobe. Bei 69 Zielwurf-Versuchen, in Richtung Garderobe, gelangen ihm 23 Treffer. 33 Prozent, ruft er Shamouti zu, gestern seien es nur 27 Prozent gewesen! Die Kippa-Wurf-Challenge ist ein probates Mittel, die Nervosität abzubauen, die der Besuch von Ariel Seybowicz auslöst.

Die andere Stressbewältigungsmethode besteht darin, noch mehr Kaugummi zu kauen als sonst – Magnus ersetzte seit einigen Tagen jeden geschmacklos gewordenen Wrigleys durch einen frischen. So stieg der tägliche Verbrauch von fünf bis sieben Kaugummis verschiedener Geschmacksrichtungen auf über 15 Stück. Das ständige Kauen löste Magnus´ anwachsende Verspannung zumindest für die Minuten des stärksten Speichelflusses, wenn das Spearmint- oder Doublemint-Aroma aus dem Kunststoff in höchster Konzentration in den Speichel übergeht sich auf der Zunge sowie dem Gaumen breitmacht und der Genuss jedes Spannungsgefühl zu übertünchen vermag. Auch subtile Ängste, so Magnus´ Erfahrung als Experte für Klebriges aller Art, lassen sich mit dem richtigen Kaugummi therapieren. Das Kauen von Kaugummis solle sogar einen positiven Einfluss auf das Konzentrationsvermögen und die Aufmerksamkeit haben. Immerhin belegt eine aktuelle japanische Studie, die Magnus gern zitiert, wenn er auf seinen Kaukonsum angesprochen wird, dass Kaugummikauen die Blutzufuhr zum Gehirn um bis zu 25 Prozent erhöhe. Und jedes extra-Prozent mentaler Fitness wird er heute benötigen.

Nun steht Shamoutis Vater vermutlich unten an der Haustüre im Parterre von Moshe-Magnus´ Wohnung in der Ruffini-Straße. Nur noch wenige Stufen trennen Ariel Seybowicz von der umfassend vorbereiteten Inszenierung. Shamouti hatte Magnus´ Kippa-Wurf-Challenge heute nicht kommentiert, stattdessen kommt sie jetzt sehr aufgeregt aus der Küche gelaufen und fuchtelt mit der rechten Hand wild durch die Luft. Zwischen Daumen und Zeigefinger erkennt Magnus ein kleines Metallstück.

„Wir haben die Mesusa vergessen", ruft sie. Das sei doch sein Job gewesen, sie anzubringen!

Seit dem Erklingen der Big Ben-Glocken ist bereits eine halbe Minute vergangen und Herr Seybowicz steht bei sonnigen 23 Grad im Schatten immer noch unten vor der Eingangstür des zweistöckigen Hauses.

Magnus hat trotz des jüdisch-Crashkurses der letzten Tage vergessen, was eine Mesusa ist, er blickt Shamouti ratlos an. Er solle das Ding noch schnell festmachen, sagt sie leicht panisch, drückt ihm das Metallstückchen in die Hand, betätigt den elektrischen Türöffner, schließt die Wohnungstür auf und lauscht den Schritten auf der knarzigen Treppe. Magnus schaut die etwa fingergroße, goldene Mesusa mit gefrästem Davidstern und hebräischen Schriftzeichen an. Was hatte es damit auf sich? Die Blöße, Shamouti zu fragen, will er sich nicht geben. Außerdem scheint sie sich im Ausnahmezustand zu befinden, das Knarzen wird lauter, vermutlich ist ihr Vater bereits im ersten Stock. Nur noch 18 Treppenstufen, dann beginnt das Schauspiel. Magnus glaubt sich zu erinnern, dass die Mesusa an den Türrahmen gehört. Am oberen und unteren Ende des Metalls sind kleine Ösen, die dafür vorgesehen wären, das Ding anzunageln oder zu schrauben. Nageln, schrauben, nieten – es sind jene Befestigungsmethoden, die dem Klebstoffexperten Magnus aus Prinzip missfallen. Er ist schließlich auf der Höhe der Zeit und kennt alle Methoden der zerstörungsfreien, nicht-invasiven Montage-Technologien. Herr Seybowicz hat vielleicht noch acht oder neun Stufen, dann muss dieses Mesusa-Ding am Türrahmen sein. Nagel? Hammer? Schrauben? Unerreichbar in den nächsten 10 Sekunden. Und zudem völlig unzeitgemäß! Auch in Krisenmomenten kann er sich auf seine ureigene Urteilskraft und spontane Lösungskompetenz verlassen. Magnus Beerfeld löst technische Probleme und Herausforderungen pragmatisch und effizient, ohne groß nachdenken zu müssen: Den weitgehend ausgelutschten Kaugummi schiebt er sich zwischen die Schneidezähne. Er zieht mit dem Zeigefinger und Daumen der linken Hand ein etwa erbsengroßes Stück von der Kaugummimasse ab, rollt geschwind ein kleines, madengroßes Würstchen daraus, drückt es blitzschnell auf die Unterseite der Mesusa und klatscht sie mit der flachen rechten Hand gegen den Türpfosten. Weil er genau im Türrahmen steht, landet die Mesusa etwa in Höhe seiner linken Schulter am Holzrahmen seiner Eingangstür.

Kaum hat sich seine Hand vom Pfosten gelöst, springt Shamouti vor ihn und umarmt ihren Vater, der nun mit einem kleinen Rollkoffer im zweiten Stock angekommen ist. Sie tauschen einige Sätze in Hebräisch aus, dabei schweift Herrn Seybowiczs Blick mehrfach über Shamoutis Schulter zu Magnus.

Dann tritt sie zur Seite und stellt die beiden Männer einander auf Englisch vor: „This is Moshe and that's my Daddy, Ariel Seybowicz". Moshe-Magnus steht wie angewurzelt zwischen den Türpfosten, streckt Shamoutis Vater seine rechte Hand entgegen. Ariel Seybowicz selbst ist ein kleiner Mann, grazil, ein feiner Herr. Sein Gesicht erinnert Magnus an den YouTuber Mr Beast. Herr Seybowicz trägt auch einen ähnlich dunklen Kurzhaarschnitt wie der amerikanische Medienstar, der für seine radikalen Unterhaltungs-Stunts berühmt ist. Das Mr. Beast-Double tritt mit einem zackigen Schritt vor den Freund seiner Tochter.

Er schüttelt Moshe-Magnus die rechte Hand, greift ihm mit der Linken auf den Oberarm, drückt seinen Bizeps, als wolle er sein muskuläres Potenzial prüfen und mustert ihn. Dabei klopft er ihm wertschätzend mehrfach auf den Oberarm, er merkt dabei nicht, wie der Puls und Atemfrequenz von Moshe-Magnus in die Höhe schnalzen.

Denn sein Gegenüber ist hyper-nervös. Shamoutis Vater nickt mit dem Kopf, ohne ein Wort, ohne den jungen Mann aus dem Blick zu verlieren. Für einen Moment wünscht sich Moshe-Magnus, dass Ariel Seybowicz Mr. Beast wäre und ihn Magnus, sich selbst oder sie beide durch einen Zaubertrick verschwinden lässt, wie in den Mr.Beast-You-Tube-Filmchen. Aber Ariel Seybowicz steht vor ihm, nickt und niemand weiß, was in seinem Kopf vorgeht. Findet er Moshe-Magnus doof? Oder bekommt er eine Chance als Freund seiner Tochter? Sind es Stresshormone, Glückscocktails oder ist es einfach nur Erschöpfung nach der langen Reise, die ihn immer noch nicken lässt? Denn Ariel Seybowicz sagt weiterhin nichts. Er ist stumm, lässt die Situation offenbar auf sich wirken. Versteht womöglich auch er die Kunst des luststeigernden Zögerns oder ist es konzentrierte Skepsis? Seybowiczs Blicke scannen jedes Detail. Moshe-Magnus´ blonde Locken, die mittelgroße Nase, seinen blauen Baumwollpulli, die Levis-Jeans, Turnschuhe, den Welcome-Fußabstreifer, das Ahorn-Parkett und die Tür. Dann richtet sich sein Blick in die Wohnung. Als Moshe-Magnus den Eingang freimacht, und Shamoutis Vater seinen kleinen Rollkoffer in die Diele schiebt, sagt er zur Überraschung aller auf Deutsch: „A schöne Mesusa. Festgemacht nach der Tradition, schön befestigt, da kennt sich jemand aus".

Magnus kann sich nicht erklären, weshalb Kaugummis – ein kleiner Popel des Kaugummi-Würstchens quillt gut sichtbar unter der Mesusa hervor – als traditionelle Befestigung gelten. Er kennt als Wrigleys-Aficionado und Klebefachmann schließlich dessen gesamte Historie von steinzeitlichen Harzen über das Mastix der Römer, das Chicle der Azteken und Maya, die Latex zum Kauen verwendeten bis zu neuesten Kaugummi-Erfindungen, die er im Fachmagazin „Chewing-World" regelmäßig nachließt. Ihm war bekannt, dass man mit Kaugummi Risse im Autoauspuff flicken kann, und bis zu 150 Liter fassende Luftblasen erzeugen – aber dass Kaugummis als Klebematerial für Mesusas verwendet werden? Man lernt eben nie aus!

Der Gast aus Israel hängt seinen modischen, hellgrauen Mantel an die Garderobe. Offenbar hat er den spätsommerlichen Temperaturen in Süddeutschland misstraut und sich mit herbstlichem Outfit auf die Reise begeben. Magnus′ Kippa baumelt am oberen Haken, auffällig platziert über dem Seybowiczschen Mantel. Dann entschuldigt sich Shamoutis Vater in Richtung der Toilette. Das gibt ihr und Magnus die Gelegenheit, sich noch einmal zu sortieren. Shamouti hat am Morgen noch einen Spickzettel mit den wichtigsten hebräischen Wörtern für Magnus verfasst und ein minutengenaues Drehbuch für den Tag erstellt, aber den anfänglichen Toilettenbesuch nicht einkalkuliert. Der bringt nun den Zeitplan durcheinander.

Sie dachte, er ginge erst nach dem Tee, flüstert sie zu Magnus.

Es liegt auch noch lauter Zeug herum, fällt Magnus ein: Kamm, Haarschere, Haargel und das Waschbecken habe er auch nicht mehr sauber gekriegt.

Das sei gut so, nimmt Shamouti ihm die Sorge, denn ein antiseptisches deutsches Bad passe nicht zum vorgespielten Lifestyle.

Als der Vater die Spülung zieht, drückt Shamouti auf die Play-Taste der Musikanlage. Es startet die Aufnahme der Radio-Sendung „Shalom - jüdisches Leben" vom vergangenen Freitag. Der Sprecher des Bayerischen Rundfunks begrüßt die Zuhörer mit einem „herzlichen Shabbat Shalom" und erklärt zuerst den jüdischen Kalender. Man befinde sich im Jahr Fünftausendsiebenhundertirgendwas und nächste Woche, so viel versteht auch Magnus, werde Rosch Haschana, das Neujahrsfest gefeiert. „Ein freudiger Höhepunkt", erklärt der Sprecher, werde das Blasen des Schofar sein, des Widderhorns. Es solle Gläubige an ihre moralischen Pflichten erinnern.

Während Ariel Seybowicz das Wohnzimmer betritt und der Radiosendung lauscht, streift er mit der rechten Hand über die CD-Sammlung auf dem Sideboard. Er bleibt kurz an der Bücherwand stehen und nimmt, wie geplant den Sitzplatz an der Stirnseite des Tischs ein. Der Radiosprecher startet derweil eine umfängliche Beschreibung der jährlich anstehenden Festivitäten: In der Zeit des zweiten jüdischen Tempels habe Pessach zusammen mit Schawuot, dem Wochenfest und Sukkot, dem Laubhüttenfest zu den drei israelitischen Wallfahrtsfesten gehört, an denen die Gläubigen zum Jerusalemer Tempel auf den Tempelberg pilgerten.

Seybowicz mustert die Bilder an der Wand, den Kerzenständer und die anderen Devotionalien, die Datteln, den Teebeutel und das blau-weiße Geschirr. Sein Blick bleibt auch an den Esoterik-Geräten hängen, die so kunstvoll von Moshe-Magnus kuratiert wurden.

„Shamouti", spricht er dann zu seiner Tochter in erstaunlich gutem Deutsch, was Shamouti sehr überrascht, „da bist du ja an einen recht strengen Juden geraten". Dann richtet er den Blick an Moshe-Magnus und sagt: „Lass´ dir bloß keine Pejes oder einen langen Bart wachsen". Da Shamouti vermutet, dass Moshe-Magnus keine Ahnung hat, was Pejes sind, antwortet sie erklärend. „Jetzt stell´ dir das Gesicht vom Magnus vor mit so langen Schläfenlocken".

„Magnus?", fragt Papa Seybowicz irritiert.

„Hat jemand Magnus gesagt?", fragt sie und spielt „Shamouti, die Ahnungslose". Ohne eine Spur hörbarer oder sichtbarer Unsicherheit überspielt sie ihren tragikomischen Versprecher.

Er habe verstanden, dass sie über die Pejes von Magnus gesprochen hätte, wiederholt Herr Seybowicz mit einem merkwürdigen Schmunzeln.

Nein, nein sie meinte natürlich die Pejes von Moshe, antwortet Shamouti.

„Genau, meine Pejes, beziehungsweise, nicht meine Pejes", versucht Moshe-Magnus Klarheit in die verworrene Situation zu bringen.

Der Radiosprecher ist mittlerweile beim Tora-Freudenfest angekommen. Geradezu überschwänglich erzählt er, dass in Jerusalem, in Haifa oder Tel Aviv auf den Straßen und Plätzen getanzt werde, gefeiert und gebetet. Egal ob orthodox oder liberal – alle Juden nehmen am Simchat Tora teil. Tora-Rollen werden aus ihren Schränken geholt und in die Synagogen getragen. Was für eine Freude! Alle würden singen und tanzen, auch Touristen seien dabei.

„Das wird wohl vom Fremdenverkehrsamt oder EL AL gesponsert", amüsiert sich Shamoutis Vater über die BR-Sendung. Und taucht einen der speziell für ihn gekauften Wissotzky Earl Grey Teebeutel mit Bergamotte-Geschmack in das kochende Wasser seiner Teetasse. Er schält eine seiner geliebten Medjool-Datteln aus der Packung und lässt sich das süße Ding schmecken.

Damit kein falscher Eindruck entstünde und um es noch einmal klarzustellen, sagt Moshe-Magnus, er würde sich keine Schläfenlocken wachsen lassen.

Er sei nur arg verwundert, sagt Herr Seybowicz, im Bad liege am Boden unter einem merkwürdigen Wurst-Ratgeber die Jüdische Allgemeine. Da sei doch glatt ein halbseitiger Artikel über die Bedeutung des Barts abgedruckt, jetzt fünftausendsiebenhundertundnochwas Jahre nach der göttlichen Schöpfung, zweitausendundnochwas Jahre nach der angeblichen Geburt Christi, zweihundertundnochwas Zeilen über den Bart im Judentum.

Du sollst die Ecken deines Bartes nicht zerstören, oder so ähnlich stehe in der Tora. Die Rabbiner folgerten aber daraus, dass es strengstens verboten sei, die Haare an den Wangenknochen abzurasieren, deswegen gebe es die Schläfenlocken. Beim Bart hingegen sei es verboten, Messer oder eine Rasierklinge zu benutzen, da diese Geräte die Haare an der Basis abschneiden würden. Die Verwendung einer Schere, um den Bart zu stutzen, sei okay. Ob sie das gewusst hätten? Deshalb dürften religiöse Juden nur solche elektrischen Rasierer benutzen, die nach dem Prinzip einer Schere funktionieren. „Aber Vorsicht", amüsiert sich Herr Seybowicz über die strenge Bartvorschrift. Rabbiner untersuchten Rasierer darauf, ob sie in diesem Sinne»koscher« seien oder nicht!

Und irgendjemand habe diesen Artikel in der Jüdischen Allgemeinen mit einem Marker gekennzeichnet, als wollte er beim nächsten Synagogenbesuch seinen Rasierer überprüfen lassen. So etwas würde ihm, Moshe nicht einfallen, oder?

Moshe-Magnus bekennt sich als unschuldig, wie zum Beweis streicht er über seine rasierten Backen. Er verwende ausschließlich Nassrasierer einer Billigmarke vom Supermarkt. Den Text habe wohl jemand beim Zahnarzt markiert, ergänzt er spontan seine Ausrede, da er die Zeitung dort gemopst habe.

Shamouti nickt zustimmend und schneidet den traditionellen Hefezopf an. Ihr Vater schlürft seinen Lieblingstee. Als sie ihn fragt, ob er den Anschnitt möchte, oder ein weiches Mittelstück, kommt ihr die Szenerie absurd vor. Denn so traditionell war der Seybowiczsche Haushalt auch zuhause in Herzlia niemals. Wie viele andere säkulare Familien, feiern die Seybowiczens jüdische Feste, wenn sie ihnen in den Kram passen oder wenn sie eingeladen werden. Ganz wichtig sei ihrer Familie jedoch Weihnukka – eine Mischung aus Weihnachten und dem jüdischen Lichterfest Chanukka. Im Wohnzimmer steht dann der neunarmige Chanukka-Leuchter für das Lichterfest, zu Weihnachten wird der Christbaum angezündet und für die Kinder gibt es am 24.12. Geschenke. Jesus sei ja nun mal auch Jude gewesen, offenbarte Vater Seybowicz seinen Kindern. Und wenn Gäste das Mischmasch kritisierten, erklärte er erstens, dass sogar der israelische Staatsgründer Theodor Herzl Weihnachten feierte. Und zweitens hätte das berühmteste Weihnachtslied ein Jude komponiert. Irving Berlin, so fügte Shamoutis Vater hinzu, war der Sohn eines Kantors. Er hätte zwar keine Noten lesen können, trotzdem sei ihm mit „White Christmas" eine geniale Komposition gelungen.

Der Radiosprecher des Bayerischen Rundfunks zelebriert mit einem typisch jiddischen Zungenschlag nun das Pessach-Fest, „eines der höchsten jüdischen Feste", wie er immer wieder betont. Es erinnere, erzählt er im Stile eines Märchenonkels, die Gläubigen an die Zeit der Sklaverei, deren Ende und den Auszug des Volkes Israel aus Ägypten.

Sie seien doch jung, warum sie sich das Zeugs eigentlich anhörten?, überrascht Seybowicz das Tee-Kränzchen.

Das sei immer eine halbe Stunde am Nachmittag, rechtfertigt Moshe-Magnus die Sendung: So bleibe man irgendwie verbunden mit den Festen und so.

„Am Sonntag?", wundert sich der Gast.

„Ja, klar, ist doch Shabbat", disqualifiziert sich Moshe-Magnus.

In diesem Moment beginnt der Radiomoderator, aufzuzählen, wann in welcher bayerischen Stadt die Schabbeskerzen anzuzünden seien mit minutengenauen Zeitangaben für München, Augsburg und Ulm.

Aber der Schabbes sei doch längst vorbei, entgegnet Ariel Seybowicz, er wundere sich, dass solche Sendungen am Sonntag mit Verspätung im Radio liefen.

Shamouti wird klar, dass Moshe-Magnus offenbar den Shabbat mit dem Sonntag gleichsetzt und das Abspielen einer Freitagsaufzeichnung keine gute Idee war.

„Wir waren am Freitag einkaufen und haben die Sendung verpasst", fällt Shamouti ihrem Vater und ihrem Freund nach einigen Sekunden des Nachdenkens ins Wort.

Das Risiko, dass Moshe-Magnus sich in der realsatirischen Aufführung mit seinem jüdischen Minimalwissen weiter blamiert, oder sie sich verhaspelt und das Theater als gigantische Peinlichkeit auffliegt, würde nun mit jeder Silbe und jeder Sekunde zunehmen.

Shamouti muss in die Regie des Nachmittags eingreifen, den Plan ändern. Sie muss das Skript dieses Theaterstücks nun dringend umschreiben, während der Vater sich von seinem Stuhl erhebt, die Teetasse in der Linken, und seinen rechten Zeigefinger über die mit jüdischen Künstlern aufgepeppte CD-Sammlung gleiten lässt. Bei Bob Dylan bleibt er hängen und beginnt leise zu summen:

How many roads must a man walk down?
Before you call him a man?
Yes, 'n' how many seas must a white dove sail
Before she sleeps in the sand?
Yes, 'n' how many times must the cannon balls fly
Before they're forever banned?
The answer, my friend, is blowin' in the wind,
The answer is blowin' in the wind.

„Tolle Melodie", murmelt Vater Seybowicz, aber der Text sei doch ärgerlich. Ein Meisterstück an Naivität.

How many roads must a man walk down
Before you call him a man?

Er habe selten so einen Stuss über Männer und das Militär gehört. Dylan sei seiner Meinung nach der am meisten überschätzte Songwriter. Er werde nie verstehen, wieso Generationen an seinen Lippen hingen. „Moshe, warum haben Sie Dylan in der Sammlung?"

„Dylan, Cohen, Billy Joel und die anderen, das sind schon die ganz großen, bei Taylor Swift müssen wir noch abwarten", sagt Moshe-Magnus. Dylan- und Cohen-Texte würden in den Kulturteilen der Zeitungen besprochen und im Englischunterricht als zeitgenössische Meisterstücke verwendet werden – die Liedtexte dieser großen Songschreiber kämen hierzulande gleich hinter Schiller, Goethe, Charles Dickens und Shakespeare. Aber wenn er ganz ehrlich sei, und zurückblicke, könne er sich nur noch an Animal Farm von George Orwell erinnern.

„Die Schweineherrschaft und ihre Folgen. Mit solcher Literatur wird man zwangsläufig zum Pazifisten. Ihr findet dann auch Dylan genial, oder? Für mich – sorry anwesende Bob Dylan-Fans – ist er ein nuschelnder Trivial-Poet und einem Leonhard Cohen kann er intellektuell nicht das Wasser reichen". Seybowicz macht sich, zwischen Hefezopfstück eins und Hefezopfstück zwei, über Teile des deutschen Gymnasial-Lehrplans lustig, ohne dies zu wissen. Hefezopfstück drei taucht er in den Tee, führt es zum Mund und zwischen dem genussvollen Schmatzen lässt er seinem Groll über den „Nuschelsänger" mit dem Geburtsnamen Robert Allen Zimmerman freien Lauf: Es sei doch peinlich, dass Dylan dank seiner weltweiten Schmalz-Sympathisanten auch noch den Nobelpreis bekommen habe!

Shamouti verfolgt die Diskussion mit Sorge. Denn ihr Vater beginnt nun einen längeren Vortrag, indem er sich über die Blödheit der Intellektuellen in Europa und den USA erregt. Nach der Begeisterung für den Sozialismus und den Buddhismus würden sich nun immer mehr „Leuchten", so bezeichnet er diese Menschen, beispielsweise auch für die Geheimnisse der Kabbala interessieren. Sie versuchten, damit die Welt zu erklären und zu verstehen. Und als er ganz langsam und betont „verstehen" ausspricht, reißt er die Augen weit auf. Er will seine beiden Zuhörer wissen lassen, dass man die Welt nicht verstehen könne. Diese Spezies Mensch seien „Ewigsuchende, die nie ankommen werden", echauffiert er sich. Diese Leute seien „nicht die hellsten Kerzen auf der Torte". Und das sei nicht seine Privatmeinung, er halte es da mit der Mehrheit seiner Landsleute. Ob Herr Beerfeld eigentlich wisse, dass nach neuesten Umfragen 65 Prozent der Israelis nicht religiös sind? Ja, so viele Atheisten seien im Judenstaat relativ friedlich vereinigt. Einem Menschen, der das Jenseits zur Hilfe rufe, dem traue er „keine hohle Haselnuss zu", schimpft er. Moshe-Magnus ist begeistert. Er nickt mit dem Kopf, gestikuliert umfassende Einigkeit mit Herrn Seybowicz. Der glaubenskritische Konsens mit Shamoutis Vater fühlt sich extrem gut an. Es sei nun an der Zeit, spürt Moshe-Magnus, ein wenig eigenes Fachwissen aufflackern zu lassen:

Die Kabbala sei ja bekanntermaßen reinste Esoterik, sagt er, da finde man auf jeder Messe Leute, die einem für 50 Euro eine Lebensanalyse erstellten. Neulich sei im Löwenbräukeller eine solche Veranstaltung gewesen und auf einem der Stände war zu lesen: „Sie werden erstaunt sein, was Ihnen Ihr Name alles über Sie verrät!"

Er, Magnus habe sich in die dritte Reihe eines Halbkreises gestellt, der Stand sei mit säuselnder Klarinettenmusik beschallt gewesen und etwa 30 Leute lauschten dem „Kaballisten Igor". Dabei habe er Kabbala mit zwei ll anstatt mit zwei bb geschrieben, das sei aber niemandem auf der Messe aufgefallen. Igor habe die Zuhörer gebeten, näher zu kommen, um sein Versprechen ganz leise in die Runde zu flüstern:

„Aufgrund deines kompletten Namens", dabei beugte er sich vor und sein Blick strich über die Kundschaft, „sowie deines Geburtsdatums kann ich mit Hilfe der Zahlenmystik der Kabbala entschlüsseln was sich DEINE Seele in diesem Leben zu lernen vorgenommen hat". Er werde aufzeigen, flüsterte Igor dann so leise, dass man noch näher rücken musste, um das Geheimnis akustisch aufnehmen zu können, „in welchen Bereichen, mit welchen Krankheiten und Problemen DU und DU und DU dich auseinandersetzen musst, weil DU und DU und DU, weil ihr bisher eure ganzheitlichen Lernaufgaben nicht verstanden habt". Dem Publikum drängte Igor dann seine schrecklich banalen, aber kostspieligen Dienste auf:

„Jeder von EUCH hat seine eigenen Lebensaufgaben und Lernaufgaben, die sich seine Seele ausgesucht hat, um zu wachsen und zu reifen", beschwor Igor die Zuhörer. „Wenn DU DEIN Lebensziel und DEINE Lernaufgaben wissen möchtest und auch, mit welchen Krankheiten DU auf DEINE Fehler hingewiesen wirst, dann bist DU hier richtig! Kommt, kommt! Ihr seid dem Ziel schon ganz nah".

Igor sei ein großer kräftiger Typ gewesen mit langen gelockten Haaren und weiten Leinenklamotten. Er hätte rein äußerlich alle

Voraussetzungen erfüllt, ein Top-Guru zu sein, allerdings mit einer hedonistischen Schwäche. Auffällig, sagt Magnus, sei seine sehr goldene Rolex-Uhr gewesen, die er lässig am linken Handgelenk baumeln ließ.

Eine goldene Rolex, so viel überflüssiges Geld ließe sich nicht mit etwas Gutem verdienen, meint Herr Seybowicz.

Shamouti ist das Gespräch seit einigen Minuten nicht mehr geheuer.

Sie muss einen flotten Abgang für Moshe-Magnus inszenieren, ohne ihren Vater zu irritieren.

Auf einer Serviette schreibt sie ihrem Freund in dem ihr eigenen Befehlston:

DU: Wochenenddienst an der Uni
JETZT
Tschüss

Und schiebt ihm das Papier unauffällig zu, als ihr Vater die goldene Heil-Pyramide am Fensterbrett mustert.

Moshe-Magnus nimmt die Serviette, tupft damit seine Mundwinkel ab. Er liest die Direktive, stutzt kurz, nimmt mit Shamouti Blickkontakt auf und findet sofort Gefallen an der Idee, von der Bühne abtreten zu können. Er verabschiedet sich mit der Formel, die Shamouti ihm aufgeschrieben hat, schmückt die Stakkato-Anweisung allerdings mit Höflichkeitsbekundungen aus. „Herr Seybowicz, es war ein großes Vergnügen, mit Ihnen über Bärte, Dylan und die Kabbala gesprochen zu haben". Er hoffe sehr, dass sie bei nächster Gelegenheit all diese Themen vertiefen können. Aber es sei gleich 16.30 Uhr, erstaunlich, wie die Zeit vergehe. Er habe heute noch einen Wochenend-Spätdienst an der Universität. Es gehe um den Aushärtequotienten von Klebstoffen auf Stärkebasis, den man stündlich messen müsse. Und er sei ab 18 Uhr „in der Pflicht der Wissenschaft".

Während sich Moshe-Magnus eine Jacke holt und die Unitasche schultert, um den fingierten Wochenenddienst anzutreten, hört er wie die Unterhaltung zwischen Shamouti und ihrem Vater auf Hebräisch fortgesetzt wird. Es ist ein lebhaftes, schnelles Geplauder, mindestens dreimal scheint er mehrfach MOSHE und MAGNUS aus dem Wortschwall heraushören zu können.

Auf seinem Spickzettel hat er „Lehitraot" als „sehr höfliche Verabschiedung" notiert und ruft Herrn Seybowicz eben jenes Lehitraot zu, mit einem betont kehligen „h", weil er glaubt, das klinge besonders israelisch. Ariel Seybowicz kommt auf ihn zu und sagt auf Deutsch „Shalom, war schön, dass wir uns kennengelernt haben Moshe. Aber keine Pejes wachsen lassen, hm! Und mit der hebräischen Aussprache, das lernen Sie auch noch."

Magnus überlegt, während der die Tür schließt, warum seine beiden Namen genannt wurden. Er ist sich ziemlich sicher, aus Shamoutis aber auch aus Herrn Seybowiczens Mund MAGNUS vernommen zu haben. Zuletzt lacht Seybowicz lang und laut, dass es noch im Treppenhaus zu hören ist.

Magnus verschwindet natürlich nicht, um in die Universität zu fahren und den Aushärtegrad von Klebstoffen auf Stärkebasis zu überwachen. Zwei Straßenecken weiter liegt das Café Ruffini und wie immer am Sonntagnachmittag lungern seine Freunde Erwin, Gianluigi und Thorsten in einem der ausgewetzten Ledersofas.

Deren heutige Sonntag-Nachmittags-Beschäftigung hat einen Namen, sie heißt Annegret Schmiedinger. Seit einigen Wochen bedient die 42-jährige Französischlehrerin nebenberuflich im Lieblings-Café von Magnus und seinen Freunden. Und die drei hatten sich heute zur Aufgabe gemacht, herauszubekommen, weshalb eine verbeamtete Gymnasiallehrerin sich nebenberuflich an dem sozialistischen Kollektiv des Cafés beteiligt. Denn angeblich könne man nur durch eine finanzielle Beteiligung als Teilhaber des Kollektivs auch dort arbeiten. Da Thorsten im 12. Semester Germanistik studiert, Gianluigi Mediziner werden will und Erwin versucht, Jura zu verstehen, hat die Schmiedinger-Thematik mehrere Dimensionen. Das Interesse an der Nebenbeschäftigung wäre geringer, hätte Schmiedinger nicht dieses Romy Schneider-Gesicht und die dazu passende Stimme. Gerade saßen die drei fasziniert wie kleine Jungs vor einer Playstation 3. Still und anmutig verfolgen sie wie Schmiedinger die Bestellung aufnimmt und langsam wiederholt: „Zwei Kaffee mit Hafermilch, einen Matcha Latte mit Hafer und eine Kirsch-Mandel". Dabei lächelt sie rohrzuckersüß, blickt in die Augen des Kundentrios und erwartet, wie es typisch ist für weniger erfahrenes Bedienungspersonal, eine juristisch einwandfreie Auftrags-Bestätigung für die Bio-Fairtrade-Kaffee-Matcha-Kuchen-Bestellung zu erhalten. Aber die jungen Männer sehen, spüren und genießen die optischen und akustischen Eindrücke still, den Kontakt mit der schönen Frau. Sekundenlang starren sie in die blauen Schmiedinger-Augen und lauschen der rauchigen Romy-Stimme.

Nach einer Ewigkeit ohne Worte nicken die drei einfach kurz, Annegret Schmiedinger dreht sich und geht zum Tresen, um die Bestellung aufzugeben. Warum macht sie das? Verdient sie als Studienrätin nicht genug? Oder ist sie im Job unterfordert? Immer nur diesen stupiden Lehrplan mit untalentierten Siebtklässlern durchzupauken, „unregelmäßige Verben", „passé Composé" und so, dafür habe man doch nicht Romanistik studiert, meint Thorsten. Diesen Widerspruch versucht er Magnus zu vermitteln, als er das Ruffini betritt. Er komme gerade recht, sagt Gianluigi und will ihn damit in den Plan einweihen, Schmiedingers Jobmotivation herauszubekommen oder irgendein anderes ihrer Geheimnisse.

Was Magnus denn vorhätte, fragt Erwin, als er dessen dicke Umhängetasche sieht. Ob er hier eine Spontan-Vorlesung über die Ausschüttung von Glückshormonen durch Kaugummikauen halten wolle? Oder sei er auf dem Weg zu einer Esoterikmesse?

Magnus nutzt Schmiedingers Abwesenheit, während sie die Bestellung konfiguriert, um seinen Freunden den Besuch von Ariel Seybowicz und die Höhepunkte der letzten Tage zu beschreiben.

Die Aufmerksamkeitsspanne der drei beträgt noch ungefähr 45 Sekunden, da die Bedienung der Herzen bereits Kaffee, Matcha und den Kuchen auf dem Edelstahl-Tablett platziert hat, den Kassenbon ausdrucken lässt und sich dann dem Tisch des Quartetts nähert. „Shamoutis Vater hat uns einen Überraschungsbesuch abgestattet", stottert Magnus in höchster Erregung. Sie hätten deshalb seine Wohnung umdekoriert, seinen Namen geändert, er sei sozusagen pro forma zum Judentum konvertiert, habe seine komplette Familiengeschichte angepasst, damit der Vater glaube, Shamouti hätte hier in München einen jüdischen Freund.

„Ich als Jude", fragt Magnus seine Freunde, „versteht ihr, was das bedeutet?"

Ariel Seybowicz, der Vater, sei eigentlich ganz nett, ABER er machte sich über Bod Dylan lustig. „Über Bob Dylan!", wiederholt Magnus deutlich über Kaffeehaus-Lautstärke. Er bezeichnete ihn als „schmalzigen Nuschelsänger". „Blowin´ in the wind" habe er als Stuss verunglimpft, teilt er seinen Freunden mit hörbarer Empörung mit. Das grenze an intellektuelle Majestätsbeleidigung. Die Angesprochenen nehmen das Entsetzen ihres Freundes lediglich im Unterbewusstsein wahr. Denn die 45 Sekunden ungeteilte Aufmerksamkeit für Magnus und seine einschneidenden Erlebnisse sind verstrichen. Und sechs Augen verfolgen andächtig, wie die schöne Annegret den Kirsch-Mandel-Kuchen, den Matcha und die beiden Kaffees auf dem runden Marmortischchen absetzt. Magnus lässt sich völlig erschöpft in den letzten freien Sessel fallen. Er atmet sein Entsetzen aus und gesteht, dass er sich in Moshe umbenannt habe und überrascht seine Freunde nun mit weiteren Details. Da sich die Beauty-Bedienung anderen Gästen zuwenden muss, gewinnt er die Geistesgegenwart am Tisch zurück. Der Möchte-gern-Jurist Erwin reagiert am schnellsten und prustet seine Bestürzungsbegeisterung sehr laut heraus: „Bist du aus Spaß zum Judentum konvertiert, oder bist du gezwungen worden?" Das klinge nicht nach freier Willenserklärung, sondern fast nach Erpressung. Magnus könne sich auf jeden Fall seines juristischen Beistandes sicher sein, egal, was da noch komme. Gianluigi, der Medizinstudent in Diensten der Bundeswehr, übt sich spontan darin, eine schnelle Anamnese mit einem fixen Befund abzuschließen. Sein ärztlicher Mitgefühlsversuch erreicht jedoch noch nicht das Niveau des hippokratischen Eids: „Konvertierung, Namensänderung, Wohnung umdekoriert, hast du sie noch alle?"

Als die angehimmelte Edelbedienung an den Tisch zurückkehrt und den Bon unter eine der Kaffeetassen schiebt, mischt sie sich zur Überraschung aller in die Unterhaltung ein: „Das ist gar nicht so einfach, habe ich einmal gelesen, man muss doch Hebräisch und den Talmud lernen. Allein die Schriftzeichen zu verstehen, dauert sicherlich ein halbes Jahr. Das schafft bestimmt nicht jeder!" Erwin, Thorsten und Gianluigi können es kaum fassen, dass Annegret Schmiedinger, die Romy Schneider des Café Ruffini, von sich aus Kontakt mit ihnen aufnimmt. Ein persönlicher Gesprächseinstieg, jenseits von Kaffee, Kuchen und Tischreservierung. Kein Kundenbindungs-Blabla, sondern ungezwungenes, echtes Interesse muss das gewesen sein. Mit gegenseitigem Zunicken versichern sich Magnus´ Freunde ihrer Begeisterung für diesen eisbrecherartigen Kommunikations-Erfolg.

„Mein Verstand steht still", rezitiert Thorsten eine Stelle aus Friedrich Schillers „Kabale und Liebe". Da er unlängst eine Semesterarbeit über das bürgerliche Drama geschrieben hat, kann er mit einer weiteren Textpassage aufwarten, die von der Bedienungs-Begeisterung zum Magnus-Malheur überleitet: „Die Lüge muss hier gangbare Münze sein, wenn die Wahrheit so wenig Glauben findet."

Es sei eine Notlüge gewesen, sich als Jude zu verkleiden, rechtfertigt sich Magnus. Sie hätten sich das nur ausgedacht, um den Besuch von Shamouti in München zu legitimieren. Und er habe sich für dieses Theater in Moshe umbenannt, umbenennen müssen, um ehrlich zu sein. Erwin fühlt sich bestätigt, dass Magnus formaljuristisch nicht geschäftsfähig gewesen sein konnte. Er verweist auf den Paragrafen 104 BGB, wonach die freie Willensbestimmung erwachsener Menschen „im Zustand krankhafter oder vorübergehender Störung der Geistestätigkeit" dauerhaft oder kurzzeitig unmöglich sei.

„Wie? Moschel oder Muschel heißt du? Habe ich das richtig verstanden?", versucht Thorsten, den Wortfetzen mit etwas Bekanntem in Übereinstimmung zu bringen.

Er heiße Moshe, beziehungsweise habe er sich für kaum zwei Stunden Moshe genannt, wiederholt Magnus nun überdeutlich. Das sei ein sehr beliebter israelischer Vorname und er passte zu seinem Klingelschild. Es musste ein Name mit M sein, erklärt er. Shamoutis Vater einen Juden zu präsentieren, der Magnus heiße, das hätten sie sich nicht getraut. Als Magnus dabei ist, die Schläfenlocken-Verwirrung mit Ariel Seybowicz detailliert nachzuerzählen, reißt jemand die Tür des Ruffini auf und brüllt durch das ganze Café: „Er hat es gewusst, er hat es gewusst".

Shamouti Seybowicz befindet sich im Zustand höchster Erregung. Mit tomatenrotem Kopf postiert sie sich vor den Hafermilch-Jungs. Wie ein heiß dampfender Geysir beginnt sie sich ihrer kochenden Fracht zu entledigen und eröffnet der verdutzten, kaffeeschlürfenden Magnus-Clique das Finale furioso des Nachmittags-Theaters. Als Moshe-Magnus von der Bühne abtrat, habe ihr Vater sofort gefragt, was der ganze Zirkus solle? Er habe längst gewusst, dass sie irgendeinen deutschen Freund habe. Denn als Shamouti sich letzte Woche bei den Eltern aus München meldete, speicherte ihr aufmerksamer Vater die Nummer auf dem Display. Es sei der Anschluss der Wohngemeinschaft von Sarah Sylberstein, einer Münchner Musikstudentin, erklärte Shamouti damals. Deshalb notierte er sich den Mädchennamen, den Ort und die Nummer. Als er neulich diese

Münchner Nummer anrief, um seinen München-Besuch telefonisch anzukündigen, war er mit dem Anrufbeantworter von Magnus Beerfeld verbunden, der sich dann in der Gegenüberstellung in Moshe Beerfeld verwandelte.

Eine interessante Metamorphose, habe ihr Vater das Rollenspiel von Moshe-Magnus zusammengefasst, sagt Shamouti und fügt dann lobend hinzu: „Über weite Strecken warst du ein – wie soll ichs sagen – echt guter, glaubwürdiger Moshe."

Ihr Vater habe ihr dann einen Crashkurs zur Theorie und Praxis einer vertrauensvollen und erwachsenen Vater-Tochterbeziehung gegeben. Es sei bitter, mit ansehen zu müssen, wie sehr sich zwei relativ intelligente Menschen in eine wahnwitzige Komödie verirren, nur weil es an Mut oder Vertrauen gefehlt habe, ihm die Wahrheit zu präsentieren.

Dieses Misstrauen, das habe ihn gekränkt, sagt Shamouti betroffen.

Dann habe er sich aber gleich gefangen, ihr angekündigt, dass er heute im Motel One am Ostbahnhof nächtigen werde und ihr gesagt, dass es ihm völlig Schnuppe sei, ob sie mit einem Christen, einem Buddhisten oder einem Juden glücklich werde. Hauptsache, er ist ein anständiger Kerl, das sei sein einziges Kriterium gewesen.

„Schnuppe hat er gesagt?", fragt Thorsten mit der höchst unsensiblen Art eines Germanisten, der in Liebesbriefen Kommafehler korrigiert und die letzten Worte seiner Oma am Sterbebett noch syntaktisch zerlegen würde.

„Ja, Schnuppe!", wiederholt Shamouti.

„Ist das jiddisch oder hebräisch?", will Erwin wissen.

„Nein, Kinder, das ist urdeutsch", klärt der Dreiviertel-Germanist Thorsten die Ruffini-Runde auf:

„Als Schnuppe bezeichnet man das überstehende, verkohlte Ende eines Kerzendochts und Kurt Schwitters hat das Vergängliche sogar literarisch unsterblich gemacht".

Thorsten erhebt sich aus dem ausgesessenen Ledersofa, und beginnt erneut, nun in raumfüllender Lautstärke zu rezitieren:

Meine süße Puppe,
Mir ist alles schnuppe,
Wenn ich meine Schnauze
Auf die Deine – bauze"

Das, so protzt Thorsten mit seinem 12-Semester-Restewissen, habe der Dada-Dichter vor exakt 100 Jahren geschrieben. Shamouti und der von Moshe befreite Magnus nehmen die abseitige Unterhaltung am Tisch kaum wahr, so groß ist ihre Erschöpfung. Sie bestellen sich auch etwas Koffeinhaltiges, sie legt die Rechnung über zwei Cafélatte in ihren Kalender und kritzelt abends im Bett mehrere Seiten voll. In ihren Notizen nimmt der Tag des väterlichen Besuchs sehr großen Raum ein. Auf mehreren Seiten sind das Kaugummi-Einwickelpapier des Mesusa-Klebstoffs, ein Ausriss der orthodoxen Bartvorschriften, ein Teebeutel der Lieblingsmarke ihres Vaters, ein Bob Dylan-Comic, ein doppelseitiges Weihnukka-Stillleben als Strichzeichnung und die Ruffini-Rechnung verewigt. In der zweiten, letzten Woche von Shamoutis Deutschland-Besuch bis zum Rückflug nach Israel bieten sich zahlreiche eindrucksvolle Erlebnisse an, um in ihrem Moleskine-Kalender verewigt zu werden.

Für den morgigen Abend schlägt Magnus den Besuch der Ausstellung „Climbing Cholitas" im Kino Seefeld am Ammersee vor. Das sei eine Charity-Veranstaltung für indigene Bergsteigerinnen aus Bolivien, die von den dortigen Machos massiv unterdrückt würden. Es gebe eine filmische Dokumentation und eine der Climbing Cholitas sei für die Premieren-Vorstellung extra aus dem Hochland der Anden angereist, um von der Besteigung mehrerer Sechstausender in traditioneller indigener Kleidung zu berichten. Diese Bergsteigerin müsse man sich doch unbedingt ansehen und das Projekt unterstützen.

Natürlich, sehr gern, stimmt ihm Shamouti zu. Das klinge unverfänglich, es könnte ein ganz entspannter Abend werden.

Haifa, Shamoutis Wohnung, 6. Oktober 2023 um 19.55 Uhr

Sehr langsam legt sich der Schrecken von Magnus´ überraschender Ankunft. Shamouti schiebt den Abfall wieder in die Reste der zerplatzten Tüte und stellt sie zur Seite. Magnus wischt sich feuchtes Kaffeemehl von der Hose. Seine Freundin trägt nicht, wie von Magnus in seinem Tagtraum vermutet, ein abgewetztes Tank-Top und die ausgefranste kurze Jeans, sondern nur hautfarbene, seidige Unterwäsche. Das ist aus seiner Perspektive ein überaus schöner, aber ungewöhnlicher Anblick, da Shamouti eigentlich nie einen BH trägt. Sie lehne diese einengenden Rüstungen ab und trage „diese Bruststützen" bestenfalls beim Sport oder bei Militäreinsätzen, sagte sie, als Magnus sie einmal auf ihren BH-Verzicht ansprach. Allerdings unterstützen diese knapp geschnittenen, mit champagnerfarbigen Borten verzierten Dessous nun keinerlei sportliche Ambitionen oder erwecken den Eindruck militärischer Verteidigungsbereitschaft. Wäre Shamouti nicht von vergorenen Essensresten umgeben auf ihrer Empore kauernd – könnte man annehmen, sie würde sich für ein Victoria´s Secrets-Casting bewerben. Magnus beginnt den Anblick seiner leichtbekleideten, wohlgeformten Freundin zu genießen. Dann wandert sein Blick von steigender Neugier getrieben in Shamoutis Wohnung. Zum ersten Mal sieht er das, was Shamouti „Ihre Kreativhöhle" nennt und er auszugsweise auf ihren Instagram-Fotos erkennen konnte: Das Einzimmer-Appartement ist eng, gut gefüllt mit einer lilafarbenen Stoffcouch links, rechts ein Do-it-yourself-Bett aus Euro-Paletten, vorne neben der Spüle und dem Gaskocher stehen ein Tisch und drei Stühle, die aus einer Uni-Mensa stammen könnten. Die Wände sind expressiv bemalt mit grellen, breiten, vertikalen Farbstreifen. Auberginenlila kämpft gegen Rapsgelb, gleich daneben Mittelmeerblau gegen Jaffa-Orange und Kirschrot muss sich gegen einen fetten schokobraunen Balken verteidigen, der die

Tür zum Bad durchkreuzt. Farben seien die Muttersprache des Unbewussten, zitiert Shamouti gern C. G. Jung, deshalb wolle sie in ihrem Zuhause nicht einfach die nächstbeste Farbe vom Baumarkt an die Wand klatschen. Sie ist überzeugt von der visuellen Kraft und der Botschaft des Bunten. Den betonierten Boden hat Shamouti fast gänzlich mit Lammfellen ausgelegt, deren Farbtöne von Naturweiß über Vanille bis zu einem Haselnusston reichen. Das Ensemble der Lammfelle wirkt so wie ein überdimensionales Kuhfell und Magnus muss an das Simmentaler Fleckvieh denken, die gängige Rinderrasse auf oberbayerischen Wiesen. Die Lammfelle würden im Winter wärmen und im Sommer die Hitze ausgleichen, „statt einer Klimaanlage" hat ihm Shamouti erklärt, als er sie einmal auf die ungewöhnliche Bodengestaltung ansprach, die auch auf ihren Insta-Fotos erkennbar war. Insgesamt wirkt Shamoutis Wohnung wie die wohlsortierte Unterkunft einer Improvisationskünstlerin. In der linken hinteren Ecke neben der Badtür erkennt Magnus einen Stapel Moleskine-Kalender, die sich über einem Berg von scheinbar unsortierten Papierausdrucken und Büchern stapeln. Durch die weit geöffnete Tür wehen die Cannabis-Duftschwaden und der beißende Gestank verglimmenden Papiers oder verkokelnder Kartonage.

Das wiedervereinigte Paar verharrt noch Sekunden ohne Worte in der Hocke. Duft und Gestank, die grellen Wandfarben, Lammfelle, seine Liebste vor ihm kniend sowie eine gierige Spinne, die nun endlich ihr Stubenfliegenopfer im klebrigen Netz zwischen Kakteenpflanze und Türrahmen verspeist hat – es ist summa summarum eine Gemengelage, die in Magnus´ Vorstellung einem realen Paradies am nächsten kommt.

Der Beton der Empore vor Shamoutis Wohnung ist immer noch warm nach einem heißen Tag. Sie sieht, dass durch ihren überhasteten Sprung nach dem Öffnen ihrer Haustür ihre Zigarette auf dem leeren Pizza-Karton landete. Die Glut breitet sich dort zwischen Pappe, Tomatenstücken, Pilzresten und Zwiebelscheibchen aus wie ein Miniaturwaldbrand. Sie nimmt die Zigarette und den Karton, legt ihn auf die Treppe ihrer Empore und gießt den Rest einer Limoflasche darüber. Dann nimmt sie Magnus´ Hand, zieht ihn aus der Hocke und holt an der Türschwelle stehend, mit einer weit ausschweifenden Armbewegung, die ausstehende Begrüßungsgeste nach: „Mein Bett, mein Tisch, mein Gaskocher, meine Kreativhöhle. Welcome!" sagt sie und endlich sind alle Missverständnisse durch Magnus kommunikationsfreie Anreise abgeschüttelt.

„15 Uhr, 17 Uhr oder 19.58, Hauptsache, du bist endlich da, Liebster", sagt Shamouti.

„Eigentlich sollten wir uns jetzt ins Bett legen, den Joint zu Ende rauchen und es uns gut gehen lassen, aber ich habe heute noch ein Programm", überrascht sie Magnus. Es sei einiges passiert in den letzten Wochen und es gebe da etwas, das sie ihm erklären müsse. „Wir machen das unterwegs."

Unterwegs sein ist nicht das, was Magnus nach 2725 Kilometern Anreise gerade vorschwebt. Aber er ist zu ermattet, um dem Aktionismus seiner Freundin etwas Beschauliches oder den eigenen Wunsch nach entspannter Zweisamkeit entgegenzusetzen. Genuss ohne Fortbewegung, Zeit verstreichen lassen ohne Ziel, das wäre jetzt seine Agenda. Aber als „Liebster" bezeichnet zu werden, gefällt ihm. Die maximale Würdigung ihrer Beziehung setzt seine israelische Freundin sehr dosiert ein. Sie drückt das Ende der Zigarette im Aschenbecher auf dem Resopaltisch aus, blickt auf ihre Armbanduhr und gibt Magnus einen flinken Kuss. „Wir müssen in 45 Minuten in der Cinematheque sein." Cinematheque, das klingt für den Israeltouristen vielversprechend, vermutlich sehen sie sich einen Film an, womöglich die Premiere des Films einer Studienkollegin oder eines Studienkollegen?

Shamouti zieht sich eine hellblaue Seidenbluse über, eine knallenge Jeans und türkise Sandalen mit ziemlich hohen Absätzen und kleinen Glitzersteinchen auf der Spange. Sie verschwindet kurz im Bad und kommt krass geschminkt wieder heraus.

Zum ersten Mal sieht er Shamouti mit Kajal-Lidstrich und einem kirschfarbenen Lippenstift-Kussmund! Seine Casual-Kreativ-Freundin hat sich in ein Fashionmodel-artiges Wesen verwandelt. Bevor er die Shamouti-Metamorphose kommentieren könnte – die Verwunderung ist so groß, dass ihm die passenden Worte nicht einfallen wollen – fragt er: „Gehen wir ins Kino oder Theater, Liebste?" Magnus erkennt bei Betrachtung seines eigenen Klamottenzustands erheblichen Verwandlungsbedarf. Er zieht aus seiner Tasche eilig ein weißes Leinenhemd, tauscht es gegen sein verschmutztes Smiley-T-Shirt aus, knöpft sich das frische Textil zu und streift seine Levis ab. Dabei fällt sein Blick auch auf seine Unterhose. Mit gewisser Erleichterung stellt er fest, dass der blaue Slip von Tchibo ist und seine Sorge, eine Unterhose der Modemarke Boss könne seine kritische jüdische Freundin provozieren, war vollkommen unbegründet. Flugs schlüpft er in eine sandfarbene Shorts mit aufgesetzten Taschen. Mit seinem frischen Outfit ähnelt Magnus allerdings den Israeltouristen, es fehlt nur der grellrosafarbene Aufkleber „Holydays – Israel auf den Spuren Jesu mit dem Bus erkunden". In diesem Moment setzt seine selektive Erinnerung an den Morgen, den Flughafen und den Securitykontrolle ein: „Ich habe auch ein Geschenk für dich. Überraschung!"

„Lieber später, nach der Veranstaltung, Magnus", schlägt sie vor. „Lass´ uns gehen."

Um ihr Handgelenk baumelt eine Plastiktüte, in der sich ein Buch und eines ihrer Notizbücher befinden, sie sperrt noch eilig die Haustüre zu und die beiden gehen um die Ecke zur Illanot Street. Sie passieren wieder eines der Plakate mit der Frau, die Shamouti ähnelt.

Veranstaltung, Catering, Dichterlesung, ein rätselhaftes Abendprogramm. Ob es sich etwa um ihre Dichterlesung handle?, fragt Magnus neugierig nach. Ob er das richtig verstanden habe? Sie? In der Cinematheque? Was immer das auch sei, es klinge nach Kino oder einer künstlerischen Aufführung, einem Event.

Shamouti will wissen, ob er sich an das Kaffeekränzchen bei seinen Eltern und den Ausflug zur Zugspitze erinnern könne? Da habe sie begonnen, sich Notizen über Deutschland zu machen. Sie wollte ihre Eindrücke erst nur festhalten. Je länger und umfangreicher die Aufzeichnungen wurden, umso mehr habe sie sich gewundert, Zusammenhänge entdeckt, erste Fantasien ventiliert. Irgendwann fand sie es aus ihrer israelischen Perspektive kurios, wie vorbildlich gastfreundlich und mitunter naiv die Deutschen mit Fremden, Zuwanderern und speziell mit Muslimen umgehen würden. Er erinnere sich doch sicherlich an das retuschierte Zugspitzkreuz. Dieses irritierende Erlebnis und das Mein Kampf-Buch im Nussbaumschrank der Eltern, das hätte eine gewaltige Guglhupf-Irritation bei ihr ausgelöst. Magnus nimmt dies mit leichter Verwunderung auf. Er habe von der Guglhupf-Irritation nichts mitbekommen. Bei ihr habe das, so deutet Shamouti an, eine ganze Lawine von Bildern erzeugt, Gefühle losgetreten und Ideen in Gang gesetzt, die sie dann gesammelt und verdichtet habe. Seine Pazifismusbegeisterung, seine Weltverbesserer-Freunde und seine Eltern, die alles Vergangene beim Kaffeetrinken wiedergutmachen wollten. Zuhause in Haifa und bei ihren Eltern in Herzlia habe sie begonnen, in Zeitungen und Archiven zu recherchieren, um den deutschen Sozialstaat, die Senioren, die Babyboomer und speziell die kuriose Generation Z mit ihrem Demonstrations-Eifer noch besser zu verstehen.

Im April, so erzählt Shamouti, habe sie dann im Café „Strudel", übrigens in Haifas beliebter German Colony gelegen, Nurit Edelmann, die Cheflektorin des Shabtai-Verlags kennengelernt und ihr von ihrer Reise, den Eindrücken und Recherchen erzählt. Nurit hätte dann die zunächst total verrückte Idee gehabt, eine Social-Fiction daraus zu machen, die Fakten zuzuspitzen, die Deutschlandgeschichte zeitlich fortzuschreiben und daraus einen amüsanten, kuriosen, zeitkritischen Zukunftsroman zu machen: Was wäre, wenn es sich in der Dritten Welt herumspräche, dass Deutschland tatsächlich ein riesiger Selbstbedienungsladen ist? Wenn jeder kommen könnte, um es sich in zwischen Garmisch und Flensgaden, Flenshafen oder so gemütlich zu machen? Und was würde passieren, wenn diese Weltverbesserer gezwungen wären, sich gegen böse Invasoren aus dem Osten zu verteidigen? Wenn Pazifisten zu den Waffen greifen müssten? Sie habe zusammen mit Nurit dann ganz flott das Konzept des Romans mit dem fiktionalen Taubenreich entwickelt und seither praktisch jeden Tag nach den Vorlesungen bis Mitternacht am PC verbracht, um ihr Erstlingswerk in die Tasten zu hacken. Im Juli habe sie die 160 Seiten fertig gehabt und seit zwei Wochen sei das Buch im Handel. Eine verrückte Zeit sei das gewesen, gesteht sie. Abgesehen von den Zigaretten habe sie zumindest ein sehr gesundes Leben geführt und überaus geregelte Tage verbracht. Exzessive Freizeitgestaltung oder nächtelange Partys am Strand kenne sie nur noch aus Erzählungen ihrer Studienkollegin Berit Katz beim Mittagessen in der Mensa.

Magnus bleibt etwa fünf Meter neben einer Litfaßsäule stehen und hört Shamouti zu, wie sie versucht, ihm in wenigen Sätzen zu erklären, was für eine Veranstaltung sie jetzt besuchen werden.

„Das Buch ist von dir?", fragt er immer noch zweifelnd und deutet auf das Plakat. „Und das bist du? Judith Levinson, ist das dein..."

Der Verlag habe ihr aus Sicherheitsgründen einen Künstlernamen verpasst, ein Pseudonym. Magnus wisse ja, mit Seybowicz habe sie eh immer gefremdelt. Judith Levinson könne man gefahrlos aussprechen, ohne jemanden anzuspucken. Seine Daliah Lavi heiße ja eigentlich Levinbuk, und Bob Dylan sei bekanntlich ein geborener Zimmerman. Und sie sei jetzt eben eine Judith Levinson, zwischendurch zumindest. Es klinge doch gut, oder?

Magnus stellt sich vor Judith-Shamouti Levinson-Seybowicz und hält sie zärtlich an beiden Händen fest, seine Daumen streicheln über ihre Handrücken: Diese Judith Levinson gefalle ihm außerordentlich gut, sie sehe aber älter aus als Shamouti und sie sei für seinen Geschmack zu stark geschminkt. Aber die goldene Haarsträhne verrate sie. Im Sammeltaxi hätten die Leute über sie und ihr Buch gesprochen, weil jemand ein Radiointerview mit ihr gehört habe, ein weiterer Fahrgast habe praktisch jede Seite ihres Buchs gekannt und die spekulativen Thesen vorgetragen. „Land der Tauben", klinge ja erst einmal sehr nett.

Shamouti stößt sich offenbar am Wort „nett". Wenn sie es nicht so verdammt eilig hätten, müsste sie jetzt zwingend mit ihm über die Bedeutung von „nett" diskutieren. Das Buch sei nicht nett und der Titel klinge auch nur nett, wenn man ein so unerschütterlicher Optimist sei wie Magnus Beerfeld.

Sie hätten vom Ben-Gurion-Flughafen bis kurz vor Haifa fast nur über diese fantastischen Entwicklungen im Taubenreich diskutiert, erzählt Magnus. Er habe sich, um im Bild des Buches zu bleiben, als bundesdeutsche Friedenstaube geoutet, aber versucht, sich der Angriffe eines Quartetts israelischer Falken zu erwehren und zwischen der israelisch-palästinensischen Front zu vermitteln. Denn der Taxifahrer war wohl arabischstämmig aus Nazareth und es sei heiß hergegangen im Taxi. „Ich mittendrin", quasselt Magnus los, „mal als Angeklagter, mal als Schlichter oder leidenschaftlicher Verteidiger der Friedenspolitik. Ich fühlte mich wie in einer Generalversammlung der Unvereinten Nationen".

In 20 Minuten stehe sein Falkenweibchen auf der Bühne der Cinematheque und werde das „Land der Tauben" vorstellen. Ob Magnus seinen weltpolitischen Diskussionsbedarf auf später verschieben könnte?, bittet sie ihn.

„Wir gehen zur Buchvorstellung?", zeigt sich Magnus immer noch überrascht, „du live auf der Bühne?"

Der 672er Bus kommt aus nördlicher Richtung der Illanot Street, hält an der Bushaltestelle, Shamouti bezahlt für zwei Tickets und sie setzen sich auf eine freie Bank.

So ein Buch zu schreiben sei enorm viel Arbeit und es dann auch noch am heutigen Abend vor großem Publikum zu präsentieren, das koste Energie. Sie fühle sich wie eine Hochspannungsbatterie, die komplett leergelaufen ist.

Magnus lehnt sich zu Shamouti und flüstert ihr geheimnisvoll ins Ohr: Er habe etwas Spannendes im Gepäck, ein passendes Geschenk, das leere Akkus wiederaufladen könne. Und er meine nicht die Toblerone oder die Nutella-Gläser. Die Überraschung solle er sich aufheben, nach der Veranstaltung sei der passende Zeitpunkt. Magnus solle ihr lieber noch schnell berichten, wie seine Anreise war. Während er die Unterhaltung mit Professorin a.D. Grünzweig in wenigen Worten zusammenfasst, erreicht der Bus die Kurve, an der sich die Cinematheque, ein massiger Stahlbeton-Glasbau, befindet.

Er müsse ihr auch noch eine schier unglaubliche Geschichte vom Münchner Flughafen erzählen, spare sich das aber auch für später auf, nach der Lesung. Ob sie eigentlich nervös sei?, fragt er, als sie aussteigen, eher aus Verlegenheit. Aus eigener Erfahrung müsste er wissen, dass man diese Frage nie stellen sollte, weil sie entweder überflüssig ist – bei Personen, die generell keine Prüfungsangst oder Lampenfieber haben – oder bei allen anderen – zu denen auch er zählt – zur massiven Steigerung von Nervosität, Prüfungsangst, Lampenfieber und katastrophalen geistigen Aussetzern führen kann. Das wiedervereinte Liebespaar überquert eilig den betonierten Platz vor der Cinematheque.

Nervosität, dazu habe sie eigentlich keine Zeit, erklärt Shamouti mit angestrengter Mine. Sie geht mit Magnus zum Eingang, wird von einer Frau, die die Eintrittskarten prüft, herzlich begrüßt. „Das ist Rachel, sie arbeitet hier", sagt Shamouti. Sie habe auch die Plakate in der ganzen Stadt aufgehängt. „Rachel, das ist Magnus aus München, mein Freund". Sie könne aber auch Moshe zu ihm sagen. Dabei lacht Shamouti-Judith sehr laut und verabschiedet sich in Richtung Veranstaltungssaal.

Rachel versteht den Moshe-Witz nicht, gibt Magnus aber eine Eintrittskarte und sagt: Für den Freund von Judith Levinson gebe es natürlich eine Freikarte. Er könne sich auch noch einen Drink holen, da sie etwas später anfangen würden. Wegen dieses Buchthemas habe man auch eine Security am Eingang postiert, es dauere noch gut zehn Minuten, bis es losgeht.

Auf dem Vorplatz der Cinematheque sind etwa 20 Stühle, einige ungeordnete Tische, ein jugendlicher Ober mit Tattoos bis unter das Ohrläppchen eilt von Tisch zu Tisch, serviert Wasser und Bier in grünen Flaschen.

Am Tisch neben Rachel sind noch drei Stühle frei. Sie ruft den Ober und macht ihm klar, dass Magnus einen Drink frei hat: „Bring´ ihm ein Maccabee! Oder trinkst du Wasser?"

Magnus deutet auf das Bier am Nachbartisch, setzt sich auf einen der freien Plastikstühle, streckt die Beine aus und fragt: Maccabee, ist das das Bier?

Ja, ja. Also ein Maccabee, ruft Rachel dem rasenden Ober nach.

Wo denn hier die Toiletten seien? fragt Magnus und Rachel, die nun schon eine ordentlich lange Warteschlange vor sich sieht. Sie weist ihm mit einer lässigen Handbewegung den Weg. Magnus schlendert durch die Tische und Stühle zur Tür des kleinen Cinematheque-Cafés, findet den Eingang zur Herrentoilette und kommt nach wenigen Minuten zum Tisch zurück. Dort steht nun eine kühle grüne 0,33-Liter Flasche Bier, Kondenswasser perlt in großen Tropfen am Glas und der Bierflasche. Was für ein herrlicher Anblick für jemanden, der mit den edelsten Erzeugnissen bayerischer Braukunst aufgewachsen ist! Das erste Maccabee seines Lebens, der Name steht in der für ihn unleserlichen hebräischen Schrift darauf. Er nimmt einen großen Schluck, und genießt den malzigen Geschmack des israelischen Gebräus: „Finest Selection" und „All Malt" liest er in Englisch auf dem Etikett.

Immer mehr Gäste stauen sich vor dem Eingang. Die Lesung von

Shamouti beziehungsweise Judith scheint viele Leute zu interessieren. Noch zwei Mal setzt Magnus die Flasche an, dann hat er die 0,33 Liter geleert. Da er seinen eigenen Bieratem nicht mag, nimmt er den letzten Streifen Wrigley's Spearmint aus der Hosentasche. Er zieht den Kaugummi aus dem Papiermantel und der Alufolie, rollt das minzige Ding mit einem Finger zusammen und schiebt es in den Mund.

Rachel sagt ihm, er solle nun an der Warteschlange vorbei zur Security gehen. Sie reißt sein Ticket ein, und wünscht ihm: „Viel Spaß in der ersten Reihe!"

Magnus wartet einige Minuten und steht dann vor dem Mann mit dem blauen Einteiler, Militärstiefeln und einem stabförmigen Metalldetektor. Er prüft offenbar, ob die Gäste Waffen mitführen. Der Securitymann fährt bereits mit der Sonde über Magnus' Oberschenkel. Nun verwandelt sich das makabre Erlebnis am Münchner Flughafen in unauslöschbares Wissen, Magnus möchte nie wieder als potenzieller Terrorist oder Drogenschmuggler verdächtigt werden und eine Maschinenpistole an der Schläfe spüren müssen. Da sein selbstgebauter Lithium-Ionen-Akku im Rucksack in Shamoutis Appartement liegt, hat er hier nichts zu befürchten.

Dann nimmt ihn Rachel am Arm, führt ihn in den Kinosaal und zeigt ihm, dass Plätze in der ersten Reihe für Presse, Familie und Freunde freigehalten sind. Magnus versinkt im weichen lilafarbenen Klappgestühl, dann kommt Shamouti aus einem Nebenraum von links auf die Bühne und sieht nun wirklich wie Judith Levinson aus – genau wie auf den Plakaten. Etwa 200 Besucher füllen den Kinosaal, auf dem beleuchteten Pult liegt ihr Buch. Sie hat bestimmte Stellen mit einigen Dutzend Post-its markiert, dass sie die besten Textstellen findet und chronologisch vorlesen kann.

Der Prolog des Buches ist ein fiktionaler Rückblick. Shamouti beschreibt, wie sich das wiedervereinigte Ost-West-Taubenreich bis zur Jahrtausendwende und in den Jahren danach weiterentwickelt hat. Aus ihrer israelischen Autoren-Perspektive seien die Tauben-reicher ein merkwürdiges Völkchen, das sich in einer Identitätskrise befinde. Nach der schlimmen ersten Hälfte des 20ten Jahrhunderts wollten die Taubenreicher, so Shamoutis überzeugende Erklärung, nun, im dritten Jahrtausend alles besser machen: Frieden stiften, die Klimaerwärmung stoppen, die Umwelt schützen und sich für globale Gerechtigkeit einsetzen. Wir sind die Guten, das sei die Losung! Nach wenigen Minten ist allen Zuhörern klar, welches Land für das Taubenreich Pate stand. Sie retten streunende Hunde in Südeuropa, liest sie vor. Fridays-for-future-Schüler schwänzen aus Protest die Schule, Klima-Aktivisten der „Letzten Generation" kleben sich auf Straßen fest, in Flashmobs wird der komplette Plastikwegwerfmüll von Fastfood-Restaurants vor den Eingang gekippt und über Social Media ein Shitstorm erzeugt. Und Studenten sammeln eifrig für vertriebene Palästinenser und unterdrückte Kurden. Manche taubenreicher Eigenschaften oder Aktionen, die dem israelischen Mainstream besonders missfallen, werden von spontanen Buh-Rufen begleitet und mit dutzenden gesenkten Daumen disqualifiziert. Schon nach wenigen Seiten entwickelt sich eine innige Verbindung zwischen der Vortragenden und ihrem Publikum.

Alles, was sich in Judith-Shamoutis Moleskine-Kalender ansammelte, wird nun literarisch verarbeitet, Seite für Seite zelebriert, mit Anekdoten gewürzt und satirischer Übertreibung in der Cinematheque Haifas vorgetragen. Je weiter sie die Vorstellungskraft und Glaubwürdigkeitsgrenze ins Fantastische verschiebt, umso amüsierter strahlt ihr Publikum. Mit gängigen Deutschland-Klischees zu wuchern, sie künstlerisch zu verzerren, das findet mächtig Anklang bei Judith Levinsons Fans. Die Deutsch-Taubenreicher sind Perfektionisten, im Guten wie im Schlechten. Und sie liefern damit allemal genug Stoff für eine 160 Seiten lange Story und das 70 Minuten dauernde Live-Konzentrat.

Magnus kann aus einigen englischen Wortfetzen, die Shamouti einstreut oder gelegentlichen jiddischen Begriffen erahnen, worum es gerade geht. Das „Taubenreich" oder die „Taubenreicher" kommen in jedem dritten Satz vor. Manchmal nimmt Shamouti dabei Augenkontakt mit ihm auf. Er ahnt, was das zu bedeuten hat. Dass er ein Taubenreicher sein könnte? Nach allem, was er im Taxi über das Buch erfahren hat, muss er mit dem Schlimmsten rechnen. Vor allem das im Hebräischen kehlig betonte TaubenreiCH am Ende klingt nach einer bitterbösen Persiflage. Das langanhaltende CH kratzt durch das Mikrofon und die Verstärkeranlage bläst es geradezu ohrenbetäubend in den Vortragssaal. Ein bedrohliches CH. UnweigerliCH kommt einem das Dritte ReiCH in den Sinn.

Auch andere Länder bekommen wegen ihrer Reichhaltigkeit – ausschließlich im Deutschen – einen sonderbaren Beigeschmack, kommt Magnus in den Sinn, während seine Freundin auf der Bühne glänzt: Frankreich, Österreich, Vereinigtes Königreich – Magnus genießt für einen Moment geistiger Abwesenheit die stille Freude, dass seine Heimat nicht zusätzlich von Schweizreich, Niederreich, Flamenreich, Dänenreich, sowie einem Polen- und Tschechenreich umzingelt ist. Um wie viel schöner klingen „La France", „Polska" oder „Nederland" dagegen in der jeweiligen Heimatsprache.

Shamouti nimmt nach etwa 15 vorgelesenen Seiten einen Schluck aus dem Wasserglas, das rechts auf dem Holzpult steht und holt tief Luft. Ihre anfängliche Nervosität ist einer Leseroutine und expressiven Ausdruckslust gewichen. Wäre es nicht ein so unschönes Wort, könnte man ihr ein Naturtalent als Rampensau bestätigen. Da einige Zuhörer durchgängig zustimmend gestikulieren, dass sie jede Facette der Weltrettungs-Fantasien dieser Friedenstäubchen-Republik und die kuriosen Folgen ihrer philanthropischen Politik goutieren, bereitet Shamouti den Höhepunkt ihres Zukunftsromans vor und präsentiert ihn mit Verve: Das Taubenreich entwickelte sich durch die radikale Umsetzung seiner sozial-liberal-ökologisch-philanthropischen Ideologie zu einer Art Selbstbedienungsladen, beginnt sie ihren Anlauf zur Klimax.

Jeder dürfe ins Taubenreichchch einwandern und es sich gemütlich machen – „gemütlich" wiederholt sie ebenfalls mit besonders langem CH auf Deutsch, denn jeder – vom Hindukusch bis zum Atlas – kenne die „deutsche Gemütlichkeit" als höchst erstrebenswerten lebenslangen Wohlergehenszustand.

Die garantierten Sozialleistungen hätten sich global herumgesprochen, setzt Shamouti die Steigerung fort: Unterbringung von Armutsflüchtlingen auf 4-Sterne-Kreuzfahrtschiffen, kostenlose KFZ-Führerscheine für die Männer, Shoppingkurse für Frauen sowie 100-Euro-Einkaufsgutscheine für die Spielwarenabteilung von Karstadt oder Kaufhof für jedes Kind. Auf solche Ideen könnten nur durchgeknallte taubenreicher Politiker oder naive NGOs kommen.

Das Sahnehäubchen des Willkommenspakets für die Neuankömmlinge, hier macht Shamouti eine längere, die Spannung steigernde Pause, komme höchstpersönlich aus dem Mund der Taubenreichskanzlerin Elke Wischnewski. Shamouti-Judith sieht nun Magnus direkt an und schlüpft für einen Moment in die Rolle der Kanzlerin:

„Jedem 1000sten Einwandernden, das verspreche ich jetzt und hier, perfekt gegendert, hoch und konfessionsunabhängig heilig, spendiert unser Taubenreich einen nagelneuen VW Golf. Und zwar das *Sondermodell Marrakesch in Sahara-Beige!*"

Dieses verlockende Angebot, Shamouti-Judith wechselt wieder in die Rolle der präsentierenden Buchautorin, breite sich wie ein Lauffeuer aus – alle Medien berichteten über dieses sensationelle Versprechen der Taubenreichskanzlerin – von Al Jazeera bis zur New York Times. YouTube-Schnipsel mit dem Wischnewski-Golf-Geschenk laufen viral auf allen Sozialen Medien, bald hat die Kanzlerin Selena Gomez, Justin Bieber und Taylor Swift überholt.

Als Shamouti diese Zeilen vorliest, können sich die Zuhörerinnen und Zuhörer vor hämischem Lachen kaum noch halten. Und weil es zwischen Flensgaden – da hat sich die Autorin einen kleinen Städte-Schüttel-Scherz erlaubt – und Berchtesburg keinerlei Grenzkontrollen gäbe, ruft sie dem amüsierten Publikum zu, „kommt eine Völkerwanderung biblischen Ausmaßes in Gang". Die Vorstellung einer derartigen Menschenmassenbewegung treibt mancher Zuhörerin, manchem Zuhörer Angstschweißperlen auf die Stirn. Doch Shamouti gelingt es, mit einigen heiteren Details aus der fiktiven taubenreichen Tagespresse den Schrecken vergessen zu machen: Die Bild-Zeitung hebt den 105jährigen blinden Syrer Nadim Khaled auf die Wochenend-Titelseite, der angeblich zu Fuß über die Balkanroute nach Taubenreich kam. Irakische Zahnärzte erzählen bei focus. de, wie sie drei Wochen nach ihrer Ankunft in Köln einen Job in der Uniklinik bekommen haben und der junge Fußballspieler Amadou aus Mauretanien wird in den ARD-Tagesthemen interviewt, um zu beschreiben, wie er beim Hamburger Sportverein einen Vertag erhielt, obwohl er vorher nur in einer staubigen Westsahara-Oase mit selbstgebastelten Lumpenbällen gekickt habe.

Das kommt Magnus bekannt vor. Hatte sein jugendlicher Sammeltaxi-Mitfahrer David hier nicht ernste Zweifel an der Recherche und hielt diese Story für völlig unglaubwürdig? Seis drum: Magnus passt seine Mimik und Gestik, soweit es seine Irritation zulässt, seinem Umfeld an. Er versichert sich mal beim männlichen Sitznachbarn links, mal bei der Dame rechts. Um etwa eineinhalb Reaktionssekunden zeitversetzt zieht er dann verdutzt die Augenbrauen hoch, wenn vermutlich unfassbare Details aus dem Taubenreich verkündet werden; er nickt zustimmend, wenn Fehlentwicklungen im Taubenreich zwangsläufig ein nächstes Desaster heraufbeschwören – dem hämischen Gruppenlachanfall im Saal kann Magnus lediglich ein essigsaures Verlegenheitsschmunzeln beisteuern. Er verfolgt Shamouti-Judiths in hebräischer Sprache gehaltene Autorenlesung eine gute Stunde lang. Er ahnt, dass zwischen Shamoutis Fingern seine sämtlichen Ideale verrissen werden – Seite für Seite. Bruchstückhaft formt sich ein Zerrbild, eine mögliche, absurd klingende Handlung rund um das Taubenreich mit einer Reichskanzlerin und einem VW Golf Sondermodell. Dann horcht er auf, als seine Freundin FriedriCH Schiller zitiert und auf Deutsch vorträgt: „Der schrecklichste der Schrecken, das ist der Mensch in seinem Wahn". Anhand der amüsierten Zwischenrufe, des begeisterten Applauses und der langen Diskussionen im Anschluss, erkennt Magnus, dass das deutsche Zitat verstanden wurde und Shamoutis Buch wohl ein grandioser Publikumserfolg ist. Offenbar hat sie mit der Deutschland-Satire den israelischen Zeitgeist getroffen. Shamouti wird anschließend um mehrere Dutzend Buch-Signaturen gebeten und beantwortet während des Unterschriften-Marathons einige Fragen des Literaturredakteurs Ben Goldfarb, der einen Bericht für den Kulturteil der Zeitung Haaretz vorbereitet.

Als sie von allen Verpflichtungen der Buchpräsentation befreit ist, packt sie ihr präpariertes Buch wieder in den Plastikbeutel, geht mit euphorisch blaugrün strahlenden Augen, gespreizten Armen, um die Welt zu umarmen und hypererregten Trippelschritten auf Magnus zu, der immer noch ermattet in der ersten Reihe sitzt. Er schält sich langsam aus dem Kinosit und umschlingt seine vom Erfolg des Abends elektrisierte Freundin. Ob das Publikum wirklich so amüsiert gewesen sei, so positiv reagiert habe, will sie wissen, oder ob sie sich das nur einbilde? Bevor Magnus antworten kann, rückversichert sich Shamouti ihres Erfolgs im Freudentaumel mit weiteren Fragen: Ob wirklich so viele gelacht hätten und ob man im Publikum gemerkt habe, wie nervös sie am Anfang gewesen sei?

Toll habe sie das gemacht, bestätigt Magnus, und das Publikum sei wirklich begeistert gewesen, alle hätten geklatscht und an vielen Stellen laut gelacht. Die Nervosität hätte man ihr überhaupt nicht angemerkt – im Gegenteil: Sie habe den Eindruck vermittelt, dass sie seit Jahren nichts Anderes mache, als Buchlesungen vor großem Publikum zu halten. Er könne das alles noch gar nicht fassen, glauben, geschweige denn verarbeiten, was er gesehen und gehört habe. Auf jeden Fall sei er echt stolz auf sie. Nach der Buchpremieren-Lesung stoßen Shamouti und Magnus noch mit einigen Verlagsleuten und Freuden an. Cocktailgläser mit einem fruchtig grünen „Haifa Mint Mojito" klirren. Ihr Freund sei angeblich extra zur Buchpremiere aus München eingeflogen – diese Aussage macht die Runde und verleiht dem Event eine gewisse Weitläufigkeit. Dass Magnus keinen Schimmer von diesem Buchprojekt hatte, bleibt Shamoutis Geheimnis. Dann verabschiedet sich das Paar und verlässt sie Cinemateque.

Es ist kurz vor 23 Uhr, Shamouti und Magnus gehen zu Fuß nachhause durch das immer noch aufgeheizte Zentrum Haifas. Shamouti beginnt erneut darzulegen, wie sie auf die Idee kam, dieses Buch zu schreiben. Manche Erlebnisse hätten sie geradezu erschüttert, sagt sie. Für vieles, was sie in diesem zusammengewachsenen Deutschland gehört und gesehen habe, hätte sie keinerlei Verständnis. Während Magnus aufmerksam Shamoutis ausführlichen Monolog verfolgt, löst sich seine Hand von ihrer, er versucht immer wieder mit ihr Blickkontakt aufzunehmen, ohne über einen der vielen Bordsteine zu stolpern, die sie im nächtlichen Zentrum Haifas überqueren. Shamouti blickt auf den Boden und wendet sich nur sporadisch ihrem Freund zu, als sie sehr sachlich mit einem Erklärungsversuch loslegt: Diese typischen Deutschen, engagierten sich für arme Tiere in Südeuropa, demonstrierten gegen den Klimawandel, das Abholzen des Regenwalds, sie sammelten Unterschriften gegen Fracking und Geld bei jedem Erdbeben zwischen Marokko und Afghanistan. Ob sie etwas Wichtiges vergessen habe, fragt sie. Sie hätte den Eindruck gewonnen, dass man ihn, Magnus, und seine Freunde für jeden Unsinn begeistern könne, wenn es um unterdrückte Völker, gepeinigte Minderheiten oder verwahrloste Tiere in möglichst exotischen Ländern gehe. „Es reicht einfach nicht, nur woke zu sein", ärgert sie sich. Wollte sein Freund Gianluigi nicht gleich eine PR-Aktion starten, als er einen Bericht über das Aussterben des Tasmanischen Tigers im Magazin GEO gelesen hatte? Da wäre er, erinnert sich Shamouti, wirklich hochgradig erregt gewesen, ergriffen und hätte die Gründung eines deutschen Zentrums zur Rettung des Tasmanischen Tigers angeregt – natürlich zusammen mit der zoologischen Gesellschaft Frankfurt. Und nach dem ersten Telefonat mit denen habe er sich gleich das Grzimek-Buch „Die Serengeti darf nicht sterben" gekauft und ihnen jeden Abend daraus vorgelesen. Die armen Antilopen, Gnus, Giraffen und Massai. Zweifüßler wie Vierfüßler, alle seien sie dem Untergang geweiht. Damit hätte er sich auch gleich als Bundesvorstand der „Letzen Generation" bewerben können. So etwas gebe es wohl nur im Taubenreich, äh in Deutschland, meint sie – junge, gebildete Menschen, die glauben, sie könnten mit zivilem Ungehorsam den Weltuntergang verhindern. Es sei übrigens keine Überraschung gewesen, dass es weder zur Gründung des „Deutschen Zentrums zur Rettung des Tasmanischen Tigers" gekommen wäre noch zur einer Hilfsinitiative für die Serengeti-Bewohner.

Was den Deutschen hingegen völlig Wurst sei, bemängelt Shamouti, dabei packt sie Magnus am Ärmel: Das eigene Land zu schützen, die eigene Kultur zu bewahren oder auch die eigenen Grenzen zu kontrollieren. Die gäbe es praktisch nicht mehr. Dreimal seien sie nach Österreich gefahren, drei Mal hin und zurück – ohne jede Kontrolle. Das hätte sie wirklich nirgendwo sonst auf der Welt gesehen, dass ein Grenzübergang nicht mehr besetzt sei. Stattdessen werde das Grenz-Häuschen als Kiosk benutzt, statt Passkontrolle gäbe es 80-prozentigen Stroh Rum, Murmeltierfett, Bergkräutertee und billige Zigaretten. An dieser Stelle im Buch hätten die Zuhörenden vorhin auch lange und ausgiebig gelacht. Sie hielten die Beschreibung der Taubenreicher Grenzübergänge mit dem Rum-Verkauf für einen besonders gelungenen Scherz!

Shamouti zieht während des Gehens aus ihrer Plastiktüte einen ihrer Moleskine-Kalender heraus und zeigt Magnus ihre Aufzeichnungen – die Wörter, Zahlen und kleine Zeichnungen, das Konzentrat ihrer Deutschland-Erfahrungen. Auf einer Seite hat sie das markante orangefarbene Emblem des hochprozentigen Rums als Erinnerungsstütze eingeklebt. Schau doch mal nach Amerika, Kanada oder Australien, mit welch harten Auflagen die ihre Einwanderung regeln. Und dort sind die Leute stolz auf ihr Land, in jedem zweiten Garten flattert die Nationalflagge. Ich habe bei euch keine einzige Schwarz-Rot-Gold-Fahne im Garten gesehen. So ein natürlicher Hauch von Nationalstolz scheint euch völlig fremd zu sein.

Da fährt Magnus, der sich minutenlang an einem Doublemint-Kaugummi abgearbeitet hat und zuhörte, wie Shamouti auf kaum einenhalb Kilometern Fußweg durch das aufgeheizte Haifa, sein moralisches Idealkonstrukt torpediert, aus der Haut: „Na klar, die Amis verteidigen ihr Grundstück ja auch gern mit der Pumpgun". Die würden sich nun wirklich nicht als Vorbilder eignen. Nationalstolz gehöre zu dem Vokabular, das man bei ihm zuhause einfach nicht mehr hören möchte. So etwas stehe bei ihm auf dem Index, sagt er in einer für ihn ungewöhnlichen Lautstärke. So als müsse er sich gegen die vielstimmigen, lauten Widerreden des Falkenschwarms im Sammeltaxi verteidigen. Aber Magnus und Shamouti stehen immer noch unter einer Laterne in der Altstadt Haifas. Es duftet nach Rosmarin, der in vielen der Vorgärten wild wächst und die warme Mitternachtluft angenehm würzt. Außer dem Summen der Klimaanlagen ist in dieser Gegens Haifas gerade nichts zu hören, kein Moped ist unterwegs, kein klapperndes Müllfahrzeug, nur der Taubenreich-Disput übertönt die Ventilatoren. Eine Anwohnerin, die ein kleines Baby im

Arm hält, öffnet ihr Fenster und mahnt die diskutierenden Fußgänger zur Ruhe.

Die beiden schlendern weiter durch die Nacht und Shamouti setzt die Verarbeitung ihrer Deutschland-Erlebnisse fort. Nach dem ersten Schock vor dem Beerfeldschen Nussbaumschrank und dem darin befindlichen Mein Kampf-Buch hätte sie gespürt, wie die völlig irrwitzige Situation, die Gespräche und die Erlebnisse sie künstlerisch inspirierten. Da sei etwas Unaufhaltbares in Gang gekommen. Ihre erste Idee sei es gewesen, eine Weltverbesserungs-Installation zu kreieren. Alle Werkzeuge und Methoden in einem Raum zu vereinen, die Deutschland anwendet, um vom bösen Nazi-Image wegzukommen. Ihr Kunst-Professor hätte sie darin bestärkt, in der Tradition von Ilja Kabakov, Dennis Oppenheim oder auch Joseph Beuys´ „Fettecke" ihre geradezu geniale Idee umzusetzen, festgefahrene Moralvorstellungen in Form provozierender Alltagsgegenstände zu materialisieren. Eine Entnazifizierungs-Waschmaschine von Miele mit einer Füllung von Braunhemden wäre denkbar gewesen, luxuriöse Hundehütten der Wüstenrot-Bausparkasse zur Rettung rumänischer Straßenhunde, Friedenstauben aus weißer Milka-Schokolade oder ein demonstrativer unter-den-Teppich-kehr-Teppich vom Otto Versand, um Unerwünschtes unauffällig verschwinden lassen zu können. Sie hätte dann vom Weltverbesserungs-Kunstwerk Abstand genommen, erklärt sie Magnus. Der ganze Installationskram wäre zu kurz gesprungen, zu platt. Das habe sie ihrem Professor dann zu verstehen gegeben.

Die Grundidee, die sie mit der Lektorin Nurit Edelmann entwickelte und verfeinerte, sei es gewesen, diese pauschale Nächstenliebe-Welle, den deutschen Staats-Pazifismus, das Wegsehen bei rechtsradikalen oder linksalternativen Fehlentwicklungen, das chronische Vermeiden gesunder Konfrontationen – das alles müsse man nur ein wenig pointieren und mit drastisch überzeichneten Bildern versehen.

213

Sie erinnerte sich an das Prinzip des Blaumilchkanals: aus Kasimir Blaumilchs kleiner Presslufthammer-Aktion wurde eine Mega-Baustelle, unfähige Behören wurden entlarvt und bloßgestellt – am Ende lobte der Bürgermeister seine eigene desaströse Verwaltung. „Unser tiefgefühlter Dank geht in erster Linie an das städtische Planungsamt, ohne dessen kühne Vorstellungskraft diese großartige Entwicklung unserer Stadt niemals möglich gewesen wäre", habe der Bürgermeister bei der Eröffnungsrede des Kanals gesagt. Tel Aviv solle durch die chaotischen Baumaßnahmen zum „Venedig des Nahen Ostens" werden.

So hätte auch sie den Plan verfolgt, das Verborgene spürbar zu machen, mal schmerzhaft, mal scherzhaft. Und dies gelinge am besten mit einer Deutschland-Satire, einer Persiflage. Der fabelhafte Ansatz, ihre Geschichte in einem fiktiven Taubenreich spielen zulassen, hätte dann irgendwie auf der Hand gelegen. Die Politiker in Israel rühmten sich so gern damit, Falken zu sein – außenpolitische Konflikte würden in Israel knallhart mit kriegerischen Drohungen und Aktionen ausgetragen. Und Deutschland sei aus ihrer Sicht das staatgewordene Friedenstäubchen. Durch diesen Kniff und die satirische Übertreibung könne sie deutlich machen, welch fatale Wirkung einzelne, anscheinend unbedeutende Ereignisse der Gegenwart in ferner Zukunft haben könnten.

Magnus: „Eine Invasion?"

Shamouti: „Ja, eine richtige Völkerwanderung."

Magnus erzählt ihr von einem wissenschaftlichen Report über eine tatsächliche Invasion, den er im Flugzeug gelesen habe, eine Invasion - allerdings im Tierreich. Es gehe um den Kleinen Beutenkäfer, ein schmarotzendes Insekt aus Afrika, das Bienenstöcke in Europa überfällt. Der Käfer mache es sich in Bienenwaben gemütlich, lege seine Eier ab und vernichte ganze Bienenvölker.

Sie habe selten eine so tolle reale Parallele zur These ihres Buches gehört, freut sich Shamouti: „Welcome Kleiner Beutenkäfer!"

Das sei halt der Unterschied, gibt Magnus zu bedenken. Wissenschaftlich belegt sei die Invasion des Käfers, da gebe es oberflächlich Parallelen zu ihrer hypothetischen Geschichte. Das Taubenreich habe aber nichts mit der Wirklichkeit zu tun. Die Biologen hingegen würden in der realen Welt heute Mittel gegen den Kleinen Beutenkäfer entwickeln. Im gleichen Duktus setzt er sein Plädoyer fort: Mit Friedenspolitik wären viele Konflikte gewaltfrei zu lösen und die Entwicklungshilfe unterstütze die Armutsregionen der Welt. Da habe die aufgeklärte Menschheit moralische Rezepte gegen die Brutalität der Evolution entwickelt – das sei eine enorme humanitäre Leistung. Diese Fixierung von Shamouti und anderen Falken, Probleme immer mit Gewalt oder Waffen lösen zu wollen, finde er eindimensional und weit weg von dem, was die Menschheit weiterbringe. „Wenn du Fische fangen willst, greifst du zur Angel, nicht zum Maschinengewehr", philosophiert Magnus.

Shamouti hätte von der Ukraine über Bosnien, Syrien, dem Jemen, Niger und Äthiopien bis nach Taiwan ausreichend aktuelle Gegenbeispiele, entscheidet sich aber für ein moralisches Argument: „Heißt das, die Gutmenschen würden sich automatisch über die Evolution stellen?"

Nein, widerspricht Magnus, Menschen, gute und weniger gute, seien doch ein Teil davon.

Dann gehöre der Krieg, so schlussfolgert Shamouti – vom Kleinen Beutenkäfer bis zum russischen Expansionswahnsinn – halt leider dazu. Sie habe immer den Eindruck, er plädiere für den Pazifismus, wenn es ihm in den Kram passe. Wenn er hier an irgendeine der israelischen Grenzen fahre, würde er feststellen, dass die dort wohnenden Menschen mit Gegnern in ihrer unmittelbaren Nachbarschaft konfrontiert sind, die genau den gleichen Plan haben wie sein Kleiner Beutenkäfer. Da möchte man nicht das arme Bienenvölkchen sein, das im Kot des Käfers zugrunde geht. In „Land der Tauben" komme übrigens auch ein kriegslüsterner Despot vor, der sich die friedliebende Bundesrepublik, beziehungsweise das Taubenreich, im Handstreich einverleiben wolle. Der Taubenreicher Nachrichtendienst TND fange zwar eine verschlüsselte Botschaft auf, in der dieser „Igor Zarewitsch" die aktuellen Börsenwerte aller Tax-Unternehmen gegen den Aufwand eines zweiwöchigen Feldzugs aufrechnen ließ. Diese militärische Return-of-Investment-Rechnung hielten die Geheimdienstler aus Pullach dann für „typisches Säbelrasseln aus Moskau", letztlich „Fake-News".

Pazifismus und Nächstenliebe würden also eine Invasion des Zarewitschs und eine gigantische Einwanderungswelle auslösen, fasst Magnus die Schauerlichkeiten zusammen, die sich aus der fatalen Logik seiner Lebensphilosophie heraus ergeben würden. Wie es denn im Buch weitergehe?

Die Taubenreichskanzlerin Elke Wischnewski, fasst Shamouti ein zentrales Thema ihres Buches zusammen, werde von den angeblichen Zarewitsch-Fake News lange Zeit verschont, die erreichten sie also nicht. Sie ordnet an, die Grenzen für alle Flüchtlinge zu öffnen. Und sagt, es sei eine humanitäre Pflicht von Taubenreich, alle aufzunehmen, die an der Grenze ankommen, aus welchen Gründen auch immer: Klimawandel, Hungersnöte, ethnische Konflikte, Dürre-Katastrophen, kriegerische Bedrohungen. Es gelte heute, morgen und übermorgen der Leitspruch: „Willkommen in Taubenreich!" Außerdem führten die Wirtschaftssachverständigen auch noch rationale Gründe an, die den Kurs der Kanzlerin bestätigen: Demografie, Geburtenrückgang und der Fachkräftemangel. Fast alle Experten, die meisten Menschen und Medien fänden es zunächst gut, dass Taubenreich als Retter der globalen Krisen in der ersten Reihe steht…bis nach zwei, drei Jahren die Euphorie verflogen sei und den Bürgern die Rechnung präsentiert werde.

Magnus: „Nämlich?"

Erstmal komme eine Mords-Inflation, erklärt Shamouti, weil der Zarewitsch Ernst gemacht habe, nach Gusto Landstriche im Osten annektiert und die Energiekosten dramatisch steigen. Dann folgt eine globale Wirtschaftskrise.

„Warum hat die Kanzlerin so vehement an ihrem Pazifismuskurs festgehalten?", will Magnus wissen.

Es gäbe eine historische Verpflichtung, Frieden zu stiften und Konfrontation mit Aggressoren zu vermeiden, erklärt Shamouti die Staatsräson des Taubenreichs. Deshalb habe die Kanzlerin auch weiterhin am monatlichen Telefon-Jour Fixe mit dem Zarewitsch festgehalten, obwohl der seine Panzer immer weiter in den Westen rollen lässt. Aber Elke Wischnewski habe ein insgeheimes, persönliches Motiv – da sie nach über 10 Jahren Kanzlerschaft im Pensionsalter ist, verfolge sie nur noch ein Ziel: Den Friedensnobelpreis zu bekommen.

Magnus: „Ist ihr Plan aufgegangen?"

Natürlich, wegen der Abschaffung der Taubenwehr und Umwandlung zum Taubenreicher Friedenscorps TFC sowie ihrer philanthropischen Einwanderungspolitik sei Elke Wischnewski auf der Short-List des Friedens-Nobelpreises 2029 gelandet. Kleine territoriale Abtretungen für den Zarewitsch am Schwarzen Meer und marginale Mehrkosten für Rüstung und Waffen waren für alle anderen Länder die billigste Lösung. In der letzten Sitzung des fünfköpfigen Nobel-Komitees habe es zwischen den vier Mitgliedern ein Patt gegeben, je zwei Stimmen für Elke Wischnewski und zwei für Djamal bin Saloman, einen arabischen Kronprinzen.

Huch, rutscht es Magnus heraus, wie komme der denn in die Nähe des Friedensnobelpreises?

Die offizielle Version lautet: Seine Friedensmission im Nahen Osten, erklärt Shamouti. Dass Djamal der Nobel-Stiftung ein millionenschweres Paket Saudi Aramco-Aktien überschrieben hatte, erfährt die Öffentlichkeit erst Jahre später.

Der Vorsitzende Henrik Jaglander habe seinen beiden männlichen

Komitee-Mitgliedern Peer Lundquist und Stig Millhaug pragmatisch vorgeschlagen: „Kommt Jungs, wir machen unserer Sofie (die Literatur-Professorin Sofie Lundholm), der Kirstin (die international anerkannte Menschenrechtexpertin Kirstin Skibaek-Ingversen) und ihrer Freundin Elke eine Riesen-Freude. Lasst uns die Taubenreicherin wählen. Dann hoffen wir, dass der Igor Zarewitsch den Westen in Ruhe lässt und diese Armutsflüchtlinge nicht bis zu uns hochkommen!"

Aber Djamal, Djamal! Djamal heiße übrigens „Der Schöne"! Was werde der Schöne sagen?, fragte der Politik-Berater des schwedischen Königshauses, Peer Lundquist aufgeregt, während sein Mitstreiter, der Philosoph Stig Mill Haug schwieg.

Wie alt der schöne Djamal eigentlich sei, wollte Henrik Jaglander dann wissen. Man könne das Alter so schlecht schätzen bei ihm. Er ist um die 45, also etwa 30 Jahre jünger als die Wischnewski. So leitete er mit der stillen Zustimmung von Skibaek-Ingversen, Lundholm und Millhaug ein einstimmiges Ergebnis zu Gunsten der Taubenreicher Kanzlerin ein. Der Kronprinz könne seinen Preis dann nächstes oder übernächstes Jahr abholen, wenn er vielleicht auch noch die Todesstrafe abschaffe, das Auspeitschen sei ja schließlich schon verboten. Mit diesem unwidersprochenen Fortschritt im Land des Friedens-Nobelpreis-Aspiranten schloss Jaglander die 2029er Sitzung des Komitees.

Die Kronprinzen-Zote sei übrigens die Schlusspointe in „Land der Tauben", verrät Shamouti das Finale ihres fulminanten Romans. Danach kämen nur noch Danksagungen an alle, die ihr bei der Recherche und der Umsetzung des Buchs geholfen hätten. Magnus habe sie natürlich namentlich erwähnt – dabei blättert sie auf Seite 164 und zeigt ihm die hebräische Schreibweise seines Namens.

Magnus betrachtet die Schriftzeichen, die angeblich seinen Namen darstellen sollen, mit sichtlicher Rührung. Er bedankt sich aber nur kurz mit reservierter Förmlichkeit. Er finde den Dreh mit dem Friedensnobelpreis irgendwie unterhaltsam aber auch komplett absurd. „Eine echt kreative Idee von dir", sagt er höflich. Dass nun auch noch das angesehene Nobelpreis-Komitee für eine Persiflage herhalten muss, missfällt ihm. Den ehrwürdigen Nobel-Komitee-Mitgliedern niedrigste Beweggründe und einen Haufen Moralmorast anzudichten, empfindet Magnus als fünffache Majestätsbeleidigung. Bestimmte Personen und Institutionen genießen in seinem makellosen Wissenschafts-Weltbild umfassende Immunität, das ein Häme- und Satireverbot einschließt. Es würde ihn auch nicht stören, wenn sein Beharren auf moralische Unantastbarkeiten oder heilige Kühe als spießiger, neo-konservativer Spleen eines verwirrten Atheisten erscheine. So weit ist Shamouti offenbar noch nicht in Magnus Hirnwindungen vorgedrungen. Und er ist auch nicht gewillt, diese Facette seines Weltbilds hier, mitten auf der milchig beleuchteten Leib Goldberg Avenue im nächtlichen Haifa zur Diskussion zu stellen. Jetzt gerade fühlt er sich von ihrer geheimen Recherche, der literarischen Verarbeitung und Vermarktung als Buch ertappt und weiterhin kolossal missverstanden. Deutschland als Taubenreich, das kann er gerade noch als Satire akzeptieren. Man lebe ja schließlich hier und dort in Ländern mit zugesicherter Meinungsfreiheit, betont er. „Land der Tauben" sei ein Beispiel von „künstlerischer Freiheit", auch wenn er seinen Schmerz nicht verbergen wolle. Aber, sagt er mit lang gezogenem A, dieses Schiller-Zitat am Ende ihres Vortrags, das fände er besonders schlimm. Es habe bei ihm tiefste persönliche Betroffenheit ausgelöst. Er, seine Familie und seine Freunde lebten doch nicht in einer Wahnvorstellung. Er müsse sich schon fragen, ob er bei ihrem Besuch letztlich nur als willkommener Stofflieferant und Zitatenschatz für den Roman diente? Sei womöglich die ganze Beziehung zu ihm für Shamouti nur deshalb interessant, weil er ihr die Protagonisten, die Hintergründe und das vermeintliche Fehlverhalten auf dem Silbertablett lieferte, um es der Lächerlichkeit preiszugeben?

Sag mir, Shamouti, fragt Magnus mit ernster Stimme, kommen wir eigentlich in deinem Roman namentlich vor?

„Nein, Magnus", beruhigt sie ihn, „in meiner Erzählung gibt es eine fiktive Familie. Die taubenreicher Durchschnittsfamilie, die Müllers kommen aus Haßloch, denn Haßloch gilt bei euch als total repräsentativ – es ist auch das Eldorado der Marktforschung, hast du das gewusst?"

Magnus: „Nein, ich weiß nicht einmal, wo Haßloch liegt. Es ist übrigens kein schöner Städtename."

Shamouti: „Aber die perfekte Herkunft für Ursula und Peter Müller sowie ihre Tochter Sara – sie sind meine Romanhelden und erleben diese erstaunlichen Dinge.

Er könne also beruhigt sein – die Beerfelds kämen nicht vor, seine Freunde Erwin, Gianluigi und Thorsten würden nicht namentlich genannt – auch wenn ihre Weltrettungsaktionen maßgeblich als Vorlage für ihre NGO-Ideen im Roman dienten.

Shamouti und Magnus passieren zu Fuß eine größere Straßensperrung an der Ecke zur Ilanot Street, beobachten, ohne es zu kommentieren, wie Polizei oder Militär einen Jugendlichen abführen. Sie erreichen Shamoutis Wohnviertel kurz vor Mitternacht.

Zu ihrem eigenen literarischen Werk erkläre sie jetzt nur noch so viel: Sie wolle damit weder ihn, seine Familie oder seine Freunde verletzen oder ausnutzen, das liege ihr fern. Ihre Texte seien eine Satire, eine soziale Fiktion. Die Übertreibung diene ausschließlich dazu, das ganze Drama attraktiv zu machen. Sie habe ein englisches Buch gelesen, daraus hätte sie gelernt, wie man in einem literarischen Stoff die Spannung steigern könne. „Surprise, suspense, mystery", laute die Formel. An die habe sie sich gehalten.

Eine Formel! Das gefällt Magnus. Das ist seine Welt. Das klinge plausibel, sagt er. Surprise, suspense und mystery, das könnten sie sich doch jetzt für die kommende Woche vornehmen.

Die beiden schlendern durch die warme Haifa-Nacht bis in die

HaYam-Road zu Shamoutis Appartement. Endlich sind alle Irritationen überwunden, sämtliche Missverständnisse aufgeklärt, der Stress der Buchpräsentation, Magnus' Akku-Tragödie und Unterhosen-Irritation vergessen. Shamouti sagt noch einmal Liebster zu ihm, zum zweiten Mal innerhalb weniger Stunden! Sie freue sich so sehr, dass sie endlich zusammen sein können und möchte die nächsten Tage mit ihm intensiv genießen. Auf der Treppe zum Eingang hält Magnus Shamouti zärtlich fest und legt seine Arme auf ihre Schultern. Den längeren Begrüßungs-Kuss, der seit Stunden überfällig ist, hat er nun gut geplant und vorbereitet. Kurz bevor sich ihre Lippen berühren, neigt er seinen Kopf und flüstert ihr ins Ohr: „Das Taubenreich ist eine Illusion, ganz weit weg, wie die Andromedagalaxie, mindestens 2,5 Millionen Lichtjahre. Damit kann ich leben. Meine pazifistischen Ideale scheinen auch unerreichbar zu sein. Das haben Utopien so an sich. Aber ich halte daran fest, das wurde mir heute klar, als ich mit der Herzchirurgin im Flugzeug sprach und mich die Mitfahrenden im Taxi so bedrängten. Die Vorstellung einer friedfertigen Welt, daran glaube ich. Es ist für mich wie eine Religion".

Nach einem ausgiebigen Geknutsche, das immer damit endet, dass Shamouti sanft in die aufgeworfene Oberlippe von Magnus beißt, sperrt sie ihre Tür auf. Das Appartement ist auch nach Mitternacht noch gut erhitzt, ein Schwall feuchter Wärme, gewürzt mit einer Prise Pizzamief empfängt die beiden.

„Ich habe auch noch eine spannende Geschichte, passend zu meinem Mitbringsel", startet Magnus einen letzten Versuch, die Vorkommnisse am Münchner Flughafen zu beschreiben. Seine Erzählung endet mit der Übergabe des Akkus im aufgerissenen Geschenkpapier. „Ich dachte", sagt Magnus, „du brauchst den Stromspender, dass Akkupack für deine Tonaufzeichnungen, oder so".

Eine wirklich schöne Idee, sagt Shamouti, dabei betrachtet sie alle Seiten des zahnpastaschachtelgroßen Akkus und zupft an den

Kabeln. „Es ist, es ist … deine Art Liebe zu zeigen, Magnus. Mir hat noch kein Liebhaber ein vergleichbares Geschenk gemacht, geschweige denn etwas zusammengelötet!" Auf so eine Idee könne wirklich nur er kommen. Als sie das sagt, wird ihr Tonfall zart vor Rührung, einige freudige Tränen kullern über ihre Backe. Es ist Shamoutis weiche Seite, die immer dann zum Vorschein kommt, wenn sie von überraschenden Glücksgefühlen gepackt wird. Sie sei „nah am Wasser gebaut" erklärte sie Magnus schon beim Kennenlernen auf der Agios Nikolaos. Auf dem Schiff hatte sie mitbekommen, dass der Kapitän eine sehr alte und offenbar mittellose Griechin, die sich kein Ticket leisten konnte, trotzdem von Paros nach Mykonos als „blinde Passagierin" mitnahm. Da habe Shamouti, gestand sie damals ihrem neuen Bekannten und Zigarettenspender Magnus, einen Heulanfall bekommen und sei deshalb in die Schiffs-Toilette gerannt.

Shamouti eilt nun ins Bad, entfernt ihre Schminke und den Kajal. Nun hat sie ihre Judith Levinson-Fassade abgelegt und sieht wieder wie die Original-Shamouti vom griechischen Linienschiff, vom Olympiaberg, vom Kaffeetrinken bei Beerfelds und vom Zugspitze-Ausflug aus. Magnus kaut auf einem Doublemint herum – für den guten Atem. Dann stehen beide eng umschlungen in der Dusche. Nach den schweißtreibenden Erlebnissen des Tages plätschert ein entspannend-erregendes Salz-Wasser-Gemisch in den Gully. Die gegenseitige Ganzkörperreinigung wird mit einer nach herben Pflanzen vom Toten Meer duftenden Waschlotion verfeinert und der dringende Hygieneprozess wandelt sich mit fortschreitender Duschstreichelei zum ersten erotischen Erlebnis.

„Zwei Mittzwanziger mit frischgeduschter, glitschiger Haut, splitternackt und dicht gedrängt auf 60 mal 60 Zentimetern", flüstert Magnus seinem Gegenüber ins Ohr.

„Du hast es auf den Punkt gebracht, Liebster", flüstert sie zurück, „lass´ es uns genießen". In Badehandtücher gehüllt, lässt sich das

Liebespaar auf Shamoutis Matratze fallen, die auf einer weiß gestrichenen Lage hölzerner Euro-Paletten liegt. Sie reicht ihm eine selbstgedrehte After-work-Zigarette.

Da seien mindestens 100 Milligramm THC drin, rechnet ihr Magnus fachmännisch vor.

„Denk´ nicht so viel nach, entspann´ dich! Ich glaube, das Psytrance-Festival, das wir besuchen, wird dir guttun", unterbricht ihn Shamouti.

„Psytrance, das sagt mir nichts", meint Magnus.

„Am Morgen gegen 8 Uhr kommen Sammy und Ronid mit einigen Freunden vorbei und wir fahren zusammen auf das Musikfestival in der Negev-Wüste, von dem ich dir neulich erzählte", erklärt Shamouti die Pläne des gerade angebrochenen Tages.

„Du hattest mir von einem Laubhüttenfest geschrieben, in der Wüste", erinnert sich Magnus.

„Es ist das Supernova Sukkot Gathering, eine riesige Open-Air-Veranstaltung mit Musik, Meditation, mehreren Bühnen, Bars und Restaurant. Es findet mitten in der Negev statt, ich glaube, das ist eine Wahnsinns-Location! Das Motto ist „Liebe, Freude und unendliche Freiheit". Es sind DJs und Acts aus vielen Ländern dabei, auch aus Deutschland, habe ich gehört. Das Typische der psychedelischen Musik sind sehr tiefe Staccato-Basslines und aggressive Drums. Die sind perfekt, um komplett zu versinken, abzutauchen oder auch abzuheben, je nachdem, wie man eben so drauf ist".

Das klingt spannend, freut sich Magnus, Psycho-Musik, Open-Air in der Wüste, das gäbe es in München nicht.

Ob er wisse, dass sie ein Sonntagskind sei?, fragt Shamouti, die sich von ihrem Frotteehandtuch befreit hat und sich nackt an Magnus seitlich anschmiegt. Mit der rechten Hand kräuselt sie die spärlichen Brusthaare ihres Geliebten. „Es war das letzte Mai-Wochenende 1999, der Eurovision Song Contest fand in Jerusalem statt und unsere Band hieß Eden. Mit dem Titel „Happy Birthday" haben sie immerhin Platz 5 belegt. Meine Eltern verfolgten den Songcontest natürlich im Fernsehen, sie tanzten zu den Liedern und mir hat das anscheinend den letzten Schub gegeben. Ich habe den israelischen Beitrag „Happy Birthday" ernst genommen, kam angeblich in der folgenden Nacht, zwei Wochen zu früh, sonntags 4.30 Uhr auf die Welt". Es müsse eine ziemlich einfache Geburt gewesen sein.

„Sonntagskind, du auch?", freut sich Magnus. Zu seinem Geburtstag könne er nicht viel erzählen. Seine Eltern hätten ihm eher von den Tagen oder Wochen seiner Zeugung vorgeschwärmt. Sie bezeichneten die Sommermonate des Jahres 1997 immer als ihren Summer-of-Love. Lieselotte und Otto hätten wohl an einem der heißen Sommerabende ziemlich viel Weißwein mit Eis getrunken und dann leicht beschwipst alle Kondome und sonstige Verhütungsmittel, die sie finden konnten, vernichtet. In den Müll damit, habe Otto gesagt – es sollte also passieren.

Summer of Love oder Eurovision Song Contest, so unterschiedlich könne man als Sonntagskind gezeugt und geboren werden. Da sei es doch ein unfassbares Wunder, dass sie beide jetzt hier lägen. Einfach so, sagt Shamouti und pustet den tief inhalierten Zigarettenrauch genussvoll in die Höhe.

Es sei wirklich unglaublich, stimmt ihr Magnus zu und nimmt ihr den Glimmstängel ab. Dass so viele Zufälle geschehen mussten, damit sie beide am Ende hier nebeneinander liegen könnten, sei eigentlich total unwahrscheinlich. Da falle ihm kein charmanter, passender Vergleich ein, keine Zahl werde diesem Glücksfall gerecht.

„Ist auch gut so", antwortet Shamouti tief entspannt.

„Stell dir vor, ich wäre Nichtraucher", erinnert sich Magnus, „ich hätte dir auf dem Schiff keine Zigarette anbieten können".

„Das wäre dann, verdammt nochmal, nichts geworden mit uns", stimmt Shamouti zu, „solche Gesundheits-Apostel sind mir ein

Graus. Und wir wollten ja eigentlich nach Rom oder Paris fliegen und von dort aus unsere Europa-Tour starten. Nur weil Uri nach seinem Autounfall mit Totalschaden etwas knapp bei Kasse war, sind wir mit dem viel billigeren Schiff losgefahren. Ohne Uris Unfall, keine Agios Nikolaos, keine romantische Ägäis, kein Magnus."

„Und ich habe das Schiff in Heraklion nur erreicht, weil ich einen irrwitzigen Taxifahrer erwischte, der mich in eineinhalb Stunden von der Samaria-Schlucht zum Hafen fuhr. Immerhin 125 Kilometer in einem alten Fiat!"

„Eine mysteriöse Häufung unfassbarer Zufälle", fasst Shamouti zusammen, „das ist doch die reinste Magie, die uns begleitet und zusammengeführt hat. Du musst doch zugeben, Magnus, rein wissenschaftlich ist die Beziehung München-Haifa, das Verhältnis Jüdin-Atheist und die Liebe zwischen strengem Vegetarier und verfressener Omnivorin wohl kaum zu erklären."

Er schweigt zunächst, sagt dann: „Ja, verdammtes Glück ist das. Es ist eine unheimliche Verkettung glücklicher Umstände und hoffentlich ein Dauer-Abonnement bei Fortuna. Dann wird dein Buch sicherlich ein Bestseller". Magnus nimmt die Übernatürlichkeit ihrer gemeinsamen Lovestory als schicksalhaftes Geschenk amüsiert zur Kenntnis und versucht, dem literarischen Werk, dem er und seine Heimat unfreiwillig Pate standen, etwas Positives abzugewinnen.

„Mal sehen", antwortet seine Freundin. In den beiden vergangenen Wochen sei es ganz gut angelaufen. Sie habe vom Verlag gehört, dass die ersten 2000 Exemplare nach einer Radiosendung fast verkauft wären, jetzt wollten sie angeblich 5000 Stück nachdrucken.

Falls jemals eine ihrer kecken Übertreibungen aus dem Buch tatsächlich eintreten sollte, würde er ihr, „der weltbesten Wahrsagerin", scherzt Magnus, auch so einen VW Golf spendieren. „Natürlich das Sondermodell Marrakesch in Sahara-Beige".

Sie könne sich das – wegen der im Roman geschilderten dramatischen Folgen für seine deutsch-taubenreicher Heimat – nicht wirklich wünschen. Sollte das Buch tatsächlich einen größeren Betrag abwerfen, würde sie davon eine Orangenplantage erwerben und ihm 49 Prozent davon überschreiben. Wie er ihren Vorschlag denn fände?

Magnus ist begeistert, es sei eine wundervolle Idee. Er wäre dann wohl der einzige Orangenplantagenbesitzer in München-Neuhausen.

Minderheitsgesellschafter einer Orangenplantage, um genau zu sein, schränkt die potenzielle 51-Prozent-Mehrheitsgesellschafterin seine Begeisterung ein. Vielleicht sollten sie ein Drehbuch aus dem Taubenreich-Stoff machen? „Stell´ dir vor", sagt sie, „Land der Tauben" laufe dann im Kino oder bei Netflix, womöglich auch in Deutschland!

„Lieber nicht, Shamouti", meint Magnus, er greift seine Geliebte an der Hüfte und zieht ihren wohlig warmen Körper mit einem forschen Ruck auf den seinen. „Wiedervereinigung 2023", nuschelt er, und pustet das bisschen Luft aus, das durch Shamoutis zarte, nun obenliegende 47 Kilo aus seiner Lunge gepresst wird.

Er habe seit seiner Ankunft das erste Mal Shamouti zu ihr gesagt, freut sie sich. Schon wieder sammelt sich etwas Freudentränenflüssigkeit in Shamoutis Augen, die nun leicht glasig glänzen.

Jetzt liege ja die leibhaftige Shamouti splitternackt auf ihm, die Judith Levinson sei ihm nicht ganz geheuer gewesen.

„Sagt das Taubenmännchen zum Falkenweibchen", amüsiert sich Shamouti und küsst ihren Weltverbesserer auf den Mund und beißt zärtlich in sein linkes Ohrläppchen.

Ob sie eigentlich wisse, dass es in der Wissenschaft, genauer gesagt in der evolutionären Spieltheorie, eine Berechnung gebe, wie viele Falken und Tauben in einer Gemeinschaft leben sollten, damit sich eine stabile Population entwickeln könne. Das sei schließlich auch die Voraussetzung, dass eine Gesellschaft oder ein Land prosperieren kann.

Nein, das klinge, in Anbetracht ihrer genussvollen Stimmung und Stellung schon wieder sehr kompliziert. Shamouti rutscht, während sie spricht, eine Handbreit nach unten und öffnet ihre Schenkel um Magnus' spürbarer Erregung Platz zu machen. Solche Laborexperimente und Betrachtungen seien doch eher seine Spielwiese, sagt sie leise und untermalt die sachte eingeleitete Vereinigung mit einem hörbar vergnügten „hmm".

Man könne sich ja die Frage stellen, doziert Magnus, ob es sinnvoll wäre, dass eine Gesellschaft ausschließlich aus friedliebenden Tauben bestünde oder nur aus aggressiven Falken. Er nimmt dabei die vaginale Einladung an und streichelt Shamoutis weiche Pobacken mit beiden Händen zärtlich, aber anscheinend im Unterbewusstsein, denn er spricht ohne ein sichtbares oder hörbares Zeichen von Erregung weiter. Die Greifvögel seien unkooperativ, verteidigten ihre Ressourcen und würden kämpfen, bis sie verletzt oder tot sind. Ganz kurz krallen sich seine Finger in ihre Pobacken und lassen sie dann, passend zum populärwissenschaftlichen Vortrag, wieder los. Tauben dagegen drohten vielleicht ein bisschen, sie kooperieren aber und würden so jeden Konflikt vermeiden. Sie zögen sich im Streit zurück. Im Sinne der Evolution würde man ja wissen wollen, was besser sei, welche Folgen die Tauben- und Falken-Strategie zum Beispiel für eine Gesellschaft oder ein Land habe.

Nun findet die israelisch-deutsche, die jüdisch-atheistische und kämpferisch-pazifistische Wiedervereinigung auf zwei Ebenen statt: Rein körperlich reiben und verbinden sich ihre frischgeduschten Leiber mit einer für beide lustvollen Choreografie und intellektuell fließt endlich zusammen, was zusammengehört.

Diese Vogelstory sei wie die Vorlage für eine Deutschland-Israel-Challenge, murmelt Shamouti als sie sich für einen Augenblick aus der zärtlichen Umklammerung von Magnus befreit.

Stark vereinfacht, findet Magnus, könne man das im Rahmen der Spieltheorie schon so sehen: Ein typisches Taubenreich im Ver-

227

gleich zu einem von Falken dominierten Land. Nach Ansicht der renommiertesten Evolutionsforscher wären das in ihrer Reinstform wohl keine stabilen Populationen. Solche Gesellschaften würden sich nicht gut entwickeln.

Beide genießen das erotische raus-und-rein-Spiel mit geschlossenen Augen, Shamouti still, Magnus redet weiter: Das sei im Tierreich so und ohne Kooperation seien auch menschliche Gesellschaften kaum überlebensfähig. Falkenreiche und Taubenreiche in Reinstform wären zum Scheitern verurteilt, sie würden über kurz oder lang aussterben. Richard Dawkins, der führende Evolutionsbiologe, habe herausgefunden, dass Populationen mit smarteren Strategien erfolgreicher seien.

Dann, endlich, versiegt der unerotische Redeschwall. Shamouti und Magnus lustwandeln auf ihrem von unbekannten Kräften synchronisierten Höhepunkt und kosten die postkoitale Entspannung aus. Minutenlang.

Es ist Shamouti, auf dem unter ihr genießenden Magnus liegend, die wissensdurstig die freudige Stille beendet: Magnus mache es jetzt aber spannend. Was sei denn nun die Lösung seiner Wissenschaftler? Die Rettung der Evolutionsforscher für den Rest der Welt?

Das Ideal sei wie so oft ein kluger Kompromiss, belehrt Magnus seine Freundin nach einem Seufzer, der das sexuelle Vergnügen hörbar beendet. Die Wissenschaftler hätten herausgefunden, Magnus räuspert sich und findet augenblicklich wieder den Faden des Gesprächs, ein Verhältnis von 7/12 Falken und 5/12 Tauben sei optimal, um eine stabile Population zu erzeugen. So könnten Ressourcen sinnvoll verteilt und Konflikte gelöst werden. Denn Koalitionen und Kooperation seien besser als endlose Kämpfe bis zum Umfallen. Oft reiche es aus, zu zeigen, dass man kämpfen könnte, um nicht kämpfen zu müssen. Die wissenschaftlichen Versuche, aber auch ihre eigene erotisch-kritische Gemengelage hier im Bett zeigten doch, erklärt Magnus, dessen Herz immer noch auf Orgasmus-Niveau schlägt und dessen Ohren durch den gesteigerten Blutdruck tomatenrot sind, dass es nicht die eine Universal-Glücks-Formel gebe. Gerechtigkeit oder auch Freiheit müsse man sich in jeder Population, in jeder Generation, in jedem Land, in jedem Haus und auch hier im Bett neu erarbeiten.

„Sag ruhig: Erkämpfen! Dann haben wir ja schon sehr viel richtiggemacht", gibt sich Shamouti leicht überschwänglich, denn ihr Puls deutet immer noch erhebliche erotische Bereitschaft an. Sie lägen schon in der Horizontalen und 7/12 Falken, damit fühle sie sich umfassend bestätigt! Sie seien in der Mehrheit, das beruhige sie enorm. Außerdem habe sie nicht vergessen, dass Magnus, als ihr Vater sie in München besuchte, ein fast perfekter Moshe gewesen sei. Er habe Talent als Jude und sei, so ganz nebenbei, ein wirklich guter Lover, der das luststeigernde Zögern wieder einmal eindrucksvoll zum gegenseitigen Vorteil praktiziert habe. Sie würde auch nur sehr, sehr wenig an ihm ändern wollen, wenn sie könnte. Anscheinend schlummerten auch ein paar Falken-Gen-Schnipsel in ihm, ihrem bayerischen Friedenstäubchen. Dabei drückt sie ihre wohl trainierte Beckenbodenmuskulatur zusammen, lässt Magnus aus sich herausflutschen und rollt zur Seite.

Schlummernde Genschnipsel eines Falken – dieses Kompliment wertet Magnus als eine Spezies-übergreifende Liebeserklärung.

Shamouti holt ein Buch hervor, dass neben dem Bett liegt, sie zieht das Lesezeichen heraus und beginnt:

„Mein Freund, sei wie eine Gazelle oder wie ein junger Hirsch auf den Balsambergen!"

Das sei eine Strophe aus dem Alten Testament, dem Hohelied Salomons, sagt sie.

Er habe das heute schon einmal gehört, es seien diese erotischen Gedichte. Im Flugzeug – er hatte ihr doch schon von der interessanten Unterhaltung mit seiner Sitznachbarin, Frau Professor

Grünzweig erzählt. Sie habe auch aus diesem Hohelied zitiert, und er wollte sich die schönste Passage merken.

Magnus richtet sich im Bett auf, drückt die zu Ende gerauchte Zigarette aus, holt tief Luft und trägt seine auswendig gelernte Strophe mit erstaunlichem schauspielerischen Talent vor:

„Salomon schwärmt seine Liebste an: Deine Brüste sind wie junge Zwillinge von Gazellen, die unter Lilien weiden. Und dann sagt sie: Mein Freund, komme in meinen Garten und koste von all meinen edlen Früchten."

Shamouti verzichtet, darauf hinzuweisen, dass im Hohelied, das im Hebräischen auch „Lied der Lieder" genannt wird, die Liebesbezeugungen und das Begehren einer ausgesprochen starken Frau dominieren, um Magnus nicht in seiner erotisierten Macho-Begeisterung zu kränken.

Dann versinken die beiden in einer wortlosen Stille, sie zieht ein dünnes Leintuch über die nackten Körper und keiner weiß, wie die Erlebnisse des Tages die Träume der beiden beflügeln.

So liegen sie traumversunken und unbekleidet auf Shamoutis Eigenbau-Euro-Paletten-Bettkonstruktion. Bis um 6 Uhr 44 das Handy von Shamouti aufleuchtet und mit dem Peter Fox-Song „Toscana Fatboys" als Aufwachmusik anspringt. Magnus wird als erster aus den Träumen gerissen und sucht halbblind im Dunkeln herumtastend nach der Quelle der Musik. Shamoutis Handy ist in der Plastiktüte, die sie in der Cinematheque dabeihatte, sie hängt am Knauf ihrer Wohnungstür. Magnus steht auf, trottet zur Tür, angelt das Handy aus der Tüte und bringt es seiner Geliebten, die noch zu schlafen scheint.

„Shamouti, Shamouti, hast du den Wecker gestellt?", fragt er sie und streichelt über ihre Schulter.

Als sie erwacht und das Lied hört, ärgert sie sich. Das sei bestimmt Sammy der früher in Richtung Negev aufbrechen will, gähnt Shamouti den Rest Schläfrigkeit aus ihrem Sprechorgan. Womöglich stehe er unten mit laufendem Motor.

Dann drückt sie auf die grüne Taste, nimmt das Gespräch widerwillig an, und spricht in vorwurfsvollem Tonfall Hebräisch, so dass der oder die Anrufende ein hohes Maß an Verärgerung mitbekommt: „Wir haben acht Uhr ausgemacht, das sollte doch reichen".

Am anderen Ende ist nicht Sammy am Steuer seines VW Caddy, um alle Freunde, für die er Supernova Sukkot Gathering-Tickets gekauft hat, abzuholen.

Vielmehr brüllt eine hysterische Frauenstimme: „Shamouti, wo bist du?"

Ohne die Antwort abzuwarten, schreit die sich überschlagende Stimme weiter: „Der Himmel ist voller Raketen. Sie haben die Grenzbefestigung von Gaza durchbrochen. Es sind Terroristen, viele Terroristen".

Nun erkennt Shamouti, dass ihre Mutter Amélie am anderen Ende der Leitung ist. Ihre Eltern wohnen in Herzlia, einem schönen Küstenort, etwa 70 Kilometer südlich von Haifa. Sie kann das Gehörte zunächst nicht glauben, hält das Handy wie einen giftigen Gegenstand, vom eigenen Körper abgewandt in der Linken. Sie macht sich Sorgen um den Zustand ihrer Mutter.

„Was Mamma? Was ist denn los mit dir?", fragt sie. „Hast du schlecht geträumt?"

„Wo du bist, will ich wissen", fordert Amélie Seybowicz erneut.

„Hier im Süden sieht man Raketen am Himmel, wir haben auch Einschläge gehört und in den Nachrichten wird über einen großen Überfall aus Richtung Gaza berichtet".

„Mama, wir haben gerade noch geschlafen", will sie ihre Mutter beruhigen. „Magnus ist gestern gekommen, ich habe mein Buch vorgestellt und jetzt warten wir auf Sammy. Der holt uns ab und wir wollen in die Negev fahren, dort ist eine große Rave-Party passend zum Laubhüttenfest".

„Das werdet ihr bestimmt nicht machen", sagt Amélie Seybowicz, „schaltet sofort das Radio und den Fernseher an. Die Nachrichten überschlagen sich gerade, aber das sieht nach einem großen Terrorüberfall aus, an mehreren Orten, es herrscht Chaos da draußen, ich fürchte, es ist Krieg. Am besten bringt ihr euch auch in Sicherheit". Magnus verfolgt das Gespräch vor dem Bett stehend, Shamouti liegt dort eingehüllt im Laken. Er versteht kein Wort, deutet aber die erregte Stimme am anderen Ende richtig. Shamouti wendet sich, als ihre Mutter spricht, kurz an Magnus und sagt: Es ist Mama, angeblich gibt es einen größeren Terroranschlag. Mach´ mal das Radio und den Fernseher an. Das Gespräch mit der Mutter wird damit beendet, dass sich beide versichern, stündlich in Kontakt zu bleiben.

Nun verfolgen Shamouti und Magnus, wie die Polizei, das Militär, die Nachrichtendienste und Journalisten nur langsam einen Überblick gewinnen über ein bisher für unvorstellbar gehaltenes Massaker. Immer mehr katastrophale Meldungen treffen aus dem Süden Israels ein. Terroristen der Hamas und des Islamischen Dschihads überfallen Dörfer, Kibbuzim und das Supernova Sukkot Gathering-Festival, das nur fünf Kilometer von Gaza entfernt stattfindet. Im Morgengrauen werden viele Menschen von den Terroristen sofort ermordet, über 200 entführt und offenbar als Geiseln in Gaza versteckt, Hunderte gelten als vermisst. Als sich Sammy aus seinem Auto wenig später meldet und tatsächlich schon mit der restlichen Reisegruppe auf dem Weg zu Shamouti ist, beschließen sie, die furchterregenden Entwicklungen des Tages gemeinsam zu verfolgen oder einen Shelter aufzusuchen. Kurz nach halb acht sitzen sechs völlig konsternierte junge Menschen aus Israel, Australien und Deutschland in Shamoutis 42 Quadratmeter-Appartement. Ab Mittag verbreiten die sozialen Medien grauenvolle Videos vom Überfall des Supernova Sukkot Gathering-Festivals. Es wird Tage dauern, bis die Anwesenden Gewissheit haben, wer vom erweiterten Freundeskreis dort feierte und ob sie noch rechtzeitig vor dem Terror fliehen konnten. Die erschütternde Erfahrung ist, dass offensichtlich weder High-Tech-Sperranlagen rund um Gaza, die Iron Dome Raketenabwehr, das hochgerüstete Militär, die in permanenter Terrorbekämpfung geübte Polizei oder der legendäre Inlandsgeheimdienst Schin Bet ausreichend Schutz gegen diese Form des Massen-Terrorismus bieten können. Die Kommentatoren sprechen bald vom 10/7-Moment, vergleichen den heutigen Tag mit den 9/11-Terrorattacken auf das World Trade Center im Jahr 2001. Der 7. Oktober 2023 sei eine historische Zäsur, für das Land Israel seine Bewohner aber auch für den Rest der Welt. Es bleiben Bilder unauslöschbar in Erinnerung, so als hätte die Evolution Menschen mit einem speziellen Bilderspeicher ausgestattet, der uns schreckliche Wahrheiten als Warnung präsentiert. Immer wieder und für alle Ewigkeit.

Als die vier Freunde am Abend Shamouti und Magnus verlassen, bleibt den beiden nur die milde tröstende Gewissheit, dass sämtliche Zufälle ihrer gemeinsamen Zeit, vom ersten Treffen auf dem griechischen Schiff, über den München-Besuch bis zur gestrigen Buchvorstellung, dazu geführt haben, dass sie hier und jetzt im Bett liegen und sich eine dampfende Tasse Nanaminze-Tee teilen können.

Shamouti wagt kaum auszusprechen, dass die Wirren ihrer Fernbeziehung sich nun als Glücksfall erweisen: „Ohne „Land der Tauben", und seine Entstehung, ohne unsere gemeinsame Geschichte und deinen Besuch, wäre ich oder wir beide jetzt irgendwo da unten im Süden oder da oben bei den anderen Opfern". Shamouti und Magnus stehen vor dem flimmernden Fernseh-Apparat. TV 7 sendet nur noch Berichte und Interviews zur Attacke aus dem Gazastreifen. Was die beiden nun am Bildschirm live verfolgen, was ihnen die News-Apps zeigen, was sie in den sozialen Medien erfahren, was von Freunden, Bekannten und Betroffenen geteilt wird, hat jene furchtbare Qualität, um sich ins Gedächtnis einzubrennen und über Generationen unvergessen zu bleiben. Es schwant ihnen, dass der heutige Tag eine Zeitenwende ist. Magnus gelingt es nicht, das Gesehene in passende Worte zu fassen. Er umarmt seine Geliebte. Nur sporadisch verlassen bittere Begriffsfetzen seine Lippen. „Unfassbar, dunkel, finster" murmelt er.

Mitten in einer grauenhaften TV-Übertragung, bei der Instagram-Videos von fliehenden Jugendlichen auf dem Supernova Sukkot Gathering-Festival zu sehen sind, fällt ihr ein, dass sie „ihre Evaluna" nicht eingenommen habe. Magnus kann mit dieser Information zunächst nichts anfangen. Evaluna? Klingt nach einer neuen Kryptowährung oder einem esoterischen Mond-Ritual. Er starrt weiter auf den Bildschirm. Man erkennt ein gefesseltes Mädchen in zerrissenen Kleidern, das auf einem Pickup neben bewaffneten, vermummten Männern sitzt – sie ist offenbar eine Geisel und wird von den Terroristen verschleppt. „Schau lieber nicht hin", wendet sich Magnus an Shamouti. Die Bilder seien unfassbar, ganz ganz schlimm. Sie ziehen die dünne Leinen-Bettdecke über ihre Köpfe und verharren darunter eng umschlungen. Das erweckt zumindest den Anschein eines Kokons, und für den Moment scheint es ein sicheres Nest zu sein.

„Nach meiner Rückkehr aus München letzten September habe ich die Antibaby-Pille abgesetzt und nun vergessen, Evaluna wieder regelmäßig einzunehmen", sagt Shamouti mit zitternder Stimme, ganz leise. Und Magnus hätte ja wohl nicht, ohne dass sie es bemerkt hätte, verhütet, oder?

„Nein, nein" sagt Magnus. Er schaltet das TV-Gerät mit der Fernbedienung aus und drückt seine Geliebte fest an sich. Sie hätten gerade unendlich viele Gründe gemeinsam zu trauern und zusammen zu weinen, aber zumindest einen Anlass für eine dicke Freudenträne.

„Nicht verhütet?", flüstert er ihr ins Ohr. „Gut so! Dann ist das wohl der Wille des Ewigen und es wird ein jüdisches Baby, oder?"

„Eine ziemlich geniale Mischung könnte das werden, schlau wie „*Wonder Woman*" Gal Gadot und hübsch wie Albert Einstein", aktiviert Shamouti für einen Moment in bittersten Zeiten ihren süßen

Mutterwitz. Die Wahrscheinlichkeit einer Schwangerschaft liege nach ihrer nüchternen Fertilitäts-Analyse bei etwa 33 Prozent, erklärt sie ihrem Geliebten - überraschenderweise im typischen Magnus-Beerfeld-Wissenschafts-Jargon. „Lass uns Kerzen im Dunkeln sein, Shamouti", schlägt er in einer Weise vor, die man eher seiner Freundin zugetraut hätte. „Kerzen im Dunkeln? Das gefällt mir", stimmt sie zu. Shamouti streckt sich nackt aus dem Bett, fischt das Delfin-Feuerzeug, das ihr Magnus schenkte, aus der Tischschublade, dreht sich zum Fenster, knipst dort zwei Kerzenstummel ihrer Menora an und wischt sich eine besonders salzige Träne von der Backe.